**When the River Sleeps**

그 강이 잠들 때

이스터린 키레

2016년 힌두문학상 수상작

First published by Zubaan Publisher Pvt.Ltd 2014
Reprinted 2015

When the River Sleeps

# 그 강이 잠들 때

이 스 터 린      키 레

**2016년 힌두문학상 수상작**

## 인도의 판타지 소설, 페미니즘으로 읽다

이 책『그 강이 잠들 때When The River Sleeps』는 지난 2016년 인도에서 힌두문학상을 수상한 소설이다. 한국의 페미니즘 전문출판사 이프북스와 인도의 페미니즘 전문출판사 주반 북스와의 세 번째 컬래버 작품인 이 책을 처음 받아들었을 때 느낀 기묘한 흥분감이 떠오른다. 한번도 가보지 못한 먼 나라 인도의 낯선 작가 이스터린 키레Easterine Kire. 당장 작가 에 대한 추적에 들어갔다.

이스터린 키레는 인도에서도 오지로 여겨지는 북동부 나 가랜드Nagaland의 주도 코히마Kohima에서 1959년에 태어나 그 곳에서 성장기를 보내고 대학까지 나온 나가랜드 토박이 작 가. 그녀는 고향인 코히마의 노스이스트힐대학NEHU에서 저 널리즘으로 학사학위를 받고 영문학으로 석·박사학위를 받 았다. 어린 시절 조부모와 함께 살면서 매일 밤 그들의 이야 기를 들으며 잠들었던 그녀는 나가랜드의 전통 민담에 관심 이 많았다고 한다.

시인이면서 소설가이기도 한 그녀는 현재, 놀랍게도 노르 웨이에서 살고 있다. 세 자녀의 엄마이기도 한 그녀는 나와 동년배인 60대의 적지 않은 나이. 하지만 재즈밴드와 함께 유럽을 여행하며 재즈음악과 시를 섞어 공연하는 자유분방한 예술가의 삶을 살고 있다. 그런 그녀의 모습을 유튜브를 통해 보면서 나는 나와 동시대를 사는 한 여성의 다채로운 매력에 진심으로 놀라고 감탄했다. 그래서 그런 그녀가 전해줄 인도의 산간 오지 국경 마을 이야기에 더욱 호기심이 일었다.

외로운 사냥꾼 빌리는 꿈속에 나타나 그를 괴롭히는 잠들지 않는 강을 찾아 위험한 여행을 떠난다. 그곳은 자연의 경이와 초자연적인 신비가 함께 숨 쉬고 있는 기이한 숲! 그 지역 산림청이 지정한 숲 수호자이기도 한 빌리가 심장석을 찾기 위한 여정을 감행하면서 이 소설 속 이야기는 풀려나온다. 그 여행길에는 죽은 혼령들이 산 사람과 똑같이 등장할 뿐만 아니라 신화나 전설 속에 나오는 호랑이인간이나 특정 사람에게만 보이는 귀신까지 온갖 신비하고 다양한 존재들이 나온다. 그리고 빌리는 우연히 만난 사냥꾼들과 살인 사건에 얽히면서 잠자는 강 속의 심장석을 찾기 위한 그의 여정도 함께 미궁 속으로 빠져들고 만다.

그러나 우여곡절 끝에 심장석을 찾아 돌아가는 빌리가 손가락질만 해도 독이 퍼진다는 여자 마법사 자매, 아테와 조테를 만나면서 이 놀라운 판타지는 가부장제 사회에서 추방당한 여성들의 복수전으로 비화한다. 언니 조테가 원한 것은 복수였다. 그녀는 말한다.

"바보 같은 인간! 나는 그 돌이 주는 부 같은 것은 쓸모도 없어. 나는 내 적들에 대항해 복수하는 전쟁에서 승리할 힘을 원해. 나를 내쫓았던 자들을 사정없이 파괴하고 싶어. 그들의 자식들과 그들의 집들이 불꽃으로 타오르고 그들의 논밭이 불길에 휩싸이는 게 내가 바라는 바야."

사실 아테와 조테가 살던 마을은 '마법'을 다룰 줄 안다는 이유만으로 쫓겨난 여자들이 살던 여자들만의 공동체였다. 소설 곳곳에 등장하며 사라지기를 반복하는 그녀들의 존재는 페미니즘적 메시지를 기대하고 이 소설을 읽는 독자들에게 신비감과 흥미를 선사하는 훌륭한 포인트가 될 것이다.

이 책을 번역하는 동안 같은 아시아지만 멀고도 낯선 타국에서도 변방으로 여겨지는 나가랜드에 대해서 알게 된 것은 아주 흥미로운 일이었다. 평론가들로부터 마르케스의 매직 리얼리즘을 연상시킨다는 평을 받는 이 작품은 현실과 환상을 넘나들며 독자들을 매료시킨다. 키레는 현실과 환상의 경계선을 묻는 한 인터뷰 질문에 다음과 같이 대답한다.

"내 세대의 나가랜드 사람들에게는 혼령들과 같이 사는 것을 인정하는데 아무런 문제가 없다. 사실 우리가 아는 현실 세계만 유일한 세상으로 인정한다는 것은 매우 오만한 생각이다. 어떤 사람들은 두 세상을 가르는 아주 얇은 베일이 존재한다고 말한다. 나는 그것이 진실이라고 믿는다. 나는 두 가지의 현실을 끌어안는데 아무런 문제를 못 느끼고 오히려 그로 인해 우리가 사는 세상이 매우 풍부해진다고 느낀다.

따라서 나는 독자들에게 그 경험을 선사하려고 노력한다."

나는 이 소설을 통해 한국의 수많은 판타지 소설 덕후들이 새로운 판타지에 눈뜨길 바란다. 너도 나도 주식 투자에 열을 올리고 가상화폐의 가치가 은행이율을 뛰어넘는 요즘, 인간의 영적 능력이 지혜의 힘을 얻었을 때 가질 수 있는 상상을 초월한 판타지를 만나볼 수 있기를 바라기 때문이다. 현실을 이겨낼 힘은 어쩌면 환상의 세상에서 가져올 수 있는지도 모른다. 또한 같은 맥락에서 환상과 현실을 넘나드는 우리가 잊고 있던 우리의 옛이야기들에 대한 관심도 회복하기를 희망해본다.

유숙열

# 차례

# 제1부 잠자는 강을 찾아서

# 제2부 심장석의 비밀

# 깨어나는 꿈들

빌리가 손을 집어넣었을 때, 강물은 금세라도 얼어붙을 듯 차가웠다. 그리고 완벽하게 고요했다. 그래야만 했다. 강은 잠들어 있었으니까. 모든 게 예언자가 말했던 그대로다.

빌리는 거의 알아차릴 수 없을 정도로 앞으로 미끄러지듯 강바닥으로 들어가 반질반질한 돌을 집어 올렸다. 그러고는 손을 들어 올린 채 가만히 서 있었다. 그러나 너무 늦었다. 그는 발바닥에서부터 무언가 엄청난 것이 깨어나고 있는 것을 느꼈다. 그가 강기슭에 도착하기도 전에 물이 그의 허리 위까지 차오른 것이다.

강이 되살아났다. 순간적으로 엄청난 급류가 그의 다리를 묶어 뒤틀리는 물의 깊은 흐름 속으로 강제로 끌고 들어갔다. 빌리의 투쟁은 쏟아지는 물의 힘에 비하면 미미했다. 수면 위로 떠오르는 것이 불가능하자 그는 숨을 쉬지 못해서 가슴이 터질 듯했고 입안에 물이 가득 찼다. 소리치려 했지만 더 깊은 어둠이 오히려 자신을 삼키는 것 같을 뿐이었다. 그의 발버둥 위로 강이 으르렁거리고 흐르며 숨죽인 채 그의 비명을 익사시키고 있었다. 그러자 그는 공포에 휩싸였고 발작하듯 온 힘을 다해 그를 붙잡고 있는 어떤 힘에 대항해 싸웠다. 그의 움직임은 더욱 격렬해졌다. 배 속부터 울리며 올라오는 깊은 목소리가 터져 나왔다. 손을 휘저었고 다행히 침대 모서리에 손이 가닿았다.

그제야 그는 다시 그 꿈을 꾸었다는 것을 깨달았다.

얼굴과 목에 땀이 흥건했다. 이불을 목에서 치우고 편안히 누워 숨을 골랐다. 잠자는 강에 대한 이야기를 처음 들은 지난 2년 동안 그는 매달 똑같은 꿈을 꿨다. 그런데 이번에는 예전과 달리 다시 잠들 수 없었다. 그래서 그는 결심했다. 다음 주에 그는 여행을 가서 그 끔찍한 강을 머릿속에서 없애 버릴 것이다. 그러나 정말로 그러려고 했던 것은 아니었다. 빌리는 잠자는 강의 이야기에 매료되었다. 그것은 이야기 그 이상이었다. 빌리는 무엇보다도 그 신비스러운 강이 잠드는 순간을 붙잡고 싶었고 다른 것은 아무래도 좋았다. 적어도 빌라는 그렇게 느꼈다. 그건 강박이 되었다. 빌리는 잠자는 강에 대한 이야기를 그가 살던 숲의 사냥꾼들에게 하고 또 했다. 그들 중 몇몇은 믿을 수 없다는 듯 고개를 절레절레 흔들었다. 로코 같은 어린 소년들은 빌리가 이야기하는 모든 세밀한 표현에 경탄을 표하며 몰두해 들었다. 한번은 로코가

"빌리 아저씨 강이 잠드는 순간을 붙잡는다는 것은 무슨 의미인가요?" 하고 물었다.

빌리가 매 단어를 주의 깊게 고르며 대답했다.

"강이 잠들면 완전히 고요해져. 그렇지만 시간의 마법은 강이 잘 때도 여전히 강력해. 그래서 그 힘은 강바닥 한가운데에 있는 돌들에게 마법을 걸어. 만약 네가 잠자는 강의 심장에서 돌 하나를 떼어 집으로 가져올 수 있다면 그것은 너에게 무엇이든 이룰 수 있는 힘을 허락할 거야. 너는 원하는 소를 가질 수도 있고 아름다운 여자가 널 사랑하게 만들 수도 있지. 전쟁에서 빼어난 기량을 발휘할 수도 있고 아니면 사냥에 성공하는 것일 수도 있고. 그것이 강이 잠드는 순간을 붙잡는 의미란다. 그렇게 너는 강의 마법을 네 것으로 만들수 있어. 잠자는 강에서 가져온 마법의 돌은 심장석heart-stone이라고 불린단다."

"빌리 아저씨, 아저씨는 그 잠자는 강을 찾고 싶으세요?"
로코가 물었다.

"모든 사냥꾼들이 그 강을 찾고 싶어 한단다. 로코야. 나랑 같이 그 강을 찾으러 갈래?"

"오, 그래요. 제가 사냥을 떠날 만큼 자라면요."

빌리는 침대에 누워 소년과의 인상적이었던 짧은 대화를 회상했다. 로코는 숲에 있는 빌리 삼촌의 오두막에 종종 들렀다. 그곳은 빌리가 방을 하나 더 들였기 때문에 이제 오두막 이상이 되었다. 그래서 두 그룹의 사냥꾼들이 동시에 들이닥치더라도 한 그룹이 돌아가야 할 일이 없었다. 숲은 빌리에게 고향이었다.

48년 그의 인생에서 25년을 여기에서 보냈다. 그는 이제 마을로 돌아갈 생각이 없었다. 그의 어머니가 아이를 낳을 계획이 없냐며 그래야 자신이 노년에 아이들을 돌볼 것이 아니냐고 다시 물었을 때에도. 심지어 어머니가 죽은 다음에도 그는 돌아가지 않고 숲에 남았다. 그리고 그의 가문은 무너지기 시작했다. 문중에서는 그를 부드럽고 어린 나무고사리들을 먹으며 그 지역을 돌아다니는 들소들의 수호자로 만들었다. 산림청에서는 빌리에게 그의 구역에 집을 짓고 살기를 좋아하는 희귀새, 호로호로새의 공식적인 후견인이 되어도 괜찮겠냐고 물었다. 빌리는 동의했고 그래서 그들은 빌리에게 다달이 쌀과 소금, 차, 설탕의 배급과 함께 소액의 월급을 제공했다. 간혹 럼주 한 병이 추가되기도 했다.

빌리는 이 모든 것에 만족했다. 그는 결혼할 필요를 못 느꼈다. 친척들도 그의 결혼 사업을 포기하는 듯 보였다. 숲은 여자와 아이들이 있을 곳이 아니기 때문이다. 그가 죽었을 때 대를 이어갈 상속자가 없다는 것은 그에게 중요하지 않았다. 그러나 그것은 그의 친척들이 그를 가장 압박하며 논쟁을 벌이던 주제였다. 어쨌든 그는 마음을 결정했고 오랫동안 떠나 있으며 그 결심을 충분히 증명했다. 세월이 흐르고 마침내 가장 극성스러웠던 그의 고모까지 그가 결코 결혼하지 않을 거라는 사실을 받아들이게 되었다.

아주 오래전에 '세노'라는 한 소녀가 살았다. 그 소녀는 마음씨 곱고 다정한 메추세노였다. 마을 소년들은 그녀를 위해 숲의 가장 높은 나무에 올라가 꽃을 따왔다. 빌리는 몇 주 동안 세노 역시 자기를 좋아한다고 확신하고 있었다. 그리고 고민 끝에 어떻게 그녀에게 다가가야 할지 결정했다. 마을의 많은 사람이 결국 그 둘이 사귈 것이라고 기대했다. 그러나 곧 이상한 일련의 상황이 이러한 망상에 종지부를 찍게 만든다.

때는 바야흐로 그가 열여덟 살이 되는 여름이었고 억수 같은 장맛비는 마침내 더운 날씨에 자리를 내어 주었다. 늦여름의 태양은 진창길과 밭을 말렸고 잠자리들이 줄지어 날아다니게 만들었다. 모든 사람이 밖으로 나와 추수를 준비했다. 세노도 가까운 두 친구와 함께 약초를 캐러 숲으로 갔다. 그들은 나무에 올라 아름다운 난초를 땄다. 세 명의 소녀가 집으로 돌아올 때 세노가 그녀의 친구들에게 말했다. 키가 크고 검은 남자가 나무에서 내려와 그들을 집까지 쫓아왔다고. 그녀는 두려워서 계속 뒤를 봤다고. 그러나 그녀의 친구들은 아무것도 보지 못했다. 마을 어귀의 문에서 소녀들은 헤어졌다. 세노는 집에 도착해 부모님에게 갔다. 저녁이 되자 그녀는 끔찍한 고열에 휩싸였다. 열은 내릴 줄 몰랐고 셋째 날이 되자 그녀는 자신을 돌보는 사람에게 나무에서 내려온 남자가 침대 가장자리에 앉아서 그녀를 보고 있다고 말했다.

"저 남자 좀 내보내요. 엄마, 나를 내려다보고 있어요!"

그녀가 외쳤다. 엄마와 그녀의 자매들은 아무도 보지 못했다. 그다음 아주 오랫동안 그녀는 침묵했고 그러다가 갑자기 비명을 지르며 "엄마, 이 남자가 날 붙잡아요"라고 자꾸만 소리 질렀다.

그녀의 얼굴은 고통으로 일그러지고 머리는 뒤로 툭 떨어지고 몸은 축 늘어졌다. 엄마와 자매들은 끔찍한 비명을 지르고 그녀를 되살리기 위해서 할 수 있는 모든 일을 다 했지만 그녀는 가버리고 말았다. 세노는 마을의 문밖에 묻혔다. 왜냐하면 그녀는 동네에서 '흉조'로 여겨지는 죽음을 맞았기 때문에. 문중의 누구라도 귀신을 영접한 다음에 죽은 사람은 마을 안에 묻힐 수 없다. 슬픔을 가눌 길 없는 그녀의 가족들은 마을 밖에 있는 그녀의 무덤가에서 몇 날 며칠을 울었다. 고통스럽지만 그들은 일하러 서서히 밭으로 일하러 돌아가야만 했다.

수개월이 흐르고, 그들은 그 작고 외로운 무덤에 누군가 꽃을 두고 간다는 사실을 알았다. 몇 달 동안 누군가 꽃을 두고 가다가 빌리가 숲의 오두막을 집으로 만들어 살기 시작한 이후부터 그것은 갑자기 멈췄다. 마을에서 빌리의 부재는 티가 났다. 많은 사람이 그 또한 저세상으로 갔다고 믿었다. 그 두 연인이 귀신이 되어 숲에서 만난다는 소문이 돌았다. 해가 지나면서 소문은 천천히 사라졌다. 그리고 세노의 기이한 죽음과 빌리의 행적을 둘러싼 괴소문은 가끔씩 빌리의 친지들에게만 언급되는 마을의 신화로 강등되었다.

# 숲

"숲은 제 아내입니다."

빌리는 몇 번이고 되풀이해서 말해야만 했다. 그렇지만 친척들은 지치지도 않고 그에게 계속 결혼 이야기를 했다. 그는 어머니한테만 오직 한 번 말했을 뿐이었다. 하지만 그때 그의 목소리가 너무 단호해서 충격을 받았던 어머니는 다시는 결혼 이야기를 입 밖에 내지 않았다. 어떤 면으로 그녀는 손주를 보고 싶은 열망에도 불구하고 아들을 이해했다고 말할 수 있다. 그렇지만 고모들은 어머니가 포기한 이후에도 한참 빌리에게 결혼을 종용했다. 남자가 마을에서 사람들과 섞여 살지 않고 숲에서 혼자 산다는 것은 그들에게 상상조차 할 수 없는 너무나 낯선 무엇이었다. 마을은 그들이 아는 삶의 전부였고 빌리는 왜 자신이 혼자서 자기만의 삶을 사는 것을 더 좋아하는지 설명하기를 포기했다. 그것은 종종 자신에게도 설명하기가 힘들었다. 계곡 사이에서 울부짖는 바람처럼 여전히 그의 내면에서 으르렁거리는 끔찍한 고독만 제외하면 아무도 그를 건드리지 않은 채 몇 개월이 그냥 지났고, 그동안 바람은 나무로 만든 그의 집을 무자비하게 흔들어대고 무례하게 폭파시키며 벽에 금이 쩍쩍 갈라지게 만들었다. 고독은 너무나도 절박해 숲에서의 그의 삶을 거의 포기하고 마을로 돌아가고 싶을 정도였다.

두 번째 해에 그는 너무나 외로워서 오두막을 증축하던 모든 일을 그만두었다. 그는 돌담을 쌓던 날을 아직도 기억한다. 그는 강한 바람을 막기 위하여 오두막의 서쪽 벽에 돌담을 쌓기로 했다. 그때 그가 선택한 삶의 적막감이 그를 관통했다. 그 느낌은 첫 달에 그랬던 것처럼 쉽게 가시지 않았다. 그건 마치 열이 뼛속 깊이 자리 잡듯 줄기차게 머물렀다. 그 느낌이 비록 아직 가볍게 남아 있긴 했지만 빌리는 연장을 걷어서 선반에 놓고 그의 오두막에서 걸어 나왔다. 그가 선택한 숲에서의 삶이란 무엇인가? 그가 남은 인생에서 원하는 것은 정말로 무엇이란 말인가? 빌리는 마을에 대한 생각이 떠올랐고 사람들이 늦은 오후에 하는 일에 대해서도 생각이 났다. 밭에 나간 사람들은 아직도 들판에서 일하고 있을 것이다. 어쩌면 마을 사람들의 전형적인 방식인 '주거니 받거니'식의 노동요를 부르며 고된 노동에 리듬을 부여할 것이다. 마을은 지금쯤 노인과 아이들이 밭에 나갔다 노래하며 돌아오는 사람들을 환영하며 복작댈 것이다. 빌리는 그

광경을 그려볼 수 있다. 늙은 여인들은 화덕에 불을 붙이고 저녁 식사를 준비한다. 집으로 돌아오는 일꾼들의 노랫소리는 멀리서부터 들려오고 따뜻한 저녁 식사와 마땅한 휴식이 기다리고 있다.

"그게 바로 내가 놓친 것들이야."

그는 자신에게 말했다.

축제나 연회, 마을잔치 같은 거창한 것이 아니라 마을의 아주 평범한 생활들, 작은 물동이에 물을 길어오는 아이들, 서로를 부르는 이웃들, 길을 더럽히기 전에 훠이 하고 내쫓기는 마을의 동물들.

"내가 그 삶으로 돌아간대도 누가 혹은 무엇이 나를 막겠어? 아무 것도, 아무도! 대답할 필요가 없지. 산림청은 여기 와서 캠프를 열고 중간중간 호로호로새를 추적할 누군가 다른 사람을 쉽게 찾을 수 있을 거야."

마을위원회 역시 그의 도움 없이 들소를 돌볼 방법을 일찍이 마련했다. 그가 반드시 필요한 사람은 아니었다. 그러나 여전히 의문은 남는다. 무엇이 마을로 돌아가는 것을 막는가? 이 질문은 다음 날까지 그를 괴롭혀서, 그는 돌담 쌓는 일을 끝내지 못했다.

"숲은 제 아내입니다."

그는 마을에 있는 친척들에게 그 말을 너무 여러 번 했다. 이제 그는 마치 배우자를 배신한 존재가 돼버린 것만 같은 느낌이 들었다. 그는 숲을 떠나는 것이 아내를 버리는 것과 마찬가지라는 생각이 들기 시작했다. 비록 그 생각이 그의 영혼을 불안하게 동요시켰지만 그가 실제로 그 생각을 오랫동안 키워왔다는 것을 깨달았다.

다음 날 아침 찌르는 듯한 통증처럼 너무나도 친숙한 외로움의 느낌이 살금살금 그에게 되돌아왔다.

"숲은 제 아내입니다. 그리고 어쩌면 결혼생활도 이런 모습일 겁니다. 외로움의 틈이 서로를 갈라놓고 자기 생각에 빠져 각자 답을 찾습니다."

이상하게도 이런 생각이 그를 진정시켰다. 그의 생각은 머릿속에서 더 분명해졌다. 그는 아직도 여전히 붙잡을 수 없는 것을 붙잡기 위해 너무나도 열심히 노력해왔다. 어쩌면 답은 노력에 있는 것이 아니라 존재에 있는지도 모르겠다. 외로움을 그저 다 없애는 것이 아니라 단순하게 받아들임으로써 더는 적이 아니라 동반자로 함께 살아가는 법을 배우는 것처럼 말이다. 그가 사랑했던 소녀, 세노를 생각한 지 벌써 여러 해가 흘렀다. 어느 날에는 그녀의 얼굴이 기억나지 않았다. 형상이 흐릿해져서 그는 거기에 무언가를 그려넣으려는 노력을 멈췄다. 그래서 이제 그의 외로움의 근원은 그녀에 대한 갈망이 아니었다. 그것은 그냥 인간 존재의 한 부분이었다.

전날 밤의 꿈은 순간적으로 똑같은 절망적 공허감을 그에게 가져다주었다. 그러나 그는 힘들게 싸웠고 이번에는 일어나 긴 여행에 필요한 짐들을 챙길 수 있었다. 빌리에게는 어느 사냥꾼이 준 오래된 여행 가방이 하나 있었다. 그 가방의 천이 하도 튼튼해 침대 위에 던져놓고 짐을 싸기 시작했다. 사냥칼을 칼집에 꽂고 가방 안에 넣었다. 그다음에는 담배통과 엽연초 주머니를 넣었다. 그리고 조그만 소금통, 차주머니, 쌀 조금, 말린 소고기와 사슴고기를 넣었다. 절반이 빈 총알 상자를 챙겼고 거기에 납으로 만든 여섯 개의 구식 총알에 한 줌의 총알과 산탄을 더했다. 추가로 탁자 위에 있던 구식 총알 두 개를 더 넣었다.

빌리는 앉아서 어두운 실내를 돌아보며 긴 여행을 하는데 무엇이 더 유용한지 잠깐 생각했다. 그는 창가에 매달린 긴 밧줄을 보았다. 그는 밧줄을 내려서 그것을 감아 가방 안에 다른 것들과 함께 넣었다. 그는 거칠거칠한 모직 담요를 맨 위에 넣고 가방을 닫은 다음 가죽 끈으로 묶어 옆에 두었다. 그가 오두막을 떠나려면 하루나 이틀이 필요할 것이다. 그는 유일한 이웃인 나뭇꾼 네팔리에게 들르는 의무적 우회로를 계획했다. 나뭇꾼 네팔리의 집은 빌리의 오두막으로부터 걸어서 네 시간 거리에 있었다. 그들은 가끔 시내에 나갔다가 설탕이나 차 등을 빌리에게 가져다주곤 했다.

갑작스레 여행 짐을 꾸리는 충동은 빌리에게 의미심장한 영향을 미쳤다. 그날 저녁 마침내 쉬려고 침대에 눕자 마치 어떤 거대하고 무거운 짐이 그의 등에서 막 떨어져나간 것처럼 느꼈다. 그는 출발을 상상하면서 홀가분함을 느꼈다. 빌리는 어쩌면 무언가 변했다고 생각했다. 어쩌면 이제 빌리는 잠자는 강에 대해 꿈꾸지 않을지도 모른다고. 그가 눈을 감자 그의 생각은 한동안 잠자는 강에 대한 질문에 머물러 있었다.

"인간의 발길이 닿지 않은 그런 장소에 존재하고 오직 숲에 사는 사람들만이 이해할 수 있는 그런 게 가능한가? 강의 마법이 오직 믿는 사람에게만 작동하나? 믿음이 없는데도 불구하고 마법이 일어날까?"

다음 날 그는 집 주변 철사로 만든 울타리에 난 구멍을 수선했다. 그 울타리는 성가신 동물들로부터 그의 식량을 지키려고 만들었다. 그리고 그는 울타리를 중간 크기의 말뚝들로 더 단단하게 보수했다. 큰 동물들이 들어오지 못하게 높게 만들었다. 그다음에는 널빤지들이 곳곳에서 썩고 있는 현관으로 주의를 돌렸다. 무너지는 것을 막기 위해서 그는 네팔리에게서 산 쌓여 있는 송판 더미에서 널빤지를 꺼냈다. 빌리는 새 널빤지들을 기존의 널빤지들과 같은 크기로 잘라 썩은 것들과 교체했다. 그 작업은 거의 하루가 걸렸고 저녁 식사를 준비하기 전 해 질 녘이 되어서야 마무리되었다. 그럼에도 불구하고 그건 그가 여름 내내 미뤄왔던 일을 마침내 끝낸 것일 뿐이다. 감사할 일이었다.

# 이웃들

　네팔리 집에 도착하는 데 네 시간 반이 걸렸다. 그가 놓은 덫 중 하나에 커다란 사향고양이가 걸려 구덩이 안으로 떨어져 그르렁거리고 있는 것을 발견한 것이다. 그의 칼이 신속하게 한번 치자 고양이는 잠잠해졌다. 빌리는 단단한 대나무를 잘라 그 끝에 고양이를 매달았다. 그는 네팔리 가족이 식단에 보탬이 될 이 사향고양이를 환영할 것이라고 확신했다. 비록 마을 사람들은 그곳을 정착촌이라고 부르지만 실상 거기에는 옛날에 나뭇꾼들이 사용했던 몇 개의 오두막들이 모여 있을 뿐이다. 그들은 숲에서 일했고 나무를 잘랐으며 세분하여 톱질해 널빤지를 만들었다. 서너 가족들이 거기 정착해 살았지만 남자가 다른 일을 찾으면 그는 가족과 함께 다른 곳으로 옮겨 갔다.

그가 도착했을 때는 나무꾼 크리슈나와 그의 아내, 단지 두 명의 어른이 있을 뿐이었다. 여자는 갓난 아기에게 젖을 먹이고 있었기 때문에 남자가 빌리를 위하여 차를 준비했다. 그리고 그는 빌리가 가져온 사향고양이를 감사히 받아 껍질을 벗기고 조리하기 위해 작은 조각으로 잘랐다. 네팔리 가족은 덫에 걸린 야생동물들을 잡아먹는 숲속 생활에 익숙해져 있었다. 그들은 야생고기에 고추와 양념을 더해 맛있는 카레요리를 만들어냈다.

"크리슈나, 나는 긴 여행을 떠나요. 그동안 호로호로새를 돌봐주시고 만약 어떤 사냥꾼이라도 그 새들을 쏘거나 잡는다면 산림청에 보고해주시겠어요?"

크리슈나는 놀란듯이 빌리를 쳐다봤다.

"사브, 당신은 나한테 결코 이런 요청을 한 적이 없었어요."

크리슈나는 언제나 빌리를 사브라고 불렀다.

"글쎄, 전에는 결코 긴 여행을 떠난 적이 없었지요. 그래서 아직까지 당신에게 이런 요청을 할 필요가 없었어요."

"얼마나 오래 나가 있을 건데요, 사브?"

"삼 주나 아니면 사 주 혹은 두 달이요. 확실치 않아요."

빌리가 대답했다. 그는 자신이 찾는 것을 찾을 수 있을지 확신할 수 없다는 것을 인정하고 싶지 않았다. 그 여행 자체가 불확실했다. 그렇지만 그의 꿈을 생각해보면 그가 그 강을 찾을 수 있으리라는 데에 의심이 들지 않았다. 만약 그가 어떤 징조를 필요로 한다면 그 꿈보다 더 분명한 것은 없을 것이다. 그다음에 무슨 일이 일어날지 누가 알겠는가? 그러나 그는 그다음 단계를 걱정하지 않았다. 그는 때가 왔을 때 무엇을 할지 알 것이라고 느꼈다.

작은 꽤액 소리가 질주하는 그의 생각을 멈춰 세웠다. 아기였다.

"아기가 이제 몇 살이에요?"

빌리가 물었다.

"거의 넉 달이에요. 사브. 벌써 이빨이 났어요."

"뭐라고요? 넉 달인데 이빨이 났다고요? 정말 빠르네요. 안 아봐도 될까요?"

엄마가 다가와서 아기를 빌리에게 건넸다. 아기는 별 저항이 없었다. 안겨 있어서 행복하다는 듯 까르륵거리고 있었다. 빌리는 아기를 두르고 있는 플란넬 천을 벗기지 않았다. 굳은살이 박힌 그의 손이 아기의 부드러운 피부에 상처를 낼까봐 겁이 난 것이다. 그는 아기를 공중에 들어 올려 흔들었고 아기는 너무나 좋아했다.

"아이가 학교에 갈 나이가 되면 어떻게 할 건가요?"

"사브, 무슨 소린가요? 나는 부자가 아니에요. 나는 그 애를 학교에 보낼 수 없어요. 아이에게 내 기술을 가르칠 거예요. 그 애는 자라서 정직하게 벌어서 먹고살 거에요. 학교는 우리 같은 사람한테는 아니죠. 사브."

빌리는 잠시 멈추고 아기의 웃는 얼굴을 바라보았다. 아마도 크리슈나가 맞을 것이다. 부모가 능력이 안 된다는데 학교가 그에게 무엇을 가르칠 수 있을까? 그들은 숲의 방식에 대해서는 지식이 풍부하다. 식용으로 먹을 수 있는 풀들, 덫으로 잡을 수 있는 새들과 동물들, 독사에 물렸을 때 해독할 수 있는 쓰디쓴 약초까지.

"그렇다면 이 아이에게는 여기가 가장 좋은 학교가 되겠네요."

빌리가 말했다.

"당신이 그의 선생님 중의 하나가 되는 거죠. 사브."

크리슈나가 미소를 지으며 말했다.

"그거 큰일이네요. 정말로 내 생애 최고로 큰일이 되겠어요."

빌리의 가방은 네팔리 가족이 집이라고 부르는 목조대피소의 문 바로 안에 있었다. 크리슈나는 가방을 보고 빌리는 그 눈을 따라갔다.

"사브, 당신은 집으로 돌아가지 않고 여기서 바로 떠날 건가요?"

"그럴 거 같은데요, 왜요?"

빌리가 반문했다.

빌리도 크리슈나가 염려하는 바에 대해 생각했다. 그로서는 이 여행을 취소할 이유가 없었다. 가방 안에 여행에 필요한 모든 것이 있었다. 심지어 총도 있었다. 지도는 없었다. 이 지역의 사냥꾼들은 지도를 사용하지 않는다. 그들의 머릿속에는 그 땅의 지도가 들어 있다. 호주의 한 연구자가 쥬지 지역의 지도를 만들고자 했을 때 그는 사냥꾼들의 장소에 대한 지식을 이용해 상당히 정확한 지도를 만들 수 있었다.

"여행을 떠나기에는 너무 늦었어요. 사브. 여기서 하룻밤 자고 내일 아침 일찍 떠나는 게 어때요?"

크리슈나가 제안했다.

빌리는 지평선으로 저물고 있는 태양을 바라보았다. 아마도 오후 두시쯤 됐을 것이다. 뜨거운 열기가 만들어낸 습기가 바나나잎 위로 진주 방울처럼 뭉쳐져 있었다. 지금 떠난다면 그는 그날 밤 묵을 곳을 찾기도 전에 날이 어두워지고 말 것이다. 그러나 네팔리 정착촌에서 하룻밤 묵는다면 그는 다음 날 일찍 떠날 수 있어서 유리하다. 빌리는 쥬지의 반대 방향으로 갈 계획이었다. 그렇게 함으로써 그는 더 깊은 숲속으로 들어가기 전 첫 번째 마을인 젤리앙으로 건너갈 것이다.

"고마워요. 크리슈나. 그럴게요."

빌리는 결심한 듯 말했다.

"좋아요. 내가 당신이 가져온 고기를 요리할게요. 그리고 일찍 잡시다."

# 밤의 방문객들

고기의 향은 강렬했다. 크리슈나가 사용한 양념의 향도 그랬고 사향고양이 육질에서 나는 향도 강했다. 그들 셋은 곧 잠자리에 들었다. 저녁은 배부르게 먹었다. 크리슈나는 나무 침대 위에 두 개의 러그를 깔고 사냥꾼을 위한 담요가 많이 없다고 미안하다며 빌리에게 오래된 담요를 주었다. 빌리는 이런 과분한 배려에 익숙하지 않다고 주장하였다. 잠들기 전에 빌리는 크리슈나가 그들 가족이 덮어야 할 담요를 준 것은 아닌지 확인하였다.

등불을 끄자, 오직 숲의 소리만 들렸다. 부엉이 소리, 개구리 울음소리, 그리고 각종 풀벌레들의 합창 소리. 빌리는 몸을 뒤집고 바로 잠에 빠져들었다. 두 시간은 족히 잤을 것이다. 그런데 그는 길게 뽑아내는 어떤 울부짖음 소리에 깨어났다. 그 소리는 빌리의 머리카락을 쭈뼛 서게 만들었다.

등골이 오싹해지는 무서운 소리였고 대피소와 아주 가까운 곳에서 들리는 듯했다. 빌리는 누운 채로 깨어나 그것이 무엇인가 알아볼까 아니면 그대로 무시할까를 놓고 갈등하고 있을 때 신비스러운 숲의 소리 대부분이 그렇듯이 이번에는 다시 합창으로 들려 왔다.

"자칼들이에요."

크리슈나가 그가 들을 수 있도록 큰소리로 외쳤다.

빌리는 침대 아래에 있던 총을 잡고 튀어 일어났다. 크리슈나는 커다란 횃불을 들고 그들을 휘이휘이 쫓으려 하고 있었다. 자칼은 몇 그룹이 무리 지어 왔고 그들 중 제일 큰 무리가 크리슈나를 두려워하지 않고 으르렁거리고 있었다. 큰 자칼들은 횃불을 보고 움직이기 시작하는 어린 자칼들을 보고 짖고 있었다. 빌리는 그 자칼무리의 리더로 보이는 자칼에게 조준하고 총을 흔들었다. 리더로 보이는 자칼은 극도로 흥분해있었다. 다른 자칼 무리들에서도 가장 큰 그 자칼은 총을 보자 빌리를 향해 거칠게 몸을 던졌다. 자칼의 공격을 전혀 예상하지 못한 빌리는 즉시 발포했고 요란한 소리를 내며 총알은 자칼의 머리에 구멍을 냈다. 지도자가 뻗자, 나머지 자칼은 뿔뿔이 흩어졌다. 자칼들은 도망가면서 돌을 던지며 쫓는 크리슈나에게 캑캑거렸다.

"미친것들!"

빌리가 탄성을 질렀다.

"대피소까지 그렇게 가까이 오고 또 당신의 횃불도 겁내지 않다니 정말 엄청나군요."

"자칼들은 닭 때문에 온답니다. 그뿐만 아니라 자칼들은 자기들이 먹을 게 떨어지면 식량이 될 수 있는 무력한 인간 아기가 있다는 것도 알고 있답니다."

크리슈나가 말했다.

"그거 위험한데요. 당신 총 있어요? 정글에서 여자하고 아기와 같이 살면서 이런 모험을 하면 위험해요."

"총을 어디에서 구하나요? 사브. 나는 항상 돌무더기를 마련해놓고 쿠크리khukri, 네팔을 비롯한 여러 종족에서 사용되는 단도도 당장 쓸 수 있도록 갈아놓고 있어요. 아직까지는 며칠 밤잠을 설치고 또 닭 몇 마리가 없어진 것뿐이지만요."

"안 돼요. 당신은 총이 필요해요. 내 생각이지만 당신을 위해서라고요. 만일 당신의 고용주가 당신에게 총을 줄 수 없다면 내가 내 집을 팔아서라도 당신에게 총을 마련해 줄게요."

"아니, 아니에요! 그러지 말아요. 사브. 우리는 숲의 사람들이에요. 우리는 언제나 이렇게 살아왔어요. 괜찮을 거예요."

두 사람은 죽은 자칼을 대피소에서 멀리 떨어진 곳으로 끌고 나와 묻을 곳을 골라 어둠 속에서 구덩이를 파고 다른 동물의 먹이가 되기 전에 곧바로 묻어버렸다. 한동안 숲에는 삽이 간간이 묻혀 있는 돌과 부딪혀 나는 쨍그렁 소리만 들렸다. 그날 밤 자칼들은 돌아오지 않았다.

빌리는 다시 누웠다. 그는 멀리서 자칼들이 울부짖는 소리를 희미하게나마 들을 수 있었다. 듣는 것만으로도 자칼들이 아마도 젤리앙 마을이나 어떤 다른 인가가 있는 마을을 향해 가고 있음을 알 수 있었다. 빌리가 다시 깨었을 때 닭들은 알곡을 놓고 서로 싸우고 있었다. 재빨리 침대에서 일어나 이불을 개고 얼굴에 찬물을 뿌리며 세수를 했다. 크리슈나의 아내는 빌리를 위해 주전자에서 차를 따라 주었다. 혓바닥을 덴 그는 들리지 않게 욕했다.

"너무 잤어요."

빌리가 투덜거렸다.

빌리는 차를 식히려고 깨끗한 잔을 가져다가 거기에 다른 잔의 것을 따랐다. 크리슈나 가족은 빌리에게 남은 음식을 주었다. 배고프지 않았지만 긴 여행을 앞두고 필요할 것을 알기 때문에 억지로 음식을 먹었다. 다시 음식이랄 수 있는 것을 마주하기까지 몇 시간이 걸릴 것이라는 사실을 빌리는 너무나 잘 알고 있었다. 빌리는 다 먹고 일어서서 담배를 말아 불을 붙였다. 크리슈나는 서서 지켜보고 있었다. 빌리는 가방을 들고 손으로 경례하는 시늉을 했다.

"조심히 여행하세요. 사브. 숲은 모르는 사람에겐 위험한 곳이에요. 그렇지만 친구가 되어주는 사람에게는 친절하기도 해요."

"조심할게요. 크리슈나. 당신들도 소중한 당신들의 보물을 잘 지키고 계세요. 내가 돌아올 땐 당신을 위한 총을 갖고 올 것을 약속할게요."

그는 빈터로 걸어나갔고 곧 숲의 나무와 잎에 덮여서 보이지 않았다.

# 호랑이인간 weretiger

동남아시아 신화 속에 등장하는 변신하는 호랑이

그는 하루 종일 걸어서야 나뭇가지들이 얽혀 있는 나무를 발견했다. 그는 나무에 올라가 세 개의 가지를 엮어서 잠자리를 만들었다. 그것들은 마치 그전에도 그렇게 사용된 듯 그럴듯했다. 휴식을 취하기에 최적의 장소는 아니지만 뱀이나 곰 혹은 숲속을 휘젓고 다니는 다른 어떤 위험한 동물을 피하기에는 안전했다. 그는 죽은 듯이 잤고 해가 뜨기 전에 깨어 좁은 길을 따라 걷기 시작했다. 그는 음식을 조리하기 위해 멈추지 않았다.

"조금만 더 멀리 간다면 어두워지기 전 대피소를 찾을 수 있을 거야."

그는 혼자서 생각했다.

빌리가 마침내 멈췄을 때 어둠이 내려앉고 있었다. 서둘러 가면 젤리앙 마을 들판에 있는 키이루사푸라는 사람의 오두막에 거의 도착할 것이다. 밤이 오려면 몇 시간이 더 남았지만 그곳에서 숙박하는 것이 현명하다. 어두워진 다음에 대피소 없이 숲속에 남겨지는 것은 말썽을 불러들이는 것이나 마찬가지다.

한 시간이 안 되어 그는 오두막 안에 도착했다. 그는 깔고 잘 수 있는 짚단과 거친 난로, 그리고 음식을 조리할 수 있는 두 개의 팬을 발견했다. 집주인은 누구라도 오두막을 방문하는 사람이 사용할 수 있게 몇 개의 낡은 팬을 가지고 있는 것이 관례였다. 그는 거기 이미 많이 쌓여 있던 장작을 추가로 더 모았다. 성냥갑 두 개가 가까운 거리에 있었다. 그는 반쯤 찬 대나무 소금통을 발견하고 그것을 흔들어보았다. 그 통은 소금이 딱딱하게 굳는 것을 방지하기 위해 잎으로 덮여 있었다.

빌리는 곧 불을 피웠다. 마른 잎들과 잔가지들이 삭삭거리고 탁탁하며 안정적으로 타올랐다. 그는 가방 속에서 쌀을 한 줌 꺼내 팬에 넣고 거기에 말린 고기 약간을 더 섞었다. 그는 그릇에 물을 절반쯤 붓고 불 위에 조심스레 얹었다. 약간의 소금을 그릇에 더 넣었다. 그러고는 먹을 것을 찾으러 오두막 뒤에 있는 텃밭으로 나가 혹시 생강이 있나 찾아보았다. 어김없이 시골 생강이 텃밭에 있었고 냄비에 넣을 수 있는 이파리들을 뽑아왔다.

훌륭한 음식이었다. 말린 고기와 생강 잎은 별다른 양념을 더 필요로 하지 않았다. 생강 잎은 강하고 톡 쏘는 맛으로 고기 맛을 한층 보완했다. 빌리는 심지어 난롯가에서 그가 평소 아껴 사용하는 건고추가 들어 있는 병을 발견하기도 했다. 그가 장작을 넣자 불은 탁탁 소리를 내며 맹렬하게 활활 타올랐다. 고기가 부드러워지자 그는 그릇을 불에서 내려놓고 식기를 기다렸다. 그가 다 먹기도 전에 해가 지기 시작했다. 식사가 끝난 후 그는 남은 음식을 덮은 후 옆으로 놓았다. 남은 음식은 다음 날 훌륭한 아침 식사가 될 것이고 길 위의 시간을 절약해줄 것이다. 그는 끓인 물을 머그잔에 따르고 천천히 마셨다. 그는 마침내 담배 주머니에 손이 닿았고 집으로 돌아가는 길에 담뱃잎을 묶음으로 구해야겠다고 마음속으로 다짐하며 담배를 말았다. 그는 집에서 만든 수제 담배에 불을 붙여 한 모금 깊게 들이마시고 연기가 지붕 쪽으로 구불구불 올라가는 것을 두고 보았다.

짚단으로 만든 침대는 그가 오두막 문에 걸려 있던 낡은 러그를 깔자 더없이 훌륭한 잠자리가 되었다. 그는 천천히 몸을 뉘어 거친 담요를 끌어다 덮었다. 새벽 전에 일어나서 해가 뜨기 전에 출발하는 것이 그의 계획이었다.

"일찍 여행을 떠나는 것처럼 좋은 건 아무것도 없을 거야."

그는 혼자서 중얼거렸다.

빌리는 곧바로 잠에 빠져들었다. 처음에는 피로에 지친 숙면이었다. 그러나 빌리는 사냥꾼이었고 아무리 깊이 잠들었대도 작은 소리 하나에 깨어날 수 있었다. 퉁퉁한 발이 부드럽게 떨어지는 소리가 들려오는 것 같았다. 그는 깜짝 놀라서 깨어나 그가 혼자가 아니라는 사실을 깨닫고 온몸의 털이 다 곤두섰다. 그는 조심스럽게 총을 잡았고 소리에 귀를 기울였다. 무엇일까? 곰? 그의 숙련된 귀는 그것이 다람쥐나 고슴도치보다는 커다란 동물이라는 것을 알려주었다. 빌리는 소리를 낸 동물이 아주 대단히 커다란 동물이라는 것을 확신했다. 빌리는 침대에 꼿꼿하게 앉은 채 기다렸다. 오래 기다리지 않아 침입자가 앞발을 흔들며 오두막의 벽을 후려치자 벽은 기분 나쁜 소리를 내며 부서져버렸다. 뒤이어 덜커덕거리며 침입자의 엄청난 앞발이 오래된 양철과 허약한 목조 오두막을 박살내는 듯한 소리가 들렸다.

빌리는 즉각적으로 비명을 지르며 총을 당겼다. 그는 침략자의 모습을 보기 위하여 어둠 속에서 오두막 문으로 달려갔다. 불빛이 너무 침침해서 빌리는 그에게 돌진하는 검은 형태만 간신히 식별할 수 있을 뿐이었다. 사람의 윤곽을 보이는 호랑이는 겁도 없이 빌리에게 돌진했다. 마지막 순간에 빌리는 피했고 호랑이와 부딪혀 부숴지고 조각난 문은 경첩에 매달려 있었다. 빌리는 총으로 호랑이의 머리를 쐈지만 빗나갔다. 그 소리가 너무 커서 호랑이는 방방 뜨며 밤 속으로 도망갔다. 총에서 나온 눈부신 섬광이 잠시 어둠을 밝혔다. 그러자 빌리는 그 호랑이가 그가 이제까지 본 어떤 호랑이보다 훨씬 더 크다는 사실을 알았다. 호랑이의 등이 호랑이가 부서뜨린 문짝만큼이나 넓었던 것이다.

빌리는 할 수만 있다면 그 호랑이를 죽이고 싶지 않았다.

그래서 그가 쏜 총알이 빗나가서 기뻤다. 그는 불이 밤새도록 활활 오래 타라고 장작더미에 새 장작들을 집어넣었다.

빌리는 호랑이가 다시 올 지 알 수 없었다. 동시에 그가 다시 잠을 잘 수 있을지도 알 수 없었다. 그래서 그는 가슴에 총을 얹고 하시라도 준비가 된 채로 깨어서 누워 있었다. 그는 손가락을 방아쇠에 얹고 있었지만 아무 소리도 듣지 못한 채 몇 시간이 흘렀다. 그래서 그는 총을 침대에 내려놓고, 활활 타오르는 불 옆에서 깜빡 잠이 들고 말았다.

# 호랑이인간에게 말하기

빌리는 오래 자지 않았다. 호랑이가, 이번에는 마치 어딘가 아픈 것처럼 커다란 소리로 그르렁거리며 돌아왔다. 그 순간 깨어난 빌리는 총을 겨눴다. 총을 쏴서 끝장을 내야 할까? 먹기 위해 사냥용으로 작은 동물들을 쏘는데는 아주 익숙했지만 호랑이를 쏜 적은 한 번도 없었다. 우선 호랑이는 먹을 수 없다. 두 번째로 그는 숲에서 혼자 사냥하는 단독 사냥꾼으로 호랑이 사냥꾼이 의무적으로 수행하는 복잡한 의례를 할 수가 없다. 호랑이 사냥 의례를 하려면 많은 부족 사람이 필요하다.

호랑이가 돌아온 소리를 듣고 그 순간 그에게는 그가 호랑이를 바로 쏠 수 없는 또 다른 요인이 생각났다. 어쩌면 그건 호랑이인간일 수도 있다. 원칙적으로 일반 호랑이들은 사람들과 거리를 둔다. 이 호랑이는 총에 겁을 먹었을텐데도 다시 돌아왔다. 빌리는 이제 그것이 호랑이인간이라고 아주 확신했다. 마을의 몇몇 남자들이 극비리에 호랑이로 변신하는 민간전통이 있다. 비밀이었지만 마을 사람들은 누가 호랑이인간이 되었는지를 안다. 그는 이 지역에서 누가 호랑이의 영혼을 가지고 있었는지 그들의 이름을 급하게 꼽아보았다. 세 개의 이름이 떠올랐다. 그는 이름 하나를 불러서 틀리는 것보다는 차라리 세 개 이름 모두를 동시에 부르기로 결정했다. 소총의 방아쇠를 일으키며 빌리는 문을 향해 소리쳤다.

"쿠오비! 메뉴홀리! 벳쇼! 이게 같은 문중 사람을 대하는 방식인가? 나는 빌리일세. 당신들과 같은 문중인 케도의 아들. 나는 당신들에게 해를 끼치러 여길 온 게 아닐세. 왜 나를 낯선 사람 취급하나? 난 싸우려고 온 게 아닐세. 당신들은 내게 친절해야 하네. 나는 손님이니까."

그는 이 말들을 누군가 주의를 기울여 듣고 있다는 절대적인 믿음을 갖고 소리 높여 외쳤다. 아니나 다를까 그 동물은 두 번째로 퇴각하면서 그렇지만 가기 전에 마치 전사의 울부짖음 같은 소리를 남기고 떠났다.

빌리는 얼굴에 흘러내린 땀방울을 닦았다. 그는 이런 일이 일어나리라고는 예상하지 않았고 만약 빌리가 허공에 대고 시도한 대화들이 효과가 없었다면 어땠을까 상상조차 하기 싫었다. 안도한 그는 침대로 돌아가 짚단 위에 다시 누웠다.

거기 누워 있어도 그의 심장은 여전히 쿵쾅거리며 뛰었다. 그는 어둠 속을 응시하면서 호랑이인간 혹은 데쿠미아비

Tekhumiavi, 호랑이로 변신하는 민속예술전통라고 불리는 그 야수가 던진 잔인한 낯섦과 경이로움에 빠져 있었다. 남자들의 영혼이 호랑이로 변신한 것이었다. 빌리는 남자들이 마지막 단계의 호랑이인간에 도달하기까지는 오랜 과정을 거쳐야 한다고 들었던 것을 기억했다. 전설에 따르면, 모든 호랑이인간이 처음에는 들고양이 같은 작은 동물로 변신을 시작했다고 한다. 빌리는 대대로 호랑이인간 집안 출신인 한 소년의 이야기를 기억했다. 그 소년과 그의 아버지가 사냥을 갔는데 마침 들고양이가 길을 가로질러 갔다. 소년이 새총을 들고 고양이를 쏘려 하자 아버지가 소년의 손에서 새총을 빼앗았다. 소년이 말없이 아버지를 쳐다보자 아버지는 그저 "아들아, 그 고양이는 바로 너란다!"라고 말했다. 소년이 그의 영혼이 호랑이가 되어가고 있다는 것을 이해하는데 필요한 것은 그게 다였다. 소년은 이미 그의 영혼이 호랑이로 변신하고 있다고 들었고 그것은 고양잇과의 낮은 형태부터 시작할 것이었다. 소년은 열세 살이었고 예민한 청년기로서 야생고양이가 결국에는 그의 영혼인 막강한 호랑이로 성장할 것을 알았다.

앙가미족Angamis, 인도 북동부는 나가랜드주에 거주하는 나가족의 주요부족은 호랑이인간 의례를 아주 잘 지켜오고 있는데 호랑이인간으로 변신하는 와중에 있는 남자들은 이상하게 행동하기 시작한다. 그들은 다른 사람에게는 보이지 않는 물체에 멈춰서서 오랫동안 응시하곤 한다. 어떤 이들은 소를 덮치거나 할퀴기도 하며 꿀꿀대고 가냘프게 우는 소리를 내기도 한다. 이미 성인 호랑이가 된 사람들은 무언가를 죽였을 때 날고기를 물어뜯기도 했다. 딜로마마을은 한때 가장 많은 호랑이인간이 있었다. 그러나 마을의 소들이 놀랄 만큼 줄어들기 시작하자 마을위원회에서는 남자들에게 호랑이인간들을 다른 지역으로 보낼 것을 요구했다. 그 요구사항은 접수되었고 다음 달이 되자 소 떼의 숫자는 회복되었다.

빌리는 이런 것들을 생각하며 한동안 누워 있었다. 그를 가장 놀라게 한 것은 이러한 변신의 기적이었다. 남자는 그의 영혼을 호랑이로 변신하게 선택할 수가 있었다. 이 모든 이야기가 진실이라고 그는 믿어 의심치 않았다. 충분히 많은 얘기를 들었고 오늘 밤 그가 예의 없음을 탓하자 호랑이가 떠난 것을 보고 모든 이야기가 진실이었다고 빌리는 확신했다.

그가 마을에서 자랄 때 청년학교Age-group house, 마을의 어른들이 사춘기 이후의 청년들을 교육시키는 사회 기관에서 어른들이 그와 그의 친구들에게 말하곤 했다.

"남자들이 호랑으로만 변신하는 것이 아니란다. 다른 종족들 중에는 거대한 뱀으로 변신하는 사람들도 있고 그중에는 원숭이로 변신하는 여자들도 있다고 하는구나. 그런 의례들을 추천하지는 않지만 알려주는 이유는 언제나 아는 것이 힘이기 때문이야. 그것이 우리 청년학교가 존재하는 이유다. 자연과 초자연적인 지식을 너희에게 전해주고 그래서 너희가 그 두 가지 지식을 모두 갖추고 세상에 나가 어떤 세상에서도 존경받지 못하는 일이 없기를 바란다."

"호랑이로 변신한 후에 다시 인간으로 돌아올 수도 있나요?"

젊은이 중의 하나가 물었다. 노인이 대답했다.

"마치 죽느니만 못한 삶을 산 것처럼 엄청난 어려움을 겪은 다음에야 비로소 인간으로 돌아올 수 있단다. 영혼이 너무나도 엄청나게 고통받아서 고통 자체가 더는 호랑이로서 존재하고 싶지 않는 억제 효과로 발휘되는 거지."

빌리의 마음속에는 그 주제에 관해 들은 온갖 얘기들이 다 떠올랐고 지쳐 떨어지기까지 거기 누워 깨어 있는 채로 몇 시간 동안 보낸 후에야 깊은 잠에 빠져들었다.

# 쐐기풀숲

햇빛이 오두막의 부서진 문 사이로 쏟아져 들어와 그의 얼굴에 직접 닿았다. 빌리는 몸을 뒤집고 다시 잤다. 그는 호랑이를 만나 아주 피곤했기 때문에 어서 일어나 상황 판단을 해야 한다는 압박보다 충분한 휴식을 취하는 것이 더욱 중요하다고 느꼈다. 그는 꿈도 없이 아주 오래 잠을 잤고 약에 취한 듯한 기분으로 깼다.

그가 깨었을 때 불은 아직도 타고 있었고 그는 커다란 장작에서 계속 불꽃이 일도록 장작불을 만졌다. 그리고 그는 팬 하나를 불 위에 얹고 찻물을 끓였다. 호랑이는 오두막을 망가뜨렸다. 대나무 문은 조각이 나 경첩만 매달려 있었다. 천천히 차를 마시며 빌리는 망가진 곳을 여기저기 보았다. 그는 오두막 안에 문을 고칠 수 있는 도구라도 있나 싶어 일어나서 살폈다. 그러나 아무것도 없었다. 심지어 장도리 하나 없었다. 난로 부근에 무뎌져서 갈아야 하는 오래된 단도가 하나 있었다. 그는 그것을 집어 올렸고 칼을 가는 숫돌도 발견했다. 칼날이 충분히 날카롭게 갈리자 그는 오래된 대나무들을 골라 몇 개 잘랐다. 빌리는 단도의 뭉툭한 등 쪽을 사용하여 부서진 문의 최악의 조각들을 없애버리고 그것들을 새 대나무들로 교체했다. 그것은 최고의 수리라고 할 수는 없었지만 그럼에도 불구하고 집주인이 본다면 그가 제한된 도구를 갖고 최선을 다했다고 할 수는 있었다.

더는 그가 할 수 있는 일은 없었다. 해가 빠르게 떠오르자 그는 남은 음식을 전부 먹었고 길을 나서기 전에 가방을 어깨에 걸쳐 멨다. 그는 다음 들판이 나오기까지 거의 달리다시피 빨리 걸었다. 빌리는 그가 어디로 가는지 방향을 잘 알고 있었다. 만약 그가 이 방향으로 쭉 가면 그는 폭포에 다다를 것이고 그다음에 북서쪽 국경 지역에 있는 마지막 마을, 젤리앙에 도달하게 될 것이다. 예언자는 그에게 두 개의 강을 보아야 한다고 말했다. 첫 번째 큰 강이 나타나지만, 더 멀리 작은 강을 찾을 때까지 걸어야 한다고. 작은 강을 찾으면 그 근방에서 야영을 하고 강이 잠들 때까지 기다려야 한다는 것이다.

"너무 조급하게 굴지 마라, 아들아."

예언자가 말했다.

"오직 인내하는 자만이 잠자는 강을 포획하는 축복을 허락받는다."

그들의 대화를 들은 누구도 웃지 않았다. 그들이 더 잘 알았다. 예언자는 영적인 세계에 대해 잘 알고 예언자가 마을에 대해 예언한 것들은 그것이 무엇이든 언제나 일어났다.

"총을 가지고 가거라. 그렇지만 아주 가끔만 사용해라. 때때로 싸움은 피와 살로 이루어진 몸이나 총으로 무찌르기에는 아주 바보 같은 영적 힘과의 싸움일 수도 있다."

빌리는 예언자의 조언을 기억하고 어느 한 가지도 놓치지 않기 위하여 되뇌었다. 그는 예언자가 반드시 가지고 가라고 말했던 약초의 이름, 시에나Ciena, 약쑥의 한 종류로 작은 상처의 피를 멎게 하는데 쓰이며 신령한 힘을 가지고 있는 것으로 알려졌다 혹은 쓴 약쑥 그리고 냄새가 별로 좋지 않은 부드러운 이파리의 약초 티에후티에피Tierhutiepfii, 아마란스. 치료용 약초를 기억해냈다. 시에나는 악령을 막아주는데 좋고 다른 약초들은 각종 병을 치료하는데 효과가 탁월했다.

빌리는 잘 걷는 사람이었지만 무리한 이동으로 인해 지쳐 있었다. 그런 상태로 체력이 허락하는 거리보다 훨씬 많이 걸었다. 길이 커브에 다다르자 그는 자기 앞에 있는 세 개의 형체를 보았다. 그 형체들은 상당한 거리에 떨어져 있었지만 빌리는 당장 긴장하게 되었다. 전날 밤의 사건들 때문에 그는 어떤 움직임도 수상하게 느꼈다. 겉으로 보기에 그럴듯하게 보이는 것들이 만약 무언가 변신한 모습이라면 어쩔 것인가? 그는 발걸음을 늦추고 그 형체들을 주의 깊게 살펴보며 손을 뻗어 총을 잡았다.

가까이 다가가자 숲에서 지천으로 자라고 있는 풀들을 수확하고 있는 두 명의 젊은 소녀와 한 늙은 여인이 보였다.

"쐐기풀숲! 맞아 여기는 쐐기풀숲이지!"

그가 혼잣말로 중얼거렸다.

빌리는 자신이 위치를 경시했다는 사실이 약간 바보같이 느껴졌다. 여자들은 쐐기풀을 가져다가 껍질을 벗겨 실을 만들려고 추수하고 있는 것이다. 따라서 그는 쐐기풀 길쌈마을에서 멀지 않은 것이다. 걸음을 재촉하며 빌리는 일하는 이들에게 인사를 했다. 그들은 그 길에서 사람이 나오는 것이 흔치 않은 일이라 놀란 듯했다.

"그쪽도 안녕하시지요."

여인이 그의 인사를 받았다.

"어디로 가시는 길인가요?"

빌리는 그 여자 가까이에 멈춰서 젤리앙의 국경 마을 이름을 댔다.

"쐐기풀을 추수하시나요?"

빌리가 물었다.

"저는 벌써 추수철이 됐는지 몰랐습니다."

"조금 빠르긴 하지요. 알아요. 그렇지만 다 자랄 때까지 기다리면 너무 딱딱해져서요. 이때 따서 조심스럽게 잘 말리면 좋은 실이 나오거든요."

빌리는 그들이 잎을 따서 켜켜이 잔뜩 쌓아놓은 바구니들을 들여다보았다. 그는 그들이 줄기를 따라 난 가시들을 제

거하면서 껍질을 벗기는 것을 보았다. 그것은 길고 단단한 섬유 줄기였다. 그 줄기가 바로 그들이 기본적으로 필요로 하는 것이었다. 그들은 그 줄기의 껍질을 길게 벗겨 실로 감을 수 있도록 방에다 며칠간 널었다.

뜨개질은 거의 사라져가는 사양 기술이어서 부지런히 쐐기풀을 바구니에 추수하고 있는 여자들을 보는 것은 반가웠다. 그 두 소녀는 숙련된 솜씨로 작은 칼에 베이지 않도록 쐐기풀의 밑동까지 껍질을 바짝 잘랐고 빌리는 그 모습을 관찰했다.

"할머니에게 배웠어요. 나는 조카에게 가르쳐줘야죠."

여자가 다시 말했다.

빌리가 그의 가방과 총을 길가에 내려놓고 앉았다. 진짜 사람을 만나 정상적인 대화를 나눈다는 것은 기분 좋은 일이었다.

"마실 것 좀 드릴까요? 순한 건데."

여자가 제안했다.

빌리는 그녀의 제안에 감사했고 예의가 아닌 줄 알면서도 사양하지 않았다. 그들은 마을에서 멀리 떨어져 있었다. 마실 것은 먹을 것을 의미했고 그걸 지나가는 여행자에게 제공하는 것이나 마찬가지였다. 그는 거기 앉았고 쌀알이 떠다니는 쌀음료를 감사하게 마셨다. 그녀가 옳았다. 그건 순하면서도 아주 영양이 풍부한 맛이었다.

# 뜨개질꾼들

두 명의 소녀들은 꾸준하게 추수했다. 소녀들은 말을 걸려는 빌리의 시도에 응답하지 않았다. 빌리의 질문에 소녀들은 낄낄거렸다. 빌리는 대화를 계속할 마음이 들지 않았다.

"쟤들은 당신의 말을 몰라요."

여자가 설명했다.

"우리는 젤리앙족이고 젊은 세대들은 배울 필요가 없어서 앙가미 말을 할 줄 몰라요. 우리 때는 필요했기 때문에 나는 할 줄 아는 거지요. 우리 때는 앙가미족과 교역을 했어요. 우린 그들의 단도, 창, 삽, 케시니<sup>keshiini, 하얀조개 장식의 남성용 짧은 치마</sup>를 우리의 염수, 돼지, 건어물, 칠리와 바꿨죠. 그들은 정말로 단도를 잘 만들었는데 우리보다 철을 훨씬 더 잘 다룰 줄 알았어요."

"물물교환이 구식이 된 것은 정말 애석한 일이에요. 슬프게도 젊은 애들이 다른 언어를 배우지를 않아요. 다른 언어를 배우면 언제나 요긴하게 쓰이거든요."

빌리가 말했다.

"오, 제 소개를 해야겠군요. 제 이름은 빌리에요. 제 아버님은 케도 마을의 촌장님이셨습니다."

"빌리! 주지 근처의 숲에서 혼자 고독하게 살고 있는 사냥꾼 빌리가 맞지요? 우리는 당신에 대해서 많이 들었어요. 내 남편은 키리루사프고 나는 아이델이에요. 우리는 당신이 호로호로새의 후견인이라는 것을 알고 있어요."

"제 명성이 그렇게나 멀리 퍼졌습니까?"

빌리는 무안한 듯 미소 지으며 계속했다.

"당신이 키리루사프의 아내신가요? 이런 우연이 있나요? 나는 당신의 남편을 알지만 아내분을 만나는 영광은 결코 가지지 못했습니다."

빌리는 말을 멈췄지만 그녀가 대꾸를 않자 계속했다.

"정부가 호로호로새의 숫자가 더는 줄어들지 않게 나에게 돌보게 하고 월급을 줍니다. 또한 마을에서는 나에게 그 구역에 있는 들소들도 돌보게 합니다. 저는 그냥 사는 건데 돈까지 받으니 더 바랄 수 없을 만큼 좋습니다."

"용감한 삶이지요. 정말이에요."

아이델이 말했다.

빌리는 그들의 오두막에서 묵으면서 이것저것 이용할 수 있었다고 설명했다. 그는 오두막이 밤의 방문객 때문에 망가졌고 수리비를 지불할 용의가 있다고 덧붙였다. 그녀는 미소를 지으며 전혀 상관할 필요가 없다며 그들은 어차피 그 오두막을 허물고 새것을 지을 계획이었다고 말했다.

아이델은 넓은 얼굴에 광대뼈가 높이 솟은, 예쁘지 않지만 아직 주름지지 않은 정직한 얼굴이었다. 그녀는 사십대 후반이었지만 그 마을 대부분의 여자처럼 그보다 더 늙어 보였다. 중노동을 하는 여자들의 삶은 그들을 나이보다 더 늙어 보이게 만들었다. 햇볕에 탄 그녀의 손가락은 능숙하게 칼을 잡고 추수한 식물의 뿌리 쪽에 날을 대고 잎을 손상시키지 않고 함께 묶을 수 있을 만큼만 잘라낸다.

"쐐기풀은 삶아먹어도 좋아요."

그녀가 그의 시선을 느끼며 말했다.

"예, 나도 들었어요."

빌리가 대답했다.

"내가 해봐도 될까요?"

그가 물었다.

"뭘요? 쐐기풀 추수요? 물론이죠."

그녀가 그에게 칼을 내밀었고 뒤늦게 생각이 났는지 그에게 그녀의 허리춤에 매달려 있던 두꺼운 천 조각을 건넸다.

"이걸 쓰세요. 처음이니 사고가 날 수도 있으니까요. 쐐기풀에 찔리면 오래 간답니다."

빌리는 그 천 조각을 받아서 약간 더듬었다. 아이델은 빌리에게 천 조각을 다시 받아서 그가 어떻게 쐐기풀의 줄기 부분을 덮어서 찔리지 않고 잘라낼 수 있는지를 보여주었다.

빌리가 잘라내려고 시도하자 쐐기풀 줄기는 완고하게 저항했다. 짜증이 난 빌리는 확 잡아당겼고 찔리고 말았다.

"빌어먹을!"

빌리는 욕을 하며 쐐기풀을 내동댕이쳤다. 아이델은 무슨 일이 일어났는지 알았다. 그녀는 재빨리 해독제를 찾아 주변을 둘러보았다. 그녀는 작고 쓴 약쑥의 이파리들을 훑어서 손으로 짓이겨 걸쭉하게 만들었다. 그리고 그것을 빌리에게 건넸다.

"빌어먹을! 우리 마을에 있는 쐐기풀보다 훨씬 더 아프군요. 품종이 다른 건가요?"

"당신네 마을에서 나는 것보다 더 강한 품종입니다. 더 좋은 실이 나오긴 하는데 더 세게 찔리지요."

아이델이 설명했다.

빌리는 약쑥 반죽을 그의 피부에 계속 문질렀고 쓰라린 느낌은 좀 사라진 것 같았다.

"죄송해요. 나는 당신이 아는 줄 알았어요."

그들은 서로를 바라보았고 빌리는 후회의 미소를 지었다.

"제가 제 길을 갔어야 한다는 신호 같네요."

빌리가 말했다.

"잠깐만요. 내가 상처에 바를 것 좀 드릴게요."

그녀가 가방에서 코르크 마개가 덮혀 있는 조그만 병을 꺼냈다.

"그게 뭡니까?"

빌리가 물었다.

"암벽 벌꿀이에요."

아이델이 대답했다.

"이건 만병통치죠. 당신의 상처에 이걸 좀 바를게요."

대답을 기다리지도 않고 그녀는 부어오른 피부 위로 꿀을 넉넉하게 바르고 그곳을 이파리로 덮었다.

"조심하셔야 해요."

그녀가 말했다.

"익숙하지 않겠지만 이 품종의 쐐기풀은 불쾌한 발열 증상이 있습니다."

"괜찮을 거예요."

빌리는 우겼다.

"잠시 쉬었다가 부기가 가라앉으면 가세요. 진심이에요."

그래서 빌리는 다시 길가에 앉아서 기다렸다. 꿀은 빌리의 상처난 피부에 약효를 발휘해 쓰라리고 욱신거리던 통증이 좀 나아진 듯했다. 기분이 훨씬 좋아졌다.

"저를 위해 쐐기풀 옷을 떠줄 수 있나요?"

빌리가 충동적으로 물었다.

"저는 이 길로 다시 올 것이고 심지어 당신네 마을에 들러 갈 수도 있습니다. 물론 값을 치를 것입니다."

"당신에게 옷을 떠 드린다면 영광이지요. 우리는 언제나 쐐기풀로 실을 뽑은 다음에 뜨개질해서 옷을 만든답니다. 제철에 입어야 좋지요. 옛날 사람들은 아직도 그걸 껍질 옷이라고 부른답니다."

"껍질-옷, 기억해두지요."

빌리는 가려고 일어나면서 진지하게 말했다. 그는 그들을 떠나 그의 길을 계속 갔다. 꺾어진 길에서 그는 뒤를 돌아보며 그들에게 손을 흔들었다.

# 밤의 동반자

빌리는 쐐기풀숲에서 나오자마자 속도를 냈다. 쐐기풀은 길의 양쪽에서 자라고 있기 때문에 만약 그가 자칫 발을 잘 못 디뎌 관목숲에 빠지면 경악할 만한 위험에 빠질 것이다. 그래서 쐐기풀숲의 끝에 도달했을 때 빌리는 당연히 매우 안심했다. 쐐기풀숲은 그 이름이 암시하는 대로 그 구역의 전부를 차지할 만큼 넓지는 않았다. 그것은 1킬로미터의 절 반도 채 되지 않았고 쐐기풀들은 키가 매우 크게 자라 어떤 것들은 깊은 숲속에 있는 나무들만큼 키가 컸다. 그중에는 추수꾼이 통과하기 불가능한 곳에 있어 추수되지 못한 것들 도 있다. 그래서 그것들은 아무 제약 없이 현재의 높이까지 자랄 수 있었다. 쐐기풀 나무를 보지 못한 사람들은 이런 것 들을 비웃는다. 하지만 쐐기풀숲에 와본 사람들은 그런 의미 를 잘 안다.

빌리는 아직도 다섯 시간 정도 이동할 시간이 있었다. 그는 그 시간을 최대한 활용할 작정이었다. 그는 습관적으로 보폭을 크게 걷는데 그래서 다른 사람들은 그와 보조를 맞추는 것을 힘들어했다. 대부분의 시간을 혼자 여행하는 것은 그래서 잘된 일이라고 한 친구가 그를 놀렸었다. 빌리는 키가 별로 크지 않았는데 마른 체격이라 키가 크다는 인상을 주었다. 그는 매우 두드러지게 굽은 매부리코였고 그 코는 그에게 가혹한 인상을 주었다. 그것은 진실과는 아주 거리가 멀었다. 숲의 보호자 빌리는 숲을 돌아다니다가 만나는 다친이가 있으면 누구라도 주의 깊게 돌봐주었다. 그는 부러진 뼈에 부목을 대는데 숙련되었다. 그는 시에나 반죽을 만들어 상처에 발라주는데 그것은 작은 상처에 특효약이고 큰 상처에는 톡 쏘는 맛의 잡초로 만든 재팬 나Japan nha, 데이지과 잡초로 크로프톤 위드라고 한다 와 암벽 벌꿀을 발라주었다. 그는 그것들을 자신에게 사용해보았는데 빨리 치료가 될 뿐만 아니라 흉터도 거의 남지 않았다.

몇 시간 후에 그는 다음 계곡에 도착했고 그날 밤 거기에서 캠프를 치고 숙박을 해야 할까를 놓고 머릿속에서 갈등하고 있을 때 위에서 목소리가 들렸다. 작은 사냥꾼의 무리였다. 그는 그들에게 소리쳤다. 그가 따라잡도록 네 명이 멈춰 서서 기다려주었다.

"혼자 아니죠, 그런가요?"

그룹의 리더인 듯한 반백의 늙은이가 물었다.

"저 혼자입니다."

빌리가 대답했다.

"오 여기는 안전하지 않은데."

늙은이가 말했다.

"여기를 잘 압니다."

빌리가 재빨리 말했다.

다른 세 사람은 멀리 서 있었고 빌리는 그들에게 인사의 의미로 손을 들었다. 그들은 소리치며 인사로 화답했다.

"우리는 정상 봉우리 바로 아래쪽에 텐트를 칠 계획입니다."

리더가 설명했다.

"원한다면 저희와 함께 하시죠."

빌리는 그 제안을 감사히 받아들였다. 숫자가 많으면 안전했고 그는 예기치 않은 동반자들 덕분에 행복해졌다. 그들은 정상 봉우리 그늘 바로 아래에 도달하기까지 네 시간을 더 걸었다. 해는 이미 졌고 그들은 서둘러 대피소를 마련하기 위해 나무를 쪼개고 코끼리풀을 베었다. 남자들은 말린 물고기를 가져왔는데 불을 피우자 그것을 구워서 타두tathu, 말린 생선이나 고기를 간 고추, 마늘, 생강, 구운 토마토로 만든 짭짤한 전채요리 안에 부숴 넣었다. 그들은 빌리가 준비해온 음식을 먹도록 내버려두지 않았는데 왜냐하면 나중에 빌리에게 더욱 필요할거라는 이유 때문이었다.

식사를 마치자 빌리는 졸렸다. 그래서 그는 바위 위에 누웠다. 그가 잠깐 휴식을 취했을 때 그는 그를 초대해준 사람들과 인사를 나누지도 않고 잠을 자는 것은 예의에 벗어나는 일인 것처럼 느껴졌다. 그래서 빌리는 일어나서 머그잔을 홍차로 채웠다.

그 그룹의 세 명은 한 가족의 구성원들로 형제였다. 그들은 가끔 사냥을 나서는데 옥수수밭을 쑥대밭으로 만들어놓고 이 길로 지나가는 야생멧돼지들을 쫓았다. 삼 형제 중 막내는 이제 겨우 열아홉이었다. 그는 곰을 향해서 총을 쐈지만 죽이지는 못했다고 말했다.

"짐승을 가까이 본 적이 있어?"

빌리가 물었다.

"아니 꼭 가까이에서 본 건 아니에요. 그렇지만 그건 아주 컸고 갈색이었어요. 내가 뒤에서 총을 쏘자 으르렁거렸어요."

아부라는 이름의 그 젊은 청년이 대답했다.

빌리는 그것이 어쩌면 곰이 아니라 야생 돼지일 거라는 말을 하지 않고 잠자코 있었다. 둘째 형은 스물다섯 살로 사냥에 경험이 더 많았다. 그는 동생만큼 상냥하지 않은 것 같았다. 빌리는 그들이 그를 '사나이'라고 부르는 것을 들었다. 맏형은 서른두 살이었고 셋 중에 가장 뚱뚱했다. 그는 지니고 다니는 위스키를 병째로 꿀꺽꿀꺽 마셨고 언제나 명랑했다.

"우리는 일찍 잠자리에 들어야만 해."

폐후라는 이름의 반백의 리더가 말했다.

다음 날의 계획은 동물들이 먹이를 먹는 나무들을 찾는 것이었다. 그리고 그들은 그들의 사냥감을 찾기 위하여 밤새

기다리는 것이다. 그러나 삼 형제의 맏형은 금주하고 싶어 하지 않았다.

"됐다고! 히사, 동물이 왔을 때 제대로 총을 쏘지 못할지도 몰라."

폐후가 단호한 어조로 말했다.

"이제 자야 해. 안 그러면 내일 숙취 때문에 골치 아프다고."

"우리는 하루 종일 걷기만 했어. 난 재미도 좀 보고 싶다고."

히사가 항의했다.

"봐, 지금 형이 그렇게 에너지를 낭비하면 그다음엔 전혀 사냥할 컨디션이 되지 못할 거야. 좀 자라고! 이 비곗덩어리야."

"나한테 욕하지 말라고, 알아들어?"

히사의 어조도 공격적이었다.

"오케이, 오케이, 취하셨으니 그만들 주무세요."

빌리는 서둘러 인사를 하고 텐트 안으로 살살 들어갔다. 그리고 그날 밤의 잠자리인 풀 덮인 흙더미 위에 누웠다. 그는 담요 아래에서 웅크린 채 잠을 청했다.

# 어둠을 타고

빌리가 얼마나 오래 깨어 있었는지 확실하지 않았다. 밖에 있는 두 남자가 큰 소리로 다투고 있었다. 처음에 빌리는 그들이 조용해 지리라고 생각했지만 그렇지 않았다. 갑자기 빌리는 일이 좋게 끝나지 않을 것 같다는 예감이 들었고 그 예감은 그를 긴장하게 만들었다. 빌리는 그 느낌을 무시하지 않았다. 왜냐하면 그런 느낌은 전부터 그에게 친숙했기 때문이다. 그의 의식은 자동으로 작동하기 시작했다. 짐을 챙기고 여기서 떠나라고 명령했다. 그는 주저하지 않았다. 그가 담요를 개서 가방에 집어넣었을 때 커다란 총소리가 들리더니 남자의 숨 가쁜 비명이 이어졌고 곧바로 정적이 흘렀다. 빌리는 그의 총을 잡고 튀어 일어났다. 그는 아무것도 상상하지 않았다. 총성은 죽은 사람도 깨울 만큼 컸다. 두 젊은 청년은 대피소의 저쪽에서 아직도 코를 골며 자고 있었고 빌리는 문 옆에 눕기를 선택했던 것이다. 그들도 이 소란에 깨었을 것이다.

아주 조심스럽게 빌리는 대피소의 가장자리로 기어서 나가 밖을 내다보았다. 난로의 불빛으로 그는 한 남자가 구부린 채 움직이지 않는 것을 보았다. 또 다른 거대한 형체가 방금 쏜 총을 여전히 든 채로 그를 감싸고 있었다. 흐느낌 사이사이 히사는 말하고 있었다.

"내가 그만하라고 말했잖아. 그렇지만 넌 듣지 않았어. 내가 말했잖아, 말했잖아."

폐후는 전혀 움직이지 않았다. 빌리는 무엇을 해야 할지 혼란을 느꼈다. 밖에 나가서 히사로부터 총을 빼앗아야 할까? 아니면 자는 척하고 다른 둘이 대처하도록 내버려둘까? 자다 말고 총성으로 잠이 깬 두 형제는 아직도 잠 속에서 뒤숭숭할 것이다. 빌리가 망설이는 사이 히사가 그의 존재를 알아채고 말았다. 그가 총을 빌리의 방향으로 흔들며 소리쳤다

"누구야? 거기 누구야?"

빌리는 그가 자신에게도 총을 쏠지 확신할 수 없었다. 가방과 총을 잡고 그는 미친 듯이 대피소 밖 들판을 지그재그로 가로질러 달려나갔다. 그는 히사가 분노의 고함을 치며 그를 향해 총을 쏘는 소리를 들었다. 총알이 쌩 하고 그를 비켜갔다. 빌리는 생전 달려본 적이 없는 속도로 빨리 달렸다. 천천히 달리면 히사의 총알이 그를 명중해 죽을 거라는 것을 알았다. 그는 히사보다 빨리 달려 그 남자의 목표가 거리 때문

에 벗어나기를 바랄 뿐이었다. 더 많은 총알이 잇따랐다. 총알 하나가 그의 팔을 스쳐 지나갔지만 그는 아무것도 느끼지 못했다. 빌리는 숨이 턱에 닿아 목이 아플 때까지 숲속으로 곤두박질치며 달렸다. 소리치는 목소리가 점점 희미해졌고 마침내 모두 끊겼다. 그는 더 달릴 수 없을 때까지 달렸다. 그가 한 나무에 기대어 섰지만 그의 다리는 사정없이 떨려서 무릎이 꺾이고 말았다. 그는 멈춰도 좋을 만큼 안전하다고 느끼지 않았다. 그래서 가방을 배 아래에 두고 총은 등에 업고 네 발로 기기 시작했다.

돌아가서 사태를 분별하는 것은 이제 선택지가 아니었다. 빌리는 총을 갖고 있는 미친 남자로부터 가능한 멀어져야 한다는 것을 알았다. 그는 다른 친구들이 소리치는 것을 들었다고 생각했지만 확신할 수 없었다. 기고, 잠시 쉬고 다시 기어가며 서서히 침착해졌고 다시 힘을 얻었다. 그는 재빠르게 경로를 바꾸기로 결정했다. 만약 그들이 간헐적 사냥꾼이라면 그들은 그 구역을 잘 알 것이고 그러면 숨을 곳 또한 잘 알 것이다. 그들은 빌리가 향할 방향 또한 예측할 수 있을 것이다. 빌리의 결정은 그 모두를 계산했다. 그는 목적지인 히네마 마을로 가는 길을 따르지 않을 것이다. 그는 동북 방향으로 더 먼 길을 돌아서 언젠가 국경 마을에 도착할 것을 원한다.

그는 멈춰서 그의 가방에서 떨어진 것이 아무것도 없는지를 점검했다. 그러고 나서 그는 등에 있는 가방을 흔들어 총을 꺼내고 숲속으로 더 멀리 들어갔다. 이제 그는 반은 달리고 반은 걸으면서 숲속으로 들어와 길로부터 몇 킬로미터는 떨어졌다. 빌리는 이 길을 베테랑 사냥꾼인 그의 삼촌과 단 한번 온 적이 있을 뿐이었다. 그는 그가 지표들을 기억하기를 희망했다. 이제 나무들이 많아졌지만 그는 그가 제대로 가고 있는지 점검하기 위하여 멈추는 것은 아직 위험하다고 느꼈다. 시간이 많이 흐른 후 그가 선택한 길은 나뭇잎이 많이 우거져서 하늘이 보이지 않을 만큼 키가 큰 나무들이 **빽빽한** 곳으로 그를 안내했다. 그곳은 라후리아숲Rarhuria, 마을사람들이 출입을 꺼리는 부정한 숲이라는 금지된 곳이었다. 그는 아주 당황했지만 최소한 여기서 계속 동북 쪽으로 나가면 마니푸르와 나가랜드 사이의 국경에 도착한다는 것은 알았다. 그는 그 사실에 매달렸다.

# 숲은 그의 아내였다

열대우림 심장부에 도달했을 때에야 비로소 빌리는 자신이 안전하다고 느꼈다. 그는 아래에서 휴식을 취할 수 있는 무화과나무를 발견했다. 떨리는 손으로 그는 담배 주머니를 꺼냈고 그의 팔에 피가 엉겨 붙어 있는 것을 보고야 멈췄다. 그 엉겨 붙은 피는 달릴 때 그를 스친 총알 때문이었다. 상처는 깊지 않았지만 욱신거리기 시작했다. 그는 '나중에 신경 쓸 거야'라고 생각하며 담배를 말았다. 깊이 들이마시며 그는 조용히 이 새로운 상황을 생각해보았다. 한 남자가 죽었고, 그는 그 현장에서 도망쳐 나왔다. 마을 사람들이 그 살인 사건에 대해 아는데 얼마나 걸릴 것인가? 그 세 명의 사냥꾼들은 형제들이다. 그들은 함께 붙어서 같은 이야기를 할 공산이 크다. 그렇다면 무엇인가? 그것을 사고라고 할까? 분명히 아니다. 아직은 그들이 그에게 덮어씌우려고 하지 않을 것이다. 그는 심장이 멎는 것 같았다. 그것은 그가 생각했던 어떤 것이 아니었다. 그는 총에 맞지 않는데만 온통 집중하느라 마을로 향하지 않고 더 멀리 숲속으로 달렸다. 그는 이제라도 방향을 바꿔서 그의 조상마을로 가서 그들에게 무슨 일이 일어났는지를 말해야 할까? 빌리는 그 생각을 진지하게 고려해보았다. 그들은 다른 마을 사람들이었고 살인은 마을 사이에 다뤄지는 사건이었다.

그는 폐후와 히사가 태어난 디추마을에 접근하는 생각을 포기했다. 그것은 전혀 실용적인 아이디어가 아닌 것 같았다. 그의 이야기가 삼 형제의 이야기에 맞서 어떻게 받아들여질 것인가? 그들이 빌리를 죽이려는게 아니라고 어떻게 확신할 수 있겠는가? 그것은 너무도 큰 모험이었다. 빌리는 결심했다. 그는 무언가 분명하게 느꼈다. 그들이 그를 찾는 것을 포기한 게 확실해질 때까지 여기서 며칠간 숨는 것이다. 그리고 그의 고향인 주지마을로 돌아가서 마을 사람들과 함께 문제해결의 도움을 받는 것이다. 그는 그 자신을 대변할 수 없지만 마을은 할 수 있고 기꺼이 대변해줄 것이다. 물론 빌리는 너무 오래 마을을 비우지 말아야 한다는 것을 알았다. 안전하다는 것을 깨닫자마자 빌리는 주지마을로 돌아가는 길을 찾을 것이고 사태를 설명하고 거기서부터 그들이 대처하도록할 것이다. 문제는 주지마을로 돌아가는 것이다. 디추마을과주지마을을 나누는 다리가 나오는 곳까지 가려면 그는 디추구역을 건너야 한다. 다른 방법이 없다. 그는 그저 가능한 조용하고 야단스럽지 않게 가는 수밖에 없다.

땅바닥이 움직였다. 다람쥐들이 나무를 오르락내리락하며 달리고 있었다. 그는 그것들을 잡아먹을 강심장은 되지 못했다. 그래서 그는 약초라도 있나 싶어 주위를 둘러보았다. 그는 빌후이나Vilhuiinha, 주홍서나물, 불탄 자리에 나는 잡초로 약초로 쓰인다가 모여 있는 것을 발견하고 그 이파리를 짓이겨 반죽을 만들어 그의 상처에 붙이고 갈색즙이 총알에 스쳐 까진 피부에 스며들도록 했다. 피가 바로 멈췄다.

그가 휴식을 취하고 있는 나무의 가지들은 거의 어떤 국물에 넣어도 되는 부드러운 약초 조토Jotho, 쐐기풀과의 식용 품종줄기였다. 그는 우선 대피소를 만들고 그리고는 먹을 것을 만들기 위해 조토를 좀 꺾어야겠다고 결정했다. 그곳에는 또한 어린 가라Gara, 식물. 인도 피막이속, 병풀와 가파Gapa, 채소처럼 요리해 먹는 바나나 비슷한 열매나무도 있었다. 그는 여기서 먹을 것을 더 구하고 싶지는 않았다.

빌리는 나무들에서 계속 떨어지고 있는 듯한 커다란 잎들로 서둘러서 대피소를 만들었다. 나뭇잎들은 숲이 더 확장된 듯 엄청난 소리를 내며 계속 떨어지고 있었다. 땅은 이끼로 뒤덮여 있어서 그는 나뭇잎을 모아 침대를 만들며 바닥에서 올라오는 습기 또한 막아주기를 바랐다. 자신을 위한 작은 대피소를 지으며 그는 연기를 내지 않고 불을 피우고자 했다. 그것은 모든 유능한 사냥꾼들이 알고 있는 것이었다. 만약 나뭇잎들이 불 위에 두껍게 차곡차곡 쌓여 있다면 연기는 결코 위로 올라가서 당신의 존재를 배신하지 않을 것이다.

그는 냄비에 쌀과 소금, 조그맣게 썬 약초들을 함께 넣었다. 말린 고기 한 조각이 정확히 그가 원하는 풍미를 더해줄 것이다. 고기가 부드러워지자 빌리는 음식이 식기를 기다렸다. 총을 그의 옆에 두고 그는 아무도 그를 놀래키며 갑자기 나타나는 일이 없도록 나무 주위를 자세히 살폈다. 그러고는 천천히 음식을 먹었다. 두려워할 필요는 없었다. 열대우림은 마을 사람들과 사냥꾼들 모두에게 다 똑같이 금지구역이었다. 실로 라후리아숲은 그곳을 아는 모든 이가 두려워하고 기피하는 부정한 숲이었다. 숲속은 어둡고 축축했다. 모르는 사이에 라후리아숲속으로 흘러들어온 사람들은 나중에 발열과 두통을 호소하곤 했다. 마을에는 열대우림의 부정을 타서 걸렸다며 이름을 붙인 열병 사례들이 아주 많다. 그래서 사람들은 숲의 근처에 가는 것도 애써 피한다.

그러나 빌리에게 이곳은 요긴했다. 그는 이곳에서 그의 힘을 회복해서 돌아갈 수 있다. 식사를 마친 후에 그는 오래 걸었고 다시 그의 대피소로 돌아와 아무도 그를 따라오지 않았음을 확인했다. 돌아와서 그는 이파리로 만든 지붕 아래 몸을 뻗고 누워도 될 만큼 안전하게 느꼈다. 실로 숲은 그의 아내와 같았다. 그가 가장 필요로 할 때 그에게 성소를 제공하고 먹을 것이 적당하지 않을 때 그에게 음식을 주었다. 숲은 또한 악의 한가운데서 그를 보호해주었다. 그는 진정으로 그 순간 숲과 결혼한 것 같이 느꼈다.

# 열병

빌리는 밤새도록 잤지만 사라지지 않고 계속 그의 관자놀이를 지끈거리는 두통 때문에 새벽녘에 깼다. 땀을 흘리고 있었고 불편할 정도로 더웠다. 그리고 아침이 되자 갑자기 더워졌나라고 생각하며 담요를 치웠다. 그러나 그게 아니었다. 바람이 불어 땀에 젖은 그의 피부를 시원하게 달래줬다. 공기에는 습기가 없었다. 빌리는 그가 열병에 걸린 걸 알아챘다. 열병 때문에 두통이 있었고 깨어났던 것이다. 마실 물이 있는지 발치를 찾아보았다. 전날 밤 그는 물이 찰랑찰랑거리는 소리를 들었기 때문에 개울이 근처 아주 가까이에 있다는 것을 알았다. 그가 그 소리를 뚜렷하게 들을 수 있을 정도였으니 말이다. 그는 밖으로 나가 다시 들어보았다. 찰랑찰랑 소리는 그의 대피소 아래 멀리에서 들려왔다. 빌리는 작은 개울이 나올 때까지 걸어 내려가 물통에 물을 담았다.

그는 머리에 거미줄이 쳐진 듯한 느낌을 없애버리기 위해 얼굴에 물을 끼얹었다. 그리고 그는 가까스로 대피소로 돌아왔다. 물은 별로 도움이 되지 않았다. 그는 관절에 통증을 느꼈고 앉아 있는 것도 힘들었다. 그는 바닥으로 고꾸라졌다.

빌리는 그가 얼마나 오래 그 상태로 있었는지 모른다. 그는 큰 나뭇가지 하나가 커다란 소리를 내며 나무에서 떨어지는 순간 의식을 되찾으며 깨어났다. 깨어난 그는 힘겹게 불가로 다가가서 찻물을 끓이기 충분한 불길을 만들기 위해 애썼다. 그는 무슨 일이 일어났는지 몰랐지만 심지어 바로 옆에 있는 나무까지 걸어갈 힘도 없었다. 그는 반쯤 데워진 차를 마시며 더듬어서 담배를 찾았다. 그건 젖어 있었고 빨아들이기 힘들었다. 니코틴이 들어오자 그는 기침으로 숨이 막힐 것 같았다.

"염병할! 뭔 일이 난 거야 도대체?"

그는 욕하며 담배를 껐다.

그전에는 담배에 그렇게 반응한 적이 결코 없었다. 오늘 담배는 그에게 너무 독했다. 그는 자신이 더는 토종 담배 냄새를 견디지 못한다는 것을 느꼈다. 빌리는 잠자리로 기어 올라가 잠에 빠졌다.

고열은 이틀 밤낮 계속되었다. 그동안 그는 땀을 뻘뻘 흘렸고 채울 수 없는 목마름에 시달렸다. 그는 억지로 자신을 개울가로 끌고가 물병을 채우고 돌아왔다. 잠시 후에 그는 너무 지쳐 물을 끓이지도 않고 그냥 물병에서 직접 마셔버렸다.

빌리는 잠에 빠져서 잠깐 깨었다가도 돌아눕기만 하고는 곧바로 다시 잠에 빠져들었다. 그것은 마치 말라리아 열병 같았고 그를 아주 쇠약하게 만들어놓은 후에야 마침내 그를 떠났다. 그는 사냥이나 나무를 하기 위해 헤매다가 라후리아숲에 흘러들어갔던 마을 사람들이 병에 걸렸던 것을 생각했다. 예언자는 그들을 치료하기 위해 인삼이나 야생에서 자란 붉나무 열매로 만든 마시는 약을 준다. 꿀을 조금 넣고 저어주면 그 약물은 쉽게 넘어간다. 그렇지만 빌리에게는 아무 재료도 없었다. 그래서 그는 기다리는 것 뿐 달리 할 수 있는 일이 없었다. 달리 무슨 일을 할 에너지도 없었다. 그는 이 숲을 알지 못했기 때문에 그 약초들이 어디 있는지도 몰랐다.

100년 전에 비기독교도들은 관습적으로 누군가 병이 나면 닭을 제물로 바쳤다. 그들은 죽음을 너무나 두려워했기 때문에 닭을 숲으로 데리고 와서 "생명에는 생명으로"라고 선언하고 닭을 풀어놓아 그것들이 저녁 내내 삐악거리다가 죽거나 더 큰 동물에 잡아먹히게 만든다. 그러나 지금은 아무도 그러지 않는다. 왜냐하면 기독교에서 예수가 모든 사람의 죄를 대속했으니 아무도 다시 닭을 제물로 바칠 필요가 없다고 가르쳤기 때문이다. 빌리의 생각은 제물로 바쳤던 닭에 오래 머물렀다. 그는 힘을 줄 닭 국물을 먹고 싶었다. 그는 고열과 배고픔으로 인해 너무 약해져 있었다. 그는 아기처럼 무력해져서 돌아누워 다시 잠에 빠졌다.

# "먹고 죽을 수도 있다!"

셋째 날 아침, 마침내 열은 내렸다. 그가 깨어났을 때 지끈거리던 두통도 사라졌다. 그는 일어나서 몇 분 동안 다시 바닥에 눕지 않고 앉아서 버티려고 노력했다. 그는 엄청난 허기를 느꼈다. 참대에서 몸을 일으킨 그는 꺼진 불을 다시 지폈다. 물이 끓자 그는 재빨리 쌀과 소금을 넣고 말린 고기 약간을 첨가했다. 상차림을 하며 그는 자신이 가끔은 신선한 고기를 먹을 수 있으리라는 것을 의심하지 않았음을 상기했다. 그러나 그런 일은 일어나지 않았고 이제 그는 말린 고기도 떨어져 간다. 그러나 그건 그의 가장 큰 걱정거리가 아니다. 강해지는 것. 그리고 마을로 돌아가는 길을 찾는 것. 그것이 그의 에너지를 집중하는데 필요한 일이었다.

빌리는 천천히 먹었다. 왜냐하면 그렇게 배웠기 때문이다. 모든 사냥꾼은 오랜 굶주림 끝에 먹을 것을 발견하면 천천히 먹어야 한다는 것을 안다. 음식을 올바르게 씹어야 소화기관이 제대로 소화를 할 수 있다.

"먹고 죽을 수도 있다!"

늙은 사냥꾼들이 젊은 사냥꾼들에게 가르칠 때 그렇게 경고하곤 했다. 그들은 매우 진지했다.

빌리는 그의 팔다리에 힘이 되돌아온 것을 느끼고 그 작은 기적에 대해 감탄했다. 음식을 먹는 그 간단한 행위가 그에게 새로운 에너지를 주고 전날 그가 느꼈던 피로를 사라지게 만든 것이다. 그는 배가 고파 죽을 지경이었지만 적은 양을 천천히 씹으며 신중하게 먹었다. 빌리는 먹고 쉬고 다시 먹고 쉬고를 반복하며 식사를 마치는데 한 시간을 다 썼을 것이다. 효과가 있었다. 그의 어머니는 그에게 천천히 먹은 음식은 위에 오래 남아 있다고 말씀하시곤 했다. 그는 그 지혜를 신뢰했다.

하루 더 쉬고 내일 출발해야 할까? 그 생각은 솔깃했다. 빌리는 그가 숲속에서 안전하다는 것을 알았다. 만약 그 형제들이 아직도 빌리를 찾는다면 그는 지금 이 상태로는 그들을 다시 따돌릴 수 없을 것이다. 그의 몸은 그에게 아직 준비되지 않았다고 말하고 있었고 그는 몸의 말에 귀 기울이기 원했다. 그는 라후리아숲에서 하룻밤을 더 자고 아침에 출발할 것이다.

그것은 좋은 결정이었다. 그는 하루 종일 휴식과 소량의 음식을 먹는 것을 반복하며 지냈다. 그는 냄비에 약초를 더 넣으며 그가 먹은 조리된 초록 이파리들이 자양분이 되었음을 느꼈다. 하루가 저물자 그는 한 나무 꼭대기로 기어 올라가 혹시 라후리아숲 바깥에서 온 사람들이 있나 주변을 살펴보았다. 주변 수킬로미터 이내에는 아무도 없었다. 안도하며 그는 나무에서 내려와 조금 걸어보았다. 다리를 뻗자 근육이 신음을 내는 것같이 느꼈다. 이끼 낀 숲길을 걸으니 기분이 좋았다. 그것은 그의 발에 부드러웠을 뿐만 아니라 그의 근육에도 부드러웠고, 그렇게 걷는 것이 근육을 긴장시키는 것 같았다.

대피소로 돌아오자 그는 담배 주머니를 집어 담배를 말기 시작했다. 그러나 토종 담배의 독한 냄새는 아직도 그에게 역겨웠다. 그는 속이 메슥거렸고 담배 피우고 싶은 마음이 사라져버렸다. 얼마나 기이한가! 그는 성인기 내내 흡연가였고 이런 일은 결코 전에 일어난 적이 없었다. 그의 몸이 열병 때문에 너무 약해진 탓일까? 토종 담배는 너무 강하다. 그것은 가게에서 사는 일반 담배보다 독해서 그의 입을 얼얼하게 만들었다. 그는 담배를 끊을 것 같았다. 그렇게 생각하자 그는 살짝 미소가 나왔다. 아, 어쩌면 바로 그거일지도 모른다. 사냥꾼의 존재를 동물에게 알리는 것 중 하나가 담배 연기다. 야생동물들은 아주 멀리서도 담배 연기의 냄새를 알아챌 수 있다. 그는 반쯤 피운 담배를 불 속에 던지자마자 곧 후회했다. 검은 연기가 즉각 버섯처럼 위로 피어올랐고 재빨리 피하지 못한 그는 연기를 마실 수밖에 없었다. 그는 재차

기침을 했다. 그의 목은 불타는 듯했고 그는 개울가로 달려
가 찬물로 목을 씻었다. 하! 결코 다시는 이런 일을 하지 않
으리라! 그는 담배 연기에서 가능한 한 멀리 떨어져서 아직
도 타고 있는 통나무들 속에서 나머지 것들이 잘 타도록 담
배꽁초를 끄집어내 한쪽으로 치워버렸다.

# 되돌아가는 길

빌리는 새벽 전에 일어나서 짐을 가방에 싸고 전날 밤에 남은 음식을 나중에 먹으려고 나뭇잎에 쌌다. 그는 더 강해졌고 이제 돌아갈 긴 여행에 준비가 되었다. 그는 물을 끼얹어 불을 끄고 여전히 고집스럽게 타고 있는 몇 개의 토막을 발로 밟아 마저 불을 껐다. 조심스레 숲에서 나오는 길을 찾으며 빌리는 좁지만 여러 사람이 많이 다닌 통행로가 분명해 보이는 지점에 섰다. 만약 그가 그 길을 고수한다면 그는 사냥꾼들을 만났던 언덕 기슭에 도달할 가능성이 많다. 그는 여전히 사냥꾼들을 살피느라 그 길옆 나무들 사이에서 은밀하게 걸어야 했다.

그는 아주 천천히 나갔다. 왜냐하면 어떤 소리가 나면 매번 멈춰야 했기 때문이다. 길에는 아무도 없었지만 빌리는 앞에 무엇이 있는지 미리 살펴보지 않고서는 앞으로 나아갈 수 없었다. 그는 눈에 띄지 않게 나무에서 나무로 혹은 수풀에서 수풀로 달렸다. 다음 목표물로 숨을 헐떡이며 전력 질주했는데 그것은 진을 빼는 일이었다. 저녁이 오자 그는 별로 많이 오지 못했다는 사실에 실망했다. 그렇지만 그가 그런 식으로 계속하는 수밖에 달리 무엇을 할 수 있을까? 이제 빛이 사라지니 더 안전할 것이다. 앞이 잘 보이지 않겠지만 그 사실이 그를 안심시켰다. 그를 쫓는 사람들이 자신을 알아볼 수 없을 테니까. 그 생각으로 무장한 그는 더 대담하게 길을 따라 걸었고 전날 밤 야영했던 거리보다 더 많이 나갔다.

빌리는 열심히 달렸지만 그가 가로지르는 지역이 어딘지 더는 알지 못했다. 그러나 그는 만약 그가 오던 방향의 반대 방향으로 간다면 노선을 이탈하여 그의 조상들이 살았던 고향 마을로 가리라는 것을 안다. 아마도 그가 빨리 걷는다면 이틀이면 고향 마을에 도착할 수 있다. 돌아가는 길을 모르기 때문에 그는 완전히 어두워지기 전에 잘 곳을 정해야 할 필요를 강하게 느꼈다. 그것은 그를 또 다른 딜레마에 봉착시켰다. 그는 더는 야영할 자신이 없었다. 보통 잠잘 곳으로 택했던 들판의 오두막들은 더는 그의 선택지가 아니었다. 오두막은 그 형제들이 제일 첫 번째로 찾는 장소가 될 것이다. 그래서 밤이면 재빨리 잠자리를 만들었다가 아침에는 다시 부수어 아무 흔적이 남지 않아 그들이 따라오지 못하도록 하는 것이다.

휴식을 취하기 위하여 눕자 그는 갑자기 자신이 처한 상황을 깨닫고 스스로에게 연민을 느꼈다. 그래서 이런 것이 그들, 죄가 있든 결백하든 똑같이 다른 사람들에게 쫓기는 도망자들이 느끼는 감정일 것이다. 모든 인간을 움츠러들게 만드는 두려움과 인간이 살아가는 공간에서 일어나는 모든 징후들. 이전에는 결코 경험해보지 못했던 이런 연민을 느끼기는 드문 일이었다. 그는 잘못한 일이 없는데도 웬일인지 죄의식을 느꼈나? 그는 다툼이 살인으로 끝날지 예상하지 못했다. 그렇지만 그는 왜 잘못되기 전에 개입하지 않았을까? 만약 그들 둘이 히사가 자야 한다고 타일렀다면 그리고 타이르는 이들이 다수였다면 히사는 그들 말을 들었을 것이다. 아, 그렇지만 그런 생각을 이제서야 한다는 것은 너무 부질없는 짓이다. 지난 일은 지난 일이다. 이제 중요한 것은 모든 일이 더 잘못 틀어지기 전에 바로잡는 것이다.

# 패거리

빌리는 날이 밝기 전에 깼지만 개의치 않았다. 해가 있는 동안 더 많은 거리를 갈 수 있다면 그것이 더 좋을 것이기 때문이다. 그래서 그는 길을 떠났고 해가 떠오를 때쯤 통행로를 통과했다. 그때부터 숲길이 마을로 들어가는 길과 만나기 전에 넘어야 하는 세 개의 낮은 언덕들이 있었다. 그 언덕은 안전했지만 들키지 않기 위해 가장 가파른 첫 번째 고갯길을 기어올라 가야 했기 때문에 힘들었다.

첫 번째 언덕길은 풀 한 포기 없이 온통 딱딱한 바위투성이였다. 빌리는 언덕 아래의 바위 얼굴에 쭈그려 앉아 기어 올라갔다. 나무의 뿌리들과 관목들을 붙잡으면 되었지만 쉽지 않기도 했거니와 섣불리 시도하기에는 너무 위험했다. 그래서 그는 매번 잡을 때마다 그의 몸무게를 싣고 매달리기 전에 먼저 두세 번씩 시험해보았다. 만약 관목이 그의 몸무게를 버티지 못할 것 같으면 그는 재빨리 놓고 다른 방법으로 시도했다. 잡을 것이 없으면 그는 바위에 부딪혀 뼈가 부러질지도 모르는데 비탈에서 굴렀다. 첫 번째 구역이 지나자 바위들이 들키지 않게 그를 숨겨주는 지점에 이르렀다. 그는 그곳에서 잠시 쉬었다. 앉아서 쉬는 동안 가방과 총을 내려놓았다. 그는 물통을 꺼내 물을 마시고 풀밭에 누웠다. 언덕을 오르느라 땀을 많이 흘렸기 때문인지 시원하고 상쾌했다.

한 차례 더 오를 수 있을까? 휴식을 취하고 준비가 되었다는 느낌이 들자 빌리는 일어나서 다시 걷기 시작했다. 길은 위로 향해 있었고 서쪽으로 둥글게 아주 험란한 바윗길이 이어졌는데 한쪽은 자칫 잘못 디디면 위험천만한 낭떠러지였다. 그쪽에는 붙잡을 수 있는 모서리나 관목이 없어서 비록 짧은 거리였지만 믿기 어려울 만큼 좁고 아주 위험했다. 그 길을 건너기 위한 가장 안전한 방법은 바위에 찰싹 붙어서 미끄러지듯 건너는 것이었다. 다행히도 그것은 전혀 긴 거리가 아니었고 빌리는 그 길을 건넌 다음 안도의 숨을 크게 내쉴 수 있었다. 그는 팔목과 팔뚝에 피로를 느꼈지만 바위와 관목숲에 힘입어 다시 휴식을 취할 수 있었다. 그는 바위 뒤에서 기지개를 켜고 위를 쳐다보았다. 하늘은 깊고 맑게 푸르렀고 간간이 구름이 낀 평화로운 그 풍경을 그는 오랫동안 바라보았다. 그 풍경은 그가 왜 거기 있는지조차 거의 잊게 만들었다.

빌리가 첫 번째 언덕을 오르는데 거의 세 시간쯤 걸린 듯했다. 내려오는데, 다시 풀들이 무성하게 우거진 것을 발견하고 그는 안도했다. 왜냐하면 무성한 풀은 그를 가려줄 수 있기 때문이었다. 빌리가 두 번째 언덕에 도착했을 때 태양은 하늘 높이 떠 있었다. 최초의 성공에 고무된 그는 언덕을 달려 올라갔다. 그건 첫 번째 언덕처럼 험난하지도, 가파르지도 않았지만 꼭대기는 어떤 나무도 자라지 못하는 고원 같은 언덕이었다. 그러나 몇 군데 부들풀이 무성하게 무더기로 자라고 있었다.

부들풀은 빌리만큼 혹은 그보다 더 키가 컸다. 눈이 좋으면 멀리서도 누군가 풀 속에서 움직이고 있는 것을 볼 수 있었다. 빌리는 그 사실을 알았기 때문에 가능하면 천천히 움직이려고 노력했다. 만약 그가 발견되더라도 그들이 바람에 풀들이 움직이는 거라고 생각하기를 바랐다. 고원 꼭대기는 전부 부들풀에 뒤덮여 있었고 그 길은 부들풀 사이에서 그 아래 사람들이 많이 다녔음이 분명한 길로 이어져 있었다. 다른 사람들이 여기 뛰어들어올 가능성도 염두해야 했다. 비탈에 다다라서야 그는 걸음을 멈췄다. 계곡에 도착한 후 그는 곧 세 번째 언덕 앞에 섰다. 그는 들키지 않고 작은 언덕을 올라갔고 정상 근처에서 휴식을 취했다.

아래로 내려가기 전에 빌리는 계곡을 한눈에 보기 좋은 곳에서 멈춰 섰다. 그는 분명하게 구별할 수 없는 몇 가지 물체를 볼 수 있었다. 그는 그것들이 좀 더 가까이 오도록 기다렸다가 다시 보았다.

이번에 그는 여섯 남자가 그가 있는 방향으로 줄지어 오는 것을 알았다. 그는 그들이 총을 가지고 있는 것을 보았다. 그들은 누구일까? 사냥꾼들? 그들을 만나도 괜찮을까?

# 인간의 어두운 마음

빌리는 언덕 아래로 내려가기 전, 오래오래 기다렸다. 기다림끝에 해가 졌고 그가 계곡에 도착했을 때는 아주 어두워서 나무의 실루엣만 간신히 보일 정도였다. 그가 언덕의 꼭대기에서 보았던 남자들은 계속해서 그가 있는 방향으로 행진하고 있었다. 빌리는 아직도 어떻게 해야 할지 확신이 서지 않았다. 빌리는 올라가 몸을 숨길 키가 큰 나무들을 찾고 있었다. 그러나 키 큰 나무는 보이지 않았고 그가 가진 선택지는 무성한 풀숲에 조용히 누워서 발견되지 않기를 바라는 것뿐이었다. 그는 잡목림을 발견하고 거기 웅크리고 들어갔다. 운 좋게도 그는 잡히지 않을 수 있었다.

그 남자들은 계곡의 작은 지류 가까이에까지 왔다. 이제 그는 그들의 목소리까지 들을 수 있었다. 그들은 큰 목소리로 말하고 있었다.

"만약에 우리가 그를 잡지 못하면 우리는 우리 땅에서 안전하게 농사도 짓지 못한다고. 아무도 매복 공격에서 자유롭지 못하니까."

두 번째 목소리가 불쑥 들어온다.

"우리가 잡으면 죽도록 패버리자고. 눈에는 눈, 이에는 이야."

그들의 목소리에는 분노와 두려움이 서려 있었다. 빌리는 그들의 말을 단어 하나하나 모두 파악할 수는 없었지만 그들이 일말의 자비도 없이 정의를 구현하려고 온 무리라는 건 분명했다. 그들은 빌리를 찾기 위해 숲을 포위한 것이다. 그들 중의 몇은 히사의 마을 사투리를 썼고 또 다른 이들은 다른 사투리를 썼다. 그들은 여러 마을 사람들이 섞여 있는 것이다. 그들은 횃불도 들고 총도 가지고 있었다. 그들이 횃불에 불을 붙이기 시작하자 주변 지역이 환해졌다. 그들은 저녁 시간이면, 특히 계곡에는 밤이 빨리 오기 때문에 대부분의 대피소가 도망자에게 허용된다는 것을 알고 있었다. 그들은 결코 서로에게서 멀리 떨어지지 않으며 이쪽저쪽을 오갔다. 빌리는 만약 그가 도망을 가면 그들은 주저하지 않고 그에게 총을 쏠 것이라는 사실을 알았다. 그들은 다시 소리치기 시작했다. 하나는 그들이 개들을 데려왔어야 했다는 말이었고 다른 하나는 살인자가 영원히 도망 다닐 수 없을 거라는 뜻이었다.

갑자기 빌리는 그중 한 사람이 "재판 없이 그냥 때리지는 않을 거예요. 우리는 야만인들이 아닙니다. 우리는 재판을 할 겁니다"라는 말을 들었다.

"재판을 해서 뭐하게요? 그는 무기도 없는 사람을 방어할 기회도 주지 않고 총으로 쏴서 죽였어요. 우리가 왜 그에게 자비를 베풀어야 합니까?"

다른 사람이 말했다.

처음 말한 사람이 단호하고 딱딱한 목소리로 말했다.

"내 말 좀 들어봐요. 절대 재판이 없이 그냥 쥐어팰 수는 없다고요. 나는 제멋대로 벌을 내리는 사람을 쏴버리는 걸 망설이지 않을 겁니다."

그 목소리의 무언가가 빌리에게 매우 친숙하게 들렸다. 그는 그 목소리를 전에 들었다.

"테이소, 당신은 우리가 그 살인자를 찾기 위해 보낸 나흘 간을 그냥 버려야 한다는 말인가요?"

두 번째로 말했던 사람이 도전적으로 물었다.

"난 되풀이해서 말하지 않겠어요."

테이소라고 불리는 사람이 권위있게 말했다.

테이소, 테이소, 그는 테이소 요카가 틀림없었다. 빌리는 급히 생각했다. 빌리는 들소를 찾으러 숲에 들어갔을 때 짧게 만난 적이 있어 그를 알고 있었다. 빌리는 테이소의 목소리를 듣고 그를 보기 위해 감히 앞으로 나가지는 않았지만 횃불 쪽으로 조금씩 다가가 보니 정말로 테이소 요카였다. 급하게 생각을 정리하면서 그리고 그가 마음을 바꿀까봐 빌리는 소리를 지르며 나갔다.

"쏘지 말아요. 나 여기 있어요. 나를 잡아가도 좋아요."

빌리의 행동은 그들을 완전히 놀라게 만들었다. 총은 재빨리 장전되고 그를 겨냥했다.

"쏘지 말아요."

그가 되풀이했다.

"내 총 여기 있어요."

그는 그들이 있는 바닥에 총을 내려놓았다.

"천천히 앞으로 나와."

그에게 가장 가까이 있는 사람이 말했다. 그의 총은 곧바로 빌리의 심장을 겨누고 있었다.

"나는 해명할 수 있습니다."

빌리가 말하기 시작했다.

"입 닥쳐! 말하라고 하기 전까지 절대 말하지 마!"

테이소와 논쟁을 했던 남자가 명령했다.

빌리는 손을 위로 올린 채 앞으로 나왔다. 그는 가능한 침착하게 걸으려고 노력했다. 그는 그 행운의 도화선을 더 자극하고 싶지 않았다.

"거기 서. 서라고. 손은 머리에."

빌리는 손을 머리 위로 올리고 거기에 완전히 멈춰 섰다. 그들은 총과 횃불을 들고 조심스럽게 다가왔다. 누군가 과감하게 횃불을 빌리의 얼굴 가까이에 댔다.

"그 사람이에요."

그가 의기양양하게 말했다.

"뺨에 난 흉터를 보세요."

그 남자는 횃불을 빌리의 얼굴에 너무 가까이 대 뜨거운 열기를 느낄 정도였지만 빌리는 감히 항의하지 못했다. 빌리는 마치 사냥터에서 잡혀온 짐승처럼 다른 남성들에게 둘러싸였다. 그들은 교대로 그의 흉터를 보고 그를 쳐다보다가 또다시 원을 좁혔다.

다행히도 횃불 주자의 신경이 빌리의 가방으로 옮겨갔다. 그러자 횃불도 같이 옮겨갔다. 그는 그것을 거칠게 쿡쿡 찔렀다.

"가방을 내려놔."

그가 큰 소리로 말했다.

빌리는 가방을 바닥에 떨어뜨렸고 한 남자가 그것을 뒤집어 내용물을 꺼냈다.

"총알들!"

가방 속을 뒤지던 남자가 소리쳤다. 총의 개머리판이 빌리의 등짝을 후려쳤고 그는 고통스러운 신음을 내며 고꾸라졌다.

테이소 요카가 앞으로 나서며 말했다.

"됐습니다. 이제 물건들을 도로 가방에 넣으세요. 그리고 당신은 손을 머리에 얹고 앉으세요."

뒤의 말은 빌리에게 한 것이었다.

빌리는 아무 말 없이 앉았다. 빌리는 테이소가 자신을 알아봤기를 바랐다. 그는 아무 말도 하지 않았는데 혹시 다른 사람이 또 그를 공격하도록 자극할까봐 두려웠기 때문이었다.

"숨겨놓은 무기가 없는지 확실히 하도록 해!"

테이소가 빌리를 철저하게 수색하고 있는 횃불을 든 남자에게 명령했다. 그들은 밧줄로 그의 손을 뒤로 묶었다. 빌리는 그들이 원하는 대로 하게 내버려두었다. 지금 이 단계에서 그가 저항하는 것은 어리석은 짓이었고, 더욱 심한 폭력만을 불러올 뿐이었다.

# 정글의 정의

빌리는 그날 밤 돼지처럼 묶인 채 지냈다. 그들이 그의 손과 발을 묶었기 때문에 몇 시간이 지나자 묶인 부분의 감각이 무 뎌졌다. 한편으로는 감각이 없는 편에 차라리 감사했다. 왜냐 하면 부자연스럽게 뻗은 근육과 힘줄로 인한 고통이 참을 수 없을 정도였기 때문이다. 그들은 계곡에서 밤을 지냈고 비록 빌리가 이미 포기했기에 도망칠 의사가 없는데도 불구하고 교대로 잠을 자며 그를 지켰다. 빌리는 너무 꽁꽁 묶여 있어 서 도망친다는 것은 거의 불가능했다. 날이 밝아오자 남자들 은 스스로 일어났고 튼튼한 장대를 만들어 그를 매달았다. 그 리고 번갈아가며 교대로 그를 데리고 돌아갔다.

그러나 그들은 그를 마을까지 데리고 돌아가지는 않았다. 그들은 마을로 돌아가는 길목에서 마을 원로 노인들을 만났 다. 그들은 그를 내려놓으라고 했다.

"심문은 해봤나?"

노인들 중에서 지도자가 남자들에게 물었다.

"아직이요."

테이소 요카가 대답했다.

"줄을 좀 풀어주게나. 저렇게 닭처럼 묶여 있어서야 어떻게 말을 할 수 있겠나?"

줄이 풀렸고 그는 이제 팔다리를 뻗을 수 있었다. 감각이 없는 팔다리에 피가 통하자 그가 억눌렀던 신음을 터뜨렸다. 그는 쓰라림을 잊기 위해 팔목을 약하게 문질러 보았다.

노인 중에 하나가 포획자들에게 차 한 병을 보냈고 누군가 빌리에게 차 한 잔을 주었다. 빌리는 그것을 받아서 천천히 조금씩 마셨다.

빌리는 자신을 포기하는 지혜에 대해 그만 생각하기로 했다. 빌리는 테이소를 믿고 싶었다. 테이소는 빌리를 아는 척 하지 않았다. 아마도 만약에 빌리가 재판을 받게 되었을 때 도우려고 그랬을 것이다. 다른 사람이 빌리와 테이소가 서로 안면이 있음을 안다면 편견을 갖게 될까봐 그랬을 것이다. 그의 앞에 노인들이 줄지어 앉았고 뒤에는 포획자들이 자리를 잡았다. 그들 중에 두 명은 빌리가 도망칠까봐 양옆에 앉아 있었다. 그들은 행여 빌리가 무슨 짓이라도 할까봐 여전히 총부리를 겨누고 있다.

"이름은 무엇인가?"

심문이 시작되었다. 어느 문중인가? 고향은 어디인가? 여기에서 무엇을 하고 있었나? 디추마을의 폐후를 알고 있는가? 왜 그와 함께 있었는가?

당신은 캠프에서 그와 싸웠다. 결국 그를 쏴 죽였고 도망쳤다. 인정하는가? 부인하는가? 심문은 영리하게 계속되었다. 그는 오로지 단답형으로 한 줄 이내의 대답만 할 수 있었다. 그러다가 마지막에 노인은 그의 입장에서 사건을 말할 기회를 주었다.

빌리는 곧바로 자신을 죽이지 않아서 감사하다고 그들에게 말했다. 빌리는 단어를 세심하게 선택해서 그들에게 어떻게 그 국경마을을 여행하게 되었는지와 사건이 일어난 배경에 대해 말했다. 빌리는 그를 둘러싸고 있는 얼굴들을 바라보았다. 그들 중 몇은 흥미로운 표정이었고 나머지는 무표정했다. 빌리는 갑자기 말을 멈추고 재킷을 벗었다. 그는 셔츠 소매를 밀어 올리며 말했다.

"나를 믿지 못하겠거든 여기 두 번째 총알이 내 팔을 스치고 지나간 자국을 보시오."

상처는 빨갛게 곪아 터진 자국이 나 있었고 천천히 말라붙는 중이었다. 테이소는 그의 팔을 불길 쪽으로 들어 살펴보았다.

"그의 말이 맞습니다. 이건 22구경 라이플총에 맞은 상처예요. 그건 내가 보증할 수 있습니다. 히사가 그 총을 쓰거든요. 게다가 우리가 이 사람을 마을로 향해 가는 도중에 발견한 것을 생각해보기 바랍니다. 보통 도망자라면 잡힐 것이 확실한 마을을 향해 걸어가지 않았을 겁니다. 만약 그가 잡혀 있다가 도망 나온 거라면 여기서 훨씬 더 멀리 가 있을 겁니다."

포획자들은 숨을 헉하고 들이마시더니 곧 소란스러워져서 노인은 조용할 것을 요청해야 했다. 커다란 목소리들은 점차로 그들의 주장을 중얼거림으로 낮추었다. 그러자 노인은 다시 조용하라고 외쳤다. 그들은 노인이 말하는 것을 들었다.

"테이소 요카는 경험이 많은 사냥꾼이고 총에 대한 전문가이다. 만약 이 남자가 정말로 폐후를 죽였다 하더라도 그가 살인자의 편을 들어서 얻는 이익이 아무것도 없다. 만약 우리가 이 증거를 무시하고 그의 결백에도 불구하고 이 남자에게 린치를 가한다면 우리는 잘못된 처벌을 하는 셈이 된다. 이 남자는 이 지역사회에서 잘 알려진 명사이다. 그는 서부지역 숲에 살고 있는 호로호로새의 후견인이다. 나는 그에 대해 들어서 잘 알고 있다. 이웃 마을들에서는 그에 대해 전부 좋은 이야기들만 들었다. 반면에 우리 문중 사람인 히사는 소문난 술꾼인 데다가 싸움과 다툼을 즐기던 사람으로 모두에게 알려져 나는 히사의 이야기보다 테이소의 증언을 수용한다."

노인의 말을 들은 사람들은 다시 웅성거리기 시작했다. 노인은 이번에 그들을 저지시키지 않았다. 오히려 놀랍게도 라이플총의 개머리판으로 빌리를 쳤던 남자가 빌리에게 다가왔다.

"내가 당신을 때렸다고 해서 나를 원망하지는 않기 바랍니다."

그는 빌리를 똑바로 바라보지도 못했다. 빌리는 남자의 손을 잡고 그의 팔을 꽉 쥐었다. 빌리는 노인들이 테이소 요카의 판결을 인정하고 수용한 것에 그저 속이 후련할 뿐 포획자들에게 어떤 유감도 없었다. 그는 이제 자유인가? 그는 의심했지만 묻기를 주저했다.

빌리의 생각을 읽었는지 노인이 돌아서며 말했다.

"당신은 이제 가도 좋소. 우리 마을 사람들 몇이 당신을 거칠게 대한 것에 대해서 매우 유감스럽게 생각합니다. 나는 당신을 내 집으로 데리고 가서 당신의 상처를 치료하고 당신의 여행을 위한 편의를 좀 제공해드리고 싶습니다만…"

빌리는 노인의 호의를 정중히 거절했다. 그는 자신을 죽이려고 했던 히사와 같은 마을에 있고 싶지 않았다. 그는 상처에 계속 약초를 바를 것이고, 가던 길도 계속 갈 것이다. 그리고 그는 누군가와의 동행을 가능하면 피할 것이다. 그것은 마음속에 분명히 자리 잡은 확신이었다. 디추마을의 사람들은 그에게 사과하고 심지어 먹을 것을 주고 약초도 주었지만 그에게 떠오르는 유일한 생각은 오로지 그들로부터 어서 빨리 벗어나고 싶다는 생각뿐이었다. 고맙게도 그들은 더는 강요하지 않았다.

"이 일로 당신네와 우리 사이가 갈라지지 않기를 바랍니다. 오, 숲의 후견인이시여."

노인이 말했다. 빌리는 고개를 끄덕였지만 그에게 아무 대답도 하지 않았다. 그는 총과 가방도 돌려받았다. 그는 그것들을 챙기고 서둘러 인사를 한 후 왔던 길을 되돌아 나갔다.

걸어 나가며 빌리는 테이소 요카에게 약간 고개를 숙였다. 그것은 거의 알아챌 수 없는 아주 미세한 움직임이었다. 그들은 단 한마디도 나누지 않았다. 둘 다 암묵적으로 둘이 서로 아는 사이임을 사람들이 모르게 하는 것이 더 현명하다는 데 동의했다. 몇 시간 안에 빌리는 그의 운명을 결정했던 도로변의 대피소로부터 아주 멀어졌다.

# 다시 강을 찾아서

　디추마을을 뒤로 하고 떠난 후 빌리는 이탈했던 궤도에서 다시 돌아왔다고 느꼈다. 이제부터 그는 혼자서 여행할 것이 틀림없다. 물론 그는 사냥꾼들의 제안을 받아들인 것이 그렇게 나쁘게 끝나리라고는 조금도 눈치채지 못했다. 그는 시간뿐만 아니라 많은 것을 잃었다. 그러나 긍정적으로 생각해보자면(만약 그렇게 볼 수 있다면 말이다) 그의 소지품을 되돌려 받았다는 것은 그나마 다행스러운 일이다. 이번에는 정신줄을 놓지 않겠다고 결심하고 빌리는 발걸음을 재촉했다. 얼마 가지 않아 그는 십자로에 도착했다. 길은 서로 다른 곳으로 안내하는 여러 갈래로 나 있어 그는 어느 길을 택해야 할지 알 수 없었다. 그는 그 길 중에서 사람들이 가장 덜 다닌 듯 보이는 길을 택했다. 그 길은 사람들이 자주 다닌 듯한 또다른 길로 이어졌다. 그 길은 서부마을을 오가는 왕복로였다.

빌리는 천천히 걸었다. 그러자 뒤쪽으로 비틀려 묶여 있던 팔목의 상처 때문에 느꼈던 고통이 되살아났다. 마을 헛간까지 끌려오는 동안 장대에 묶여서 매달려왔기 때문에 묶여 있던 발목이 매우 쓰리고 아팠다. 출발할 때는, 온통 자신을 두드려 패기 원하는 사람들과 멀어지는 데만 집중하느라 통증을 느끼지 못했다. 그러나 긴장이 풀리자 이제 그는 종아리근육과 넓적다리에 바늘로 마구 찌르는 듯한 통증을 느꼈다. 이어서 약하고 둔하지만 욱신거리는 통증까지 뒤따라 그는 절뚝거리지 않으면 도저히 걸을 수가 없을 지경에 이르렀다.

그가 지금까지 왔던 길은 사냥하는 무리를 만나기 전에 갔던 길로 그를 되돌려놓고 말았다. 발목의 혈액순환을 제대로 하기 위해서 자주 멈춰서 문질러줘야 했기 때문에 빌리는 천천히 갈 수밖에 없었다. 따끔거리는 발목의 통증도 그를 느리게 만들었다. 그에게는 약이 없었다. 그 탓에 멈춰 서서 아픈 곳을 문지르며 통증을 조금이라도 완화하려고 노력하는 수밖에 없었다. 그는 아픈 발목에 힘이 들어가지 않도록 절룩거리며 걸었다. 제대로 치료하려면 상처에는 생강을 바르고 닭고기스프를 먹으며 며칠간 푹 쉬어야 한다. 열이 있거나 살이 찢어져 상처가 났거나 했다면 닭고기를 먹는 것은 좋지 않다. 그렇지만 그런 때를 빼고는 닭고기는 언제나 치료와 회복에 좋다. 게다가 그를 아프게 하는 것은 손목과 발목이지 총알로 생긴 상처는 고름이 생기기 전에 이미 굳어버렸다.

그는 이제 라후리아숲에 아주 가까워졌다. 그러나 이제 그에게 부정한 숲에 대한 두려움은 없었다. 이상한 일이었다. 예전 같았으면 질색했을 것이다. 그리고 실로 모든 마을 사람도 부정한 숲이라면 모두 질색했다. 특히 할머니 할아버지 같은 노인들은 아이들한테 숲에 얼씬도 하지 말라고 줄기차게 경고하고는 했다. 그들은 아이들이 숲에 들어가면 혼령 아이들이 나타나 함께 놀다가 아이들을 데리고 간다고 했다. 잃어버린 아이들은 며칠이 지나도 돌아오지 않고 수색대가 아무리 찾아도 소용없고 혼령 아이가 놀다가 싫증이 나야 그들의 아이를 풀어준다고 한다. 할머니들은 다시 찾은 아이들에 대한 이야기를 많이 알고 있다. 그들은 매우 재미있는 장난을 하고, 열매, 뿌리, 심지어 벌레들도 먹으며 놀았다고 말했다.

남자들, 특히, 사냥을 나갔을 때 그들은 숲속에서 연주하거나 노래하는 긴 머리의 아름다운 소녀를 봤다고 맹세한다. 그녀들을 '숲의 노래'라고 부르는 이유다. 숲의 노래는 외로운 사냥꾼 또는 같은 연령대의 사람들에게 들리는 매우 아름다운 영혼의 노래다. 노인들은 혼령들이 숲의 노래를 이용해 인간들을 홀려서 그들을 부정한 숲으로 끌어들여 죽게 하고 거기에서 그들과 함께 산다고 말한다. 빌리는 숲의 노래를 한번도 들은 적이 없지만 그의 동년배 중에 하나는 들었다고 했다. 빌리는 동년배의 집에서 밤에 불가에 모두 둘러앉아 있을 때 그 얘기를 들었다.

"정말 아름다웠어, 아름다웠지. 그들은 내가 전에는 결코 들어본 적이 없는, 절대 잊을 수 없는 그런 멜로디를 노래했어. 우리가 탁월하다고 생각하는 그런 노래들은 근처에도 못 가. 그 노래들은 큰 소리로 부르지 않았지만 뇌리에 들어와 박혀서 당신을 달래고 믿을 수 없는 달콤함으로 이끌지. 그 노래는 그래. 그들은 그렇게 달콤한 노래를 불러서 노래를 끝냈을 때 그저 계속 듣고만 싶기 때문에 울고만 싶어질 거야."

빌리는 그때 별다른 흥미를 느끼지 못했다. 왜냐하면 그는 노래를 하는 사람도 아니고 그의 동년배들이 그렇게도 좋아하는 축제 때 부르는 민요를 즐기는 타입도 확실히 아니었기 때문이다. 축제 때가 되면 그들은 가장 좋은 옷으로 차려입고 남자와 여자로 나뉘어 그룹을 지어서 서로 마주 앉아 주거니 받거니 민요를 부르곤 했다. 그럼에도 불구하고 그는 부정한 숲에 대한 이야기들과 거기 사는 혼령들에 대한 이야기에 혹하곤 했다. 그가 이제 그 부정한 숲에 들어가는 것이었고 지난 번과 다르게 느껴졌다. 늦은 저녁이었고, 우거진 나뭇가지들이 만든 그늘이 숲을 더욱 어둡게 만들었다.

빌리는 그 아래에서 쉴 만한 큰 나무를 발견했다. 그 밤을 묵기 위한 나뭇잎지붕을 만들기 위해 재빨리 나무가지들을 모았다. 그는 나뭇잎을 쌓은 꼭대기에 이끼를 깔아 침대를 만들고 잔가지를 모아 불을 피웠다. 그가 대피소를 만들고 있는데 하늘이 갑자기 어두워졌다. 그는 급하게 큰 불길을 피웠다. 그 불빛에 의지해 땔나무들을 구해왔다. 그것은 매우 신중하지 못한 처사였다. 그는 언제나 대피소를 만들기 전에 땔나무부터 가져오는 것이 항상 최우선이라는 것을 자신에게 상기시켰다. 그가 가져온 나무토막들 중에 어떤 것은 축축해서 잘 타지 않았다. 그는 그것들을 불 옆에 두고 말렸다. 더 많은 땔감을 찾기 위해 다시 나갔을 때는 너무 어두워서 아무것도 보이지 않았기 때문에 그가 가까스로 구해온 두 개의 무거운 나무토막은 수분을 잔뜩 머금고 있었다. 아무것도 할 수 없었다. 어쨌든 그에게 정말 필요한 휴식을 취할 수 있기를 희망했다.

# 부정한 숲

빌리는 개운하게 깨어났다. 그는 밤새 잘 잤다. 밤에 그를 괴롭힌 소리도 없었고 그가 만든 대피소 가까이에 온 동물도 없었다. 그가 깨었을 때 불길은 여전히 타고 있었다. 그는 타고 있는 장작불 위에 조심스럽게 마른 잔가지들을 넣고 그 위에 찻물을 데웠다. 찻물이 끓는 동안 세수를 하기 위해 냇가로 내려갔다. 냇가의 물이 모여 고요한 웅덩이를 이루었다. 빌리는 반투명한 웅덩이에 자신의 얼굴이 비친 것을 내려다보다가 그 뒤로 젊은 소녀의 얼굴이 비치는 것을 보고 소스라치게 놀랐다. 그는 작은 비명을 지르고 재빠르게 누가 그를 뒤쫓아왔나 보려고 돌아섰지만 뒤에는 아무도 없었다.

빌리는 개울 웅덩이에 비친 자신의 얼굴을 보고 또 보았지만 그 소녀의 얼굴을 다시 보지는 못했다. 스스로에게 속은 걸까? 그는 의심했다. 그렇지만 아니다. 그가 반응을 보이

기 전, 그는 아주 분명하게 30초 동안 그녀를 보았다. 그리고
이제 그는 소녀가 인간이 아니라 그 숲에 있는 수많은 혼령
중에 하나라고 생각한다. 얼마나 아름다웠는지! 그는 소녀
의 얼굴을 자세히 기억할 수 없지만 웅덩이가 만든 거울 속
에서 소녀가 그를 바라보던 모습만은 잊을 수 없었다. 아직
은 뭐라 말할 수 없는 표정으로 그를 쳐다보던 부드러운 눈
의 고요한 응시. 그것은 동정심이었을까? 아니다. 그것은 동
정심은 아니고 연민이라고나 해야 할까? 웃기게 들리겠지만
진실이다. 소녀는 시야에서 사라지기 직전, 남자에게 연민에
가득 찬 시선을 보냈다.

거기에서 더 진전된 건 없다. 빌리는 물을 길어서 대피소로
돌아왔다. 걸어서 돌아오는 동안 머릿속에는 수많은 생각이
오갔다. 노인들이 부정한 숲에 대해 말하던 내용이 모두 맞았
다. 숲을 그들의 보금자리로 삼은 사람들도 있다. 그는 접대
의 원칙에 대해서 생각하려고 애를 썼다. 만약 빌리가 숲에
서 장작과 약초를 구했다면 그는 그것을 주인에게 고지해야
만 한다. 어머니가 오래전에 약초를 캤을 때 했던 말씀이 무
엇이었더라? 테루오미아 페치무<sup>Terhuomia peziemu</sup> 신령님들 감
사합니다. 빌리는 어머니가 말하는 의미를 알고 있었다. 만약
그가 놓은 덫에 짐승이 잡혀 있고 그것을 집으로 가져오면 어
머니는 그 말을 다시 되풀이했다. 테루오미아 페치무, 신령
님들 감사합니다. 그것은 제공자이신 창조주 우케페누오푸
<sup>Ukepenuopfu, 테니족 사람들의 옛 종교에서 숭배받는 창조신</sup>에 대한 어머니의

추수감사기도와도 같은 것이었다. 모든 테이니미아<sup>Teynimia, 테</sup>니디어를 사용하는 9개의 종족으로 이루어진 가장 큰 언어그룹는 그들이 우케페누오푸라고 부르는 창조신이자 출산 신을 숭배한다. 빌리는 그의 어머니가 부르던 신을 그도 불러야 하는 건지 잠시 헷갈렸다. 그렇지만 주위에 아무도 없는데 혼자서 입 밖으로 소리를 내어 말하는 건 좀 바보 같다고 느꼈다.

그는 요리하고 있는 음식에 주의를 돌렸다. 주위를 둘러보고 들소들이 좋아하는 세니가<sup>senyiega, 나무고사리</sup>를 발견했다. 그는 나무고사리의 부드러운 잎을 따서 냇물에 씻었다. 그것은 동물과 인간 모두에게 좋았다. 그는 그것을 냄비에 넣고 국물에 소금을 추가했다. 나무고사리는 부드러워서 오래 조리할 필요가 없기 때문에 곧 모두 다 준비가 되었다. 빌리는 상당량을 꺼내고 나머지는 저녁을 위해 남겨두었다. 음식을 먹은 후 그는 오후 시간을 저녁에 쓸 땔나무를 모으느라 시간을 보냈다. 그는 숲의 한구석에서 마른나무들을 발견했다. 그 숲속 죽은 나무들은 건조되기에 충분한 햇빛을 결코 보지 못했기 때문에 빌리는 숲 바깥쪽의 마른나무들을 가능한 한 많이 주워왔다. 이 부정한 숲에서 하룻밤을 더 보내려면 준비를 잘해야만 했다. 그의 계획은 아침에 여행을 떠나는 것이었다. 그는 여기서 안전하다고 느꼈고 하룻밤 더 휴식을 취하는 것도 나쁘지 않다고 느꼈다.

빌리는 야생인삼을 발견했고 그것을 짓이겨서 반죽으로 만들어 발목과 팔목에 발랐다. 그리고 한 뿌리를 바위에 세게 던졌다가 찻잔에 뜨거운 물을 붓고 우려냈다. 충분히 우려낸 다음 그것을 마셨다. 빌리는 약초들의 원기회복력을 신봉했다. 비록 인삼이 정력제로 더 많이 알려졌지만 치료 효과 또한 탁월하다는 것을 그는 알고 있었다. 깜깜해지기 전에 그는 일찍 잠이 들었다. 밤을 지내기에 충분할 만큼 쌓여 있는 나무에 불은 계속 타올랐다.

# 숲의 예의

빌리는 움직일 수 없었다. 그는 분노한 혼령들에 쫓기고 있었다. 도망가려 했지만 발짝을 떼려는 순간 종아리에 경련이 와서 한 발짝도 못 떼고 그 자리에 얼어붙고 말았다. 혼령들을 이끄는 사람은 흰머리카락으로 뒤덮인 채 대노한 노인이었다. 욕하고 침을 뱉으며 그는 빌리의 등에 뛰어올라 머리카락을 잡아당기기 시작했다. 그 통증은 빌리를 소리치게 만들었다. 다른 혼령들이 자신을 포위하는 모습을 보고 얼마나 끔찍한 죽음으로 벌하려는가 싶어 겁에 질렸다. 깜짝 놀라서 깨어난 그는 곧 그것이 꿈인 것을 깨닫고 안도의 한숨을 내쉬었다. 그러나 안도의 한숨은 오래가지 않았다. 무엇이 잘못된 것일까? 그의 발과 다리는 꼼짝도 하지 않았다. 그의 가슴은 천근만근 무거웠고 빌리는 그가 아직도 꿈을 꾸고 있다고 생각했다. 그러나 그 무게는 어마어마했다.

어둡고 분명하지 않은 무언가가 그의 가슴 위에 앉아 있었고, 그는 온 힘을 모아 몰아내려고 했지만 헛수고였다. 그는 비명을 질렀지만 소리는 목구멍에 갇힌 채 입 밖으로 나오지 않았다.

그의 목은 마치 솜으로 가득 차 있는 듯 답답한 느낌이었다. 그는 생각을 모아 보려고 애썼다.

"당신이 원하는 게 뭐야?"

그리고 그것을 그의 위에 앉아 있는 무언가에게 내뱉었다. 그는 비록 자신이 그에게 말할 능력은 없을지라도 혼령이 그의 생각을 알아챌 수 있으리라고 느꼈다.

"당신이 나에게 원하는 게 도대체 뭡니까? 내가 잘못한 게 있다면 말해주시오. 내가 속죄할 수 있도록. 왜냐하면 의도적으로 나쁜 일을 한 게 아무것도 없거든."

그는 이 생각을 기도하듯이, 아니 애원하듯이 전했다. 그것은 아무 대답이 없었다. 무게는 더 무거워졌고 빌리의 가슴은 끔찍한 부담의 압박으로 으스러질 것만 같았다. 그는 옆으로 움직여 그것을 넘어뜨리려 했지만 그것은 재빨리 그에게 달라붙어 떨어지지 않았다. 그는 두려움에 빠져서 겁에 질린 채 무력감에 젖어 거기 꼼짝없이 누워 있었다. 그는 다음에 무엇을 해야 하나? 이것이 그의 인생 끝인가? 그는 여기서 죽는 것인가? 아무도 그를 찾지 않을 것이다. 누가 감히 이 부정한 숲에서 그를 찾으려고 할 것인가?

이 생각들이 그의 마음속에서 꼬리를 물고 일어나자 그가 지금껏 알았던 것보다 더 큰 슬픔과 두려움이 몰려왔고 빌리는 갑자기 예언자의 말을 기억했다. 당신의 영혼을 더 크게 하라. 그들은 혼령들이고 스스로 권위를 주장하는 영혼에 복종할 것이다. 예언자의 말은 그렇게 분명하게 빛나는 생각으로 그의 마음을 꿰뚫었다. 혼령들을 두려워하던 그의 마음은 사라졌다. 그는 자신을 추스르고 마음을 가다듬었다. 그것은 이제 그에게 완전히 혐오스러운 게 되어서 빌리는 그것을 그의 발아래 놓고 짓뭉개버리고 싶었다. 빌리는 초인적인 힘으로 모든 기운을 긁어모아 그것을 밀어냈다. 비틀거리고 일어나며 그가 소리쳤다.

"내 영혼이 더 세다고! 나는 결코 당신한테 굴복하지 않을 거야!"

빌리는 그의 목소리가 다시 메아리치는 것을 들었다. 심지어 총에 손을 대지도 않았다. 가슴을 펴고 똑바로 서면서 그가 외쳤다.

"내가 더 세다고! 나한테서 꺼져!"

그것은 상처받고 패배한 것처럼 떨어진 자리에 그대로 있었다. 그건 인간의 모습이 아니었다. 꼽추처럼 흉한 모습이었고 얼굴이 없었다. 빌리는 정체를 드러내고 질문에 대답하라고 소리쳤지만 그 혼령은 그럴 수 없는 것 같았다.

"그렇다면 내가 너를 다치게 하기 전에 어서 여기서 나가!"

빌리가 다시 소리쳤고 혼령은 점점 더 작아지고 작아져 아주 간신히 보일 만큼 되었다. 그러자 그것은 자신을 나무둥

치에 던져 마치 작은 벌레가 붙어 있는 것처럼 머물러 있었
다. 빌리는 흥미를 잃었다.

 불이 죽었고, 그는 불을 때기 위해 나무를 가지러 갔다. 빌
리는 그가 오후에 끌어모은 마른 나뭇가지들을 아낌없이 넣
었다. 이제 숲은 환해졌다. 그의 작은 움직임으로 인해 마음
도 커졌다. 그는 더욱 환해질 때까지 밖으로 나가지 않겠다
고 결심했다. 숲은 그의 것이기도 하지만 또 그들의 것이기
도 하다. 그는 그들 중에 누구에게도 해를 끼치지 않았다. 이
생각에 힘을 얻은 그는 장전한 총과 함께 불 옆에 앉았다. 점
점 그는 잠에 빠져들었다.

 새소리가 새로운 날을 알렸다. 빌리는 죽어가는 불을 떠나
시냇가로 갔다. 그는 세수를 하고 웅덩이로 살금살금 기어가
은밀하게 안을 들여다보았다. 아무것도 없었다. 그는 거기를
한참 응시하고 있었다. 약간의 움직임과 함께 그녀가 웅덩이
표면에 나타났다가 지나갔다. 어제보다 더 긴 시간 그녀를
볼 수 있었다. 그녀는 같은 표정이었다. 그리고 머리카락은
더 길고 검게 그녀의 뒤에서 물결치고 있었다. 빌리가 계속
그녀를 관찰하면서 본 것은 그녀의 얼굴과 머리가 전부였다.
쌀쌀한 아침 공기 속으로 사라진 그 아름다운 얼굴은 몸통
이 없었다.

# 국경마을

그 부정한 숲에서 최후의 광경을 본 이후 빌리는 지체하지 않고 그곳을 벗어났다. 다행스럽게도 그가 나가는 길로 택한 방향은 국경마을로 가는 지름길로 그를 안내했다. 그는 한 시간가량 걸었는데, 갑자기 벼랑에 다다랐다. 거기서 그가 더 나아가자면 그는 계곡으로 향하는 아주 가파른 길로 가야만 했다. 그가 생각했던 것보다 내려가는 길은 훨씬 더 험했다. 길은 좁고 들쑥날쑥했다. 한쪽 면이 바위로 되어 있기에 부주의했다가 운이 나쁘면 추락할 수도 있다는 것을 의미했다.

빌리는 곧 그가 유일한 여행자가 아니라는 사실을 알았다. 그 앞에는 토요시장에서 돌아오는 여인들이 끈으로 묶은 바구니를 이고서 가고 있었다. 그 여인들은 그 길에 익숙한 탓인지 그보다 훨씬 빠른 속도로 걷고 있었다. 빌리는 뒤처지고 싶지 않았기 때문에 그들을 따라잡았다.

그가 가까이 갔을 때 그는 인사말을 건넸고, 그들은 뒤돌아보지도 않고 대답했다.

"마을에 도착하려면 얼마나 걸릴까요?"

그가 물었다. 대답은 여러 여인들로부터 왔다.

"두 시간이요."

빌리가 생각했던 것보다 짧은 시간이었다.

"묵을 곳이 있으세요?"

그 줄 맨 끝에 있던 여인이 빌리에게 물었다.

빌리가 없다고 대답하자 그녀는 그들 집에 손님이 묵을 수 있다고 말했다. 그녀는 환영하는 목소리였다. 남편이 마을의 촌장이고 만약 빌리가 그 집에 묵으면 행복해할 것이라고 덧붙였다. 빌리는 감사를 표하고 조용히 그들 뒤를 따라갔다. 전날 밤의 공포를 포함하여, 여행 중에 여러 불운과 사고를 겪은 후여서 빌리는 인간적인 친절에 감격했다. 그들의 발자국을 좇아가면서 그의 눈에는 살짝 눈물이 차오르는 듯했지만 급하게 닦아냈다.

그들은 비탈길 맨 아래에 도달했고 길은 넓어져서 두세 명이 나란히 같이 걸을 수 있었다. 빌리와 이름이 수발레인 그 여인은 나란히 곁에서 걸었는데 그녀는 젊은이들이 점점 더 많이 디마푸르나 페렌 같은 도시로 옮겨가고 있다고 설명했다. 부모들이 걸어서 왔다 갔다 했던 곳을 젊은이들은 살기 힘들어한다는 것이다. 마을은 정부에 길을 건설해달라고 민

원을 넣었지만 정치인들은 마을에 길을 건설해줄 돈이 없다고 답변했다.

"여긴 우리의 고향이에요. 아세요? 우리는 여기를 버리고 다른 곳에 가서 살 수가 없다고요. 우리 탯줄이 여기 묻혀 있고요. 만약 우리가 다른 곳에 가서 자리 잡는다면 우리는 편히 쉴 수 없을 거예요."

수발레가 설명했다.

빌리는 그런 말을 전에도 들은 적이 있다. 친척이 따뜻한 곳으로 이사를 가고 싶다고 하자 고모는 그에게 나중에 후회할 것이라고 경고했다. 세월이 흐르면서 고모는 그가 탯줄이 묻혀 있는 곳으로 돌아가고 싶은 염원에 압도되어 새로운 장소에 머물 수 없게 될 것이라고 예언하듯이 말했다.

"그게 우리가 계속 여기에 살고 있는 이유랍니다."

수발레가 계속했다.

"하지만 당신은 무엇이 이 먼 오지마을까지 오게 했는지 우리에게 말하셔야 합니다. 당신은 당신의 얘기를 우리가 식사할 때 내 남편에게 해도 돼요. 그때 듣기로 하죠."

약간 넓은 길이 나왔을 때, 그들은 마을에 도착했다. 몇 채 안 되는 집이 보였다. 집들은 길이 끝나는 비탈길 위에 있었다. 빌리는 그 집들이 비탈에 매달린 것처럼 지어져 있어서 놀랐다. 그리고 매 집마다 바위투성이 길에서 집으로 안내하는 계단이 있었다. 그 길 아래는 그들의 유일한 수원인 강으로 이어졌는데 또 다른 계단이나 바위로 만든 발판들로 이어졌다. 다른 쪽은 풀 한 포기 없는 산의 화강암 바위 얼굴이었다. 그 국경마을은 불가능한 장소에 주거지를 만들어 살기로 결심한 사람들의 작은 정착촌이었다.

"건축자재들을 어떻게 여기까지 가지고 오셨나요?"

빌리가 놀라서 물었다.

"쉽지 않았지요."

수발레가 인정했다.

"우리는 지붕에 함석을 사용하라고 주장했지만 나머지는 다 있는 것으로 해결했지요."

그녀는 그들이 어떻게 숲에서 나무를 잘랐으며 그 통나무를 계곡 위에서 언덕 아래로 던졌는지를 설명했다. 못은 시장에서 사오기 수월했지만 함석은 긴 밧줄을 이용하여 아래로 내려야 했다. 빌리는 그 작은 고립된 마을을 고향이라 부르는 사람들의 고집에 경탄했다. 그는 마을 촌장의 집으로 향하는 수발레를 따라갔다.

# 저녁을 위한 물고기

"남편은 마을 촌장이면서 어부이기도 합니다."

그녀가 자랑스럽게 말했다. 그들이 말한 남자가 길 아래 문에 서 있었다. 그 남자는 활짝 웃으며 빌리를 그들의 집으로 맞아들였다. 그 남자, 수발레의 남편 카니는 강에서 잡은 물고기를 요리해두었다. 부엌에서부터 배어나온 신선한 죽순과 고추 향 때문에 빌리는 침을 삼키기가 힘들었다.

물고기요리는 대단히 맛있었다. 빌리는 민물고기 요리를 싹싹 긁어서 다 먹었다. 그들은 빌리의 접시를 다시 채웠다.

빌리는 그들의 관대하고 후한 인심을 사양하지 않았다.

"우리는 선조들이 살았던 대로 삽니다. 물고기를 잡고 고기를 말리고 그것을 시장에 팔아 우리가 만들 수 없는 것들을 삽니다. 우리는 소금을 만들기 위해 염수연못을 이용합니다. 소금을 만들어 시장에 팔아서 차와 설탕을 삽니다. 점점 더 많은 사람이 바라크강의 물고기를 원합니다. 그 수요는 정말로 많습니다. 실제로 이것은 바라크강이 아닙니다. 정말 커보이지만 이 강은 바라크강의 지류입니다."

카니는 마을 위에 있는 강을 말하는 것이었다. 비록 그 소리가 작아지기는 했지만 마을에는 강물 흐르는 소리가 하루 종일 들렸다.

"쌀은 어떤가요? 벼는 어디에서 경작하시나요? 아니면 쌀을 사시나요?"

빌리가 호기심이 가득 어려 있는 투로 물었다.

"우리가 이분에게 우리 비밀을 보여드려야 할까?"

카니가 수발레에게 살짝 윙크를 하며 물었다.

"그분을 믿을 수 있을 것 같아요. 그분만 아실 거예요."

수발레가 손님을 바라보며 대답했다.

카니가 창문을 가리키며 빌리가 밖을 보아야 할 거라고 암시했다. 비록 날은 어두워지고 있었지만 밖은 그가 볼 수 있을 만큼 충분히 환했고 마을의 서쪽으로 아주 평평한 땅이 벼가 심어진 논두렁인 것을 그는 알 수 있었다. 논에서 벼가 줄지어 자라고 있었고 그것은 본 빌리는 아주 놀랐다.

"어떻게 저기에 저런 평평한 땅이 있을 수 있죠? 왜 저기를 논으로 만드셨나요? 저기다 집을 지으셔서 살지 않고? 집으로 갈 때마다 바위를 타는 것보다 그게 더 쉽지 않은가요?"

"아, 그럴 수 있지요. 그렇지만 우리는 우리가 집을 지은 이 바위 위에 쌀을 키울 수는 없습니다. 어쨌든 우리는 어릴 때부터 이 바위들에 대처하는 법을 배우며 살아왔습니다. 그래서 우리는 우리가 갖고 있는 유일한 평지인 그 땅을 논으로 사용하기로 한 것입니다."

빌리는 그 질문이 무지의 소산이라는 것을 깨달았다. 빌리는 재빨리 너무 많은 질문을 던져서 무례하지 않았기를 바란다고 말했다.

"당신이 우리에게 그것에 대해 질문을 한 첫 번째 사람은 아닙니다."

카니가 웃었다. 빌리는 어떤 주저함도 없이 그를 받아들이는 이 늙은 부부가 좋았다. 조금 쉰 다음에 그는 부정한 숲에서 본 것을 포함하여 그의 여행에 대해서 그들에게 이야기하기 시작했다. 그는 잠자는 강을 찾을 것이라는 것도 덧붙였다. 이제 놀라는 것은 그들의 차례였다.

"보통 사람들은 우리 마을까지 여행할 일이 없지요. 당신이 오기 전에는 오로지 명백한 목적이 있는 사람들만 여기에 왔어요. 당신이 말하는 강은 이 강보다 더 멀어요. 물론 당신도 알고 있겠지만. 내가 내일 안내할게요."

카니가 제안했다.

빌리는 그 제안을 받아들이고 싶지 않았다. 왜냐하면 그는 아무도 성가시게 하고 싶지 않았기 때문이었다. 그래서 빌리는 도움을 거절하려고 했다. 그러나 카니는 빌리가 혼자서 강을 찾으려고 한다는 말을 듣지 않았다.

"성가시지 않아요. 내가 같이 가야만 합니다. 왜냐하면 위험한 여행이고 당신은 나를 데리고 간 걸 후회하지 않을 거예요."

결국 빌리도 동의했다.

"잠자는 강은 미망인 혼령들이 지키고 있어요. 만약 당신이 보호받는다면 그들은 당신을 해치지 않을 거예요. 그렇지만 당신이 보호받지 못한다면 당신은 그들에 의해 산산조각 나 버릴 거예요. 당신은 그곳의 법도를 모르고 거기를 갈 수 없어요."

빌리는 카니가 말하는 보호받는다는 의미가 무엇인지 물었다. 빌리는 그것이 자신이 부정한 숲에서 혼령에 도전했던 것과 닮은 것인지 알고 싶었다. 카니는 셔츠소매를 걷어 올리고 팔뚝에서부터 손목까지 난 상처를 보여주었다. 그의 팔뚝에는 살점 한 덩어리가 떨어져나가고 없었다. 지금은 아문 상처였지만 겉의 피부가 너무나도 얇게 늘어나 마치 막같이 보였다.

"나는 어리석게도 보호받지 않고 간 바람에 내 팔로 그 대가를 치렀지요."

카니가 말했다.

"우리가 잠자는 강에 가면 두려움이 끼어들 자리가 없다는 것을 기억하세요. 만약 두려움을 간직하고 가면 당신은 죽습니다. 만약 당신이 살인이나 혹은 잘못된 증언으로 한 남자를 죽게 했다던가 무언가 끔찍한 짓을 저지르고 이곳에 왔다면 당신의 영혼은 그들의 혼령들을 이길 수 없을 것입니다. 당신을 보호하는 것은 자신의 선한 마음이고 깨끗한 양심입니다. 이 여행을 하는 동안에는 어느 누구에게도 악한 마음을 품지 마십시오."

# 잠자는 강

 다음 날 아침 두 남자는 여행을 떠날 준비를 했다. 수발레는 그들보다 먼저 일어나 필요한 영양과 에너지를 줄 음식을 만들었다. 그녀가 준비한 음식은 바나나 잎에 싼 밥과 물고기요리였다. 조그만 가방에 튀긴 쌀을 더 쌌다. 튀긴 쌀은 만약 그들의 여행이 하루보다 더 길어지면 먹기 위한 예비용이었다.

 카니는 그의 작살과 새로 간 단도를 끈으로 묶어 칼집에 매달아 갔기 때문에 그것들이 등 뒤에서 흔들리고 있었다. 또한 그의 어깨에는 음식이 든 가방도 있었다. 카니는 일흔두 살이었지만 그보다 훨씬 더 늙어 보였다. 카니 얼굴의 깊은 주름살은 빌리가 마을 밖 암벽화에서 보았던 노인을 연상시켰다. 그는 굳은살이 박힌 발바닥이지만 맨발로 잘도 걷는 작고 강단 있는 사람이었다. 위험하고 험준한 바윗길은 카니에게 아무 문제가 되지 않았다. 그는 그 길을 어렸을 때부터 수없이 다녔다. 그러나 카니는 빌리가 그와 보조를 맞추느라 허겁지겁하지 않도록 속도를 늦추며 천천히 갔다. 그들이 바윗길 끝에 다다르자 꽤 걸어야 할 평평한 산마루가 나타났다. 그다음 그들은 냇가에 도착해 물을 마시고 잠시 휴식을 취했다.

"어떤 사람들은 그 강을 잡아보지도 못하고 돌아갑니다."

카니가 말했다.

"당신도 틀림없이 그 애길 들었겠지만 말입니다."

"아니요. 못 들었습니다."

빌리가 대답했다.

"제가 그 강에 대해 아는 게 별로 없습니다. 그 예언자는 아주 수수께끼 같은 말씀만 하셔서 제가 그 말씀을 해석하려고 노력했지만 잘 모르겠습니다."

"그 강을 잡으려다가 목숨을 잃은 사람들도 있습니다."

카니가 거의 알아들을 수 없게 작아진 소리로 말했다.

"놀랍지 않습니다. 그들은 익사를 한 겁니까? 아니면 열병의 희생자가 된 겁니까?"

카니는 빌리에게 고개를 돌리기 전 지평선을 둘러보았다.

"그들은 사전지식이 없이 왔습니다. 그것만으로도 충분히 죽을 수 있습니다. 그들은 부를 갖게 할 마법의 돌을 원했지요. 그렇지만 그것은 잠자는 강이 하는 일이 아니랍니다. 만약 당신이 강이 잠잘 때 그곳에서 돌을 꺼낸다면, 그것은 확실히 당신에게 부를 보장하겠지만, 그 돌에는 그 이상의 무엇이 있습니다."

빌리는 카니의 말에 강한 호기심을 느꼈다.

"그 이상의 무엇이 있다고요? 당신은 부를 가져다줄 돌을 찾으러 온 것이 잘못되었다는 말씀인가요?"

"당신이 이웃과 신뢰와 평화 속에 사는 비밀을 알지 못하면 당신의 부가 무슨 소용이 있겠습니까? 부를 소유하는 건 잘못이 아니지만 당신과 재산과의 관계가 모든 것을 결정합니다. 만약에 당신이 부를 움켜쥐고 있으면 당신은 부로 살 수 없는 다른 것을 잃습니다. 영혼의 지식을 잃을 것입니다. 그리고 영혼의 지식이 당신에게 제공하는 힘도 잃을 것입니다. 영혼의 지식이 진정한 힘입니다. 그것이 유일한 힘입니다. 영혼의 지식만이 감각의 세계와 영혼의 세계 모두에 미칠 수 있는 힘을 주기 때문입니다."

빌리는 주의 깊게 들었다. 그는 집을 떠난 이후, 잠자는 강까지 정말 멀리 왔다는 느낌이 들었다. 지난 며칠간 빌리는 많은 것을 배웠고 지난 여정을 생각하느라 잠깐 쉬었다.

디추마을 사람들로부터 거의 린치에 가깝게 두드려 맞은 것은 과연 그럴 가치가 있는 일이었을까? 혹은 부정한 숲에서 거의 죽을 뻔했던 혼령과의 만남은? 만약 빌리가 주인의 이름을 부르지 않았다면. 그를 죽였을 호랑이인간은 말할 것도 없다. 그렇지만 그는 친절했던 쐐기풀숲의 여인도 생각났고 낯선 이를 돕기 위해 길을 따라나선 국경마을의 이 사람들도 생각했다.

빌리는 잠자는 강을 찾고 싶었다. 강이 잠자는 그 순간을 놓치지 않고 강의 심장을 지닌 돌을 물에서 잡아채 가져가기를 원했다. 그러나 무엇보다 잠자는 강을 찾으면, 그 강이 줄 수 있는 영혼의 지식을 원했다. 자신과 카니 둘 다를 위해 빌리는 이제 그 강을 간절히 찾고 싶었다.

빌리와 카니는 잠깐 음식을 먹고 다시 여행을 재개했다. 카니의 어림짐작에 의하면 그들은 두 시간 안, 바로 밤이 되기 직전 강의 둔덕에 도달한다. 그렇다면 그들은 서로에게 말도 하지 말고 오로지 손짓으로만, 그것도 반드시 필요한 때에만 소통해야 했다. 강을 발견하는 것만으로는 충분하지 않다. 그들은 강이 잠들 때까지 기다려야 하는데 얼마나 걸릴지는 아무도 모른다.

계속 걷자 초목이 바뀌었다. 초목은 점점 무성해지고 진초록으로 변했다. 국경마을 쪽에서 빌리는 풀들이 바위들 틈에서 자라느라 필사적으로 기를 쓰고 살아 뼈대만 있는 영양결핍으로 보였다. 그러나 여기 고사리들은 아무 데서나 빠르고 무성하게 자란다. 바나나가 가득 열린 나무들이 사방에 널려 있지만 이 바나나들은 사람들이 날것으로 먹는 것은 아니다. 새들도 많아서 머리 위로 날아다니거나 나무 꼭대기에서 잘 익은 열매들을 쪼아먹으며 노래를 한다.

갑자기 카니가 손을 들어 빌리에게 말을 멈추라는 신호를 보낸다. 빌리는 재빨리 그가 있던 길에서 멈춰 카니가 가리키는 방향을 살펴보았다. 그러나 빌리는 아무것도 보지 못했다. 카니는 빌리를 보고 입 모양으로 "아주 가까워, 아주 가까워"라고 말했다. 그리고 그들은 발밑에서 바스락거리는 소리로 그들의 존재를 드러낼 낙엽을 피하면서 조심스럽게 앞으로 나갔다. 그런 방식으로 족히 두 시간은 나간 후에 카니는 다시 빌리에게 멈추라고 신호를 보냈다.

"강이야."

그가 말하고 무릎을 꿇었다. 이번에도 빌리는 아무것도 보지 못했다. 그렇지만 그는 앞에 있는 바위들 위로 희미한 물소리를 들었다. 그들이 마침내 잠자는 강에 도착한 것이다! 엄청난 흥분감이 빌리를 꼼짝하지 못하게 했다. 빌리는 무릎을 꿇고 그대로 잠시 멈춰 있었다. 카니가 거기 그대로 머물러 있으라고 신호를 보냈고 그들은 더 편안하게 자리를 잡으며 오랫동안 기다릴 준비를 했다.

# 돌과 홍수

그들이 잠자는 강의 영역에 들어서자마자 모든 새의 노래가 멈췄다. 완벽한 침묵에 귀가 먹먹해졌다. 나뭇잎 하나 흔들리지 않았고, 풀벌레의 찍찍 소리조차 들리지 않았다. 강이 누워 있는 숲에는 아무런 소리도 들리지 않았다. 그들은 숨을 내쉬는 것이 그 장소의 완전한 순수성에 모욕이라도 되는 양, 할 수 있는 한 부드럽게 숨을 쉬었다. 여기는 사람의 흔적이 전혀 없었다.

빌리는 예언자가 말했던 것을 기억해보려 애썼다. 그는 매우 막연한 말로 인내와 용기에 대해서 말했다. 당신이 준비가 될 때까지 기다리고 기다리라고 예언자는 말했다. 반쯤 준비된 것은 충분하지 않다. 당신이 준비된 것 그 이상일 때까지 기다려라. 그는 기꺼이 기다리고 또한 더 배우고자 했다. 빌리는 잘못 움직일까봐 너무 걱정이 되었다. 빌리와 카니는 너무 쭈그리고 앉아 기다려서 발목의 근육들이 아우성을 칠 지경이었다. 소리를 내지 않고 자세를 바꾸려면 많은 시간과 노력이 필요했다. 게다가 빌리는 그가 강을 잡을 시간이 되었을 때 다리에 쥐가 나서는 안 된다고 여겼다. 그래서 그는 조심스럽게 다리를 죽 편 채 땅바닥에 누웠고, 머리는 물소리가 들리는 쪽으로 두었다. 카니는 그들이 계속 강으로 가깝게 진행한다고 신호를 보냈다. 빌리는 카니의 모든 움직임을 따라 했다. 그 강단 있는 작은 어부는 손바닥을 아래로 누르고 몸을 위로 끌면서 바닥을 기어서 갔다. 그들은 매우 천천히 이 행동을 했다. 마침내 그들은 강이 더 깊고 커다란 소리로 울리는 지점에 도달했다.

빌리의 귀에는 돌출된 바위 위로 엄청난 물이 폭포수처럼 쏟아지는 소리가 울려 퍼졌다. 이 강은 아주 큰 것이 틀림없다. 빌리는 혼자서 생각했다. 그들이 몸을 끌고 움직이면서 소리에 가까이 가면 갈수록 폭포의 소리는 희미해졌고 한동안 그들이 들을 수 있는 거라고는 마치 개울에서 들려오는 듯한 찰랑거리는 소리였다. 빌리는 거기에 경탄했으나 카니는 아무 이상을 느끼지 못하는 듯했다. 빌리는 그것이 무엇을 의미하는지 묻지 않고 계속 어부의 말을 따랐다. 이제 그들은 위쪽으로 올라가고 있었고 강의 소리는 분명히 상류였다. 빌리는 가끔 물고기가 튀어 오르는 소리를 들었다고 생각했는데 확신할 수 없었다. 빌리는 강을 보려고 멈췄다. 흐릿한 푸른 안개가 모든 것을 시야에서 가리고 있었다. 강 안개 뒤로 어떤 것도 볼 수 없었다. 놀랍게도 새 한 마리 없었다. 심지어 물총새나 혹은 독수리같이 이런 언덕들에 자주 보이는 물고기를 잡아먹는 커다란 새들도 보이지 않았다. 튀어 오르는 물고기 소리가 다시 들렸고 빌리는 그것을 보기 위해 멈추었지만 아무것도 보지 못했다.

길이 평원 쪽으로 계속 이어지자 마침내 카니는 멈췄다. 모든 것이 정지했다. 강물도 물고기 소리도 없었다. 심지어 바람 소리조차 잠잠했다. 빠르게 어두워졌고 그들은 오로지 강가의 커다란 바위와 나무 들의 그늘진 윤곽만을 볼 수 있을 뿐이다. 빌리는 머리를 들고 완전히 정지한 채 누워 있는 부드러운 강물을 바라보았다. 마침내 잠자는 강이었다. 드디어 잠자는 강을 찾았다! 빌리는 흥분해서 강물 속에 들어갈 시간이라고 생각했다. 카니는 손을 들어 그에게 움직이지 말라고 손짓했다.

그들은 짐작조차 하지 못할 만큼 오랜 시간을 그 상태로 지냈다. 그리고 그들은 강을 지키는 수호여신들인 미망인 혼령들을 보았다. 그들은 등에 바구니를 지고 안개 속으로 걸어와 강으로 내려갔다. 그들은 물을 길러 온 것처럼 보였지만 물항아리는 바구니에 그대로 있었다. 이상한 의례 후에 그들은 둔덕으로 갔다. 그들은 걸어 돌아오면서 빌리가 전에 들어본 적 있는 듯한 멜로디를 노래했다. 깨어 있는 순간은 아니지만 꿈속에서나 아니면 꿈과 깨어 있는 순간 사이의 그런 시간에 말이다. 그것은 그가 들었던 가장 슬픈 소리였다. 미망인들은 계속 길을 따라 노랫소리와 함께 강 위로 올라갔다. 그러나 빌리와 카니의 눈에 더는 그들이 보이지 않자 노래도 멈췄다. 어스름한 빛 속에서 그들이 사람인지 아닌지를 말하는 것은 어렵지만 빌리는 바구니를 지고 언덕으로 사라진 검은 복장의 물체들이 사람이 아니라고 확신할 수 있었다. 그들에게는 무언가 으스스한 게 있었다. 장송곡을 꼭 닮은 그들의 노랫소리도 그렇고 어디가 됐건 음산한 숙소로 돌아가는 그들의 발걸음도 그렇고… 모두 그렇다.

빌리는 수발레가 말한 미망인들이 언덕 뒤로 사라지는 시간과 강이 흐르기를 멈추고 잠드는 사이의 아주 짧은 시간에 대한 것을 기억했다. 만약 그가 마음을 담대히 먹는다면 그는 그때 강을 잡을 수 있고, 그렇지 않고 그가 흔들린다면 그는 또다시 기회를 잡기까지 수개월이 걸릴 것이다. 어쩌면 수년이 걸릴지도 모른다. 빌리는 참지 못하고 카니를 쳐다보았다. 그 어부는 손을 올리고 입으로 "지금"이라고 말했다. 일 초의 망설임도 없이 빌리는 강가로 달려가 움직이지 않는 물속으로 뛰어들어갔다.

물은 놀랄 만치 차가웠다. 그는 개의치 않고 강바닥으로 내려가 강 가운데에 있는 돌을 하나 잡았다. 그것은 강바닥에 박혀 옴짝달싹하지 않았고 빌리는 추위로 손가락이 뻣뻣해지는 것을 느꼈다. 그는 다른 돌을 찾지 않았다. 그는 온 힘을 다해 돌을 꺼내려고 했다. 그 돌은 결국 빠져나왔다. 물살이 급격하게 다시 흘렀고 이번에는 꿈에서처럼 그를 짓누르며 머리 위로 물이 범람했다.

# "강은 영혼입니다!"

빌리는 갑자기 밀려든 물살에 의해 나무조각처럼 내던져졌다. 입과 콧구멍이 물로 가득해지자 그는 위험한 암류에 빨려 들었다고 느꼈다. 그를 아래로 더 아래로 내리누르는 강은 거의 사람 같았고 물은 마치 그를 목 졸라 죽이기라도 할 듯 그에게로 몰려들었다. 그는 강의 폭력성에 충격을 받았다.

"나는 여기서 반드시 살아서 나갈 거야."

그는 강물과 사투를 벌이며 맹세했다. 처음에 그는 악몽 속에서 늘 그랬듯이 그저 무력하게 팔을 흔들었을 뿐이었다. 그러나 끔찍하게도 이건 현실이었다. 그는 깨어나지 않을 것이고 단지 꿈이었다고 안도의 울음을 터뜨릴 수 없을 것이다. 이것은 너무나도 생생한 현실인 것이다.

그는 허우적대던 것을 멈추고 대신 그가 배웠던 주문에 집중했다.

"하늘은 나의 아버지고 땅은 나의 어머니이니 죽음이여 물러서거라. 케페누푸시여, 나를 위해 싸워주십시오. 오늘은 나의 날입니다. 나는 내 영혼이 위대하기 때문에 강의 재산을 요청하는 바입니다. 돌은 더 위대한 영혼을 가진 자에게 속합니다."

빌리는 강과 얼마나 오랫동안 사투를 벌였는지 모르지만 그가 풀려나기 전까지 마치 영원같이 느껴졌고 마침내 물은 물러났다. 그는 하나도 다치지 않고 강의 심장석을 움켜쥔 채 물 밖으로 걸어 나왔다. 물가에 걱정스럽게 서 있던 카니는 강에서 걸어 나오는 그를 재빠르게 잡아끌었다.

"자, 자. 우리는 그 미망인들이 쫓아오기 전에 서둘러 돌아가야 해요."

그날 오후, 카니가 처음으로 절박하면서도 급하게 말했다. 그때 빌리는 비명을 들었고 이게 무슨 소리지 싶어 위를 쳐다봤는데 검은 물체들이 그들을 향해 내려오고 있었다. 미망인들이 가느다란 창을 흔들고, 그 두 남자에 대한 저주를 퍼부으며 언덕을 달려 내려오고 있었다.

"달려요!"

카니가 외쳤다.

재촉할 필요 없었다. 빌리도 필사적이었다. 그는 발에 상처를 내는 작은 돌들과 발을 찌르는 가시들을 무시하고 카니를 따라 둔덕을 기어올랐다. 미망인들이 미친 듯이 그들을 따라왔기 때문에 목숨 걸고 달렸다. 미망인들이 강 둔덕에서 멀리 떨어져 있는 동안 남자들은 강의 언저리를 벗어났다. 목숨을 걸고 도망친 것이다. 도망치면서도 그들은 뒤에서 식식거리고 툴툴거리는 소리를 들을 수 있었다. 그러나 아무도 감히 뒤돌아보지 못했다. 빌리는 그 돌을 움켜쥐었다. 카니는 마치 그 앞의 험준한 바위산을 오르기 위해 파닥이는 염소처럼 몸을 마구 흔들며, 사력을 다해 빨리 달렸다. 그들은 뒤로 들리는 서로 다른 소리를 들었다. 처음에는 노파의 낄낄거리는 적의에 가득 찬 승리의 소리였다. 그 소리는 아기의 까르륵거리는 웃음소리로 이어졌고 아이들의 천진하고 유혹적인 웃음소리는 그들을 돌아보게 만들었다. 그들은 계속 달리고 미망인들의 혼령들이 그 두 남자를 위협하고 겁주려 하자 웃음소리는 높은 비명으로 바뀌었다.

빌리와 카니가 잠자는 강과 국경마을 사이의 경계를 표시하는 외곽도로에 다다르자 카니가 미망인들에게 소리쳤다.

"이제 돌아가, 돌아가라고! 그렇지 않으면 당신들에게 좋을 게 없을 거야."

비명은 바로 멈췄고 그들은 철수했다. 그러나 그들은 돌아가면서 흐느꼈고 그들의 귀신 같은 흐느낌 소리가 공기를 가득 채웠다.

"케페누오푸 자누 치에 라 마 탈리에!창조주의 이름으로 당장 물러가라"

카니가 소리쳤고 그 악귀 같은 소리는 곧바로 멈췄다.

미망인들은 패배한 채 대지 아래로 사라져갔다. 두 남자는 그들이 본모습을 드러내어 다시 쫓아올까봐 두려워서 계속 주시했다. 두 남자는 한마디 말도 하지 않은 채 마을로 향했다. 그때 그들은 강해진 자신들의 영혼을 생각했다.

# 제나의 날

그들이 계단을 오르자 문 앞에 수발레가 기다리고 있었다. 그녀는 그들이 들어올 수 있도록 문을 붙잡고 있었다. 남자들이 안전하게 안으로 들어오자 재빨리 문을 닫았다. 수발레는 환영의 미소를 짓지 않았다. 그녀는 말없이 남자들을 바라보았다. 그러고는 그들의 귀환이 경이롭다는 듯 고개를 흔들었다. 그녀는 그들에게 씻을 물을 주었다. 그녀의 남편이 발을 닦는 것을 돕기 위해 무릎을 꿇었다. 그리고 불 옆에서 그들에게 음식을 주었다.

빌리는 몸을 따뜻하게 하기 위해 앉았는데도 계속 몸을 떨었다. 그는 추위 때문이라고 생각하고 불길 곁에 앉았지만 그 열기도 그의 떨림을 완화해주지는 못했다. 카니는 담요를 가져와 그에게 덮어주었다.

"혼령과의 만남 이후에 나타나는 현상입니다. 심지어 인간

의 영혼이 승리했을 때에도 우리는 살이 떨립니다. ᄋ _____
살은 당신이 전쟁에서 이겼다는 것을 이해하지 못한
움의 기억과 싸우기 때문입니다."

빌리는 감사히 담요를 뒤집어썼다. 그는 잠자는 강ᄋ
는 길을 동반해준 카니에게 고마움 그 이상을 느꼈다. ᄀ
한 미망인들은 강 안에서의 사투보다 훨씬 더 공포스러웠ᄂ
비록 그들의 이름이 과거에는 인간과 연결되어 있다는 것ᅳ
암시하지만, 그들은 확실히 인간이 아니다. 그들은 마치 피
에 굶주린 듯이 끈질기게 여기까지 좇아왔다. 아마도 그들은
피에 굶주렸을 것이다. 빌리는 저절로 몸을 떨었다.

"당신의 팔뚝에 살점이 뜯긴 것도 그 미망인들의 짓인가요?"
빌리는 물을 수밖에 없었다.

"그럴 겁니다. 그들의 믿을 수 없는 힘을 과소평가하면 안
됩니다. 그들은 황소의 힘줄을 가지고 있어요. 나는 목숨을
건지기 위해서 그녀가 내 팔뚝의 반을 떼어내는 걸 보고 있
을 수밖에 없었습니다. 그러지 않았다면 나는 확실히 죽었을
겁니다. 그건 내가 이제까지 봤던 가장 공포스러운 장면이었
습니다. 그녀가 내 살점으로 잔치를 벌이며 찢어진 내 인대
를 자기 입으로 집어넣었고 그녀의 입 가장자리는 뚝뚝 떨
어지는 내 핏방울로 범벅이 되었습니다. 나는 멈출 수밖에
없었습니다. 고통은 너무나도 극심했지요. 그러나 그녀의 굶
주림을 본 나는 혹독한 고통을 무시하고 달려야만 했습니다.
그 고통을 겪었기 때문에 나는 당신을 그 길에 혼자 보낼 수

없었습니다."

빌리는 카니의 얘기에 놀랐다. 그는 단 한 순간도 그것이 진실이라는 것을 의심하지 않았다. 이제 그는 계속 그를 괴롭히던 모든 질문들을 해야만 했다.

"당신은 왜 나를 데리고 갔나요? 나에게 경고를 하고 돌려보내는 게 낫지 않았을까요?"

"흠, 왜 당신을 데리고 갔냐고요? 어려운 질문입니다."

카니가 뒤통수를 긁적이며 말하기 시작했다.

"아마도 당신이 이전에 여기에 왔던 사람들과 달랐기 때문일 것입니다. 왜냐하면 당신의 영혼이, 당신의 마음이 커다랗다는 게 보였으니까요. 그리고 내가 가르칠 수 있고 다른 사람들보다 영혼에 대해서 더 잘 받아들인다고 느꼈기 때문입니다. 당신이 심장석을 찾는데 그렇게 끌렸다면 거기에는 아마도 반드시 더 깊은 이유가 있을 것입니다."

"강도 역시 하나의 혼령이지요, 아닌가요?"

빌리가 물었다.

"그것은 내가 예언자한테 배운 주문으로 싸웠더니 물러났습니다. 그것은 내 권위에 응했다가 내가 내 정체를 주장하자 사라졌습니다."

"진실로 강은 영혼이 있습니다. 영혼은 영혼에 응답합니다. 이들 영혼과 관련된 것들은 피와 살로 이루어진 것이 아니기 때문에 총은 아무짝에도 소용이 없지요."

카니가 이 말을 한 후 오랫동안 침묵이 이어졌다.

그리고 마침내 빌리가 그를 돌아보며 말했다.

"감사합니다."

그 말을 할 때 빌리의 눈에는 눈물이 맺혀 있었다.

어부는 엷게 미소 지으며 말했다.

"당신 자신에게 감사하십시오. 스스로에 대한 신뢰가 없었다면 해낼 수 없었을 겁니다."

식사를 끝내고 그들은 잠자리에 들었다. 고맙게도 곧 잠들어서 악몽이나 꿈에 방해받거나 깨지 않는 깊은 숙면을 취했다. 빌리는 햇살이 벽에 길고 밝은 선을 만들 때까지 잤다.

그는 집주인이 주위에서 움직이는 소리를 들으며 좀 더 누워 있었다.

"당신은 제나의 날<sup>마을사람들에 의해 종교적 이유로 엄격하게 지켜지는 휴일. 이를 지키지 않는 사람은 벌을 받는다.</sup>에 대해서 얘기를 해야만 해요. 그리고 제나의 날에는 쉬는 것이 좋다는 것을 알려야 해요."

"어쩌면 저 사람이 온 마을에서는 더는 제나의 날을 지키지 않을지도 몰라요. 하지만 저 사람은 지혜로운 것 같아. 나는 그가 제나의 날에 여행하는 것이 위험하다는 것을 이해하리라고 확신해."

빌리는 재빠르게 침대에서 일어나 그들의 대화에 합류했다.

"제가 질문을 드려도 괜찮겠죠? 오늘이 제나의 날이라는 건 무슨 의미죠?"

"여기 사는 우리는 잠자는 강에서 심장석을 잡은 사람이 생기면 언제나 그날을 제나의 날로 정하고 그날은 일을 하지 않아요. 여기 마을 사람들도 오늘은 들에 나가 일하지 않아요. 어부들도 고기를 잡으러 나가지 않고 사냥꾼들도 덫을 보러 가지 않지요. 추수감사절 같은 날입니다. 특히 당신 때문에 생긴 날이기 때문에 제나의 날에는 여행을 하지 않는 것이 좋을 거예요."

"이렇게 훌륭한 관습이라니요? 더구나 저를 위해 지켜지는 날인데요. 저는 하루 온종일 쉴 수 있습니다. 저도 좋습니다."

빌리가 대답했다. 빌리는 돌아가기 전 회복하기 위한 휴식의 지혜를 환영했다.

# 귀환

나머지 날은 그에게 좋았다. 카니는 진한 색의 오일 한 병을 가져와서는 그것이 그의 발목과 다리의 통증을 사라지게 해줄 거라며 오일마사지를 해주었다. 처음에는 오일이 닿자마자 마치 불타는 듯 살갗이 쓰라려서 빌리는 이게 무슨 효과가 있을까 의심했다. 그러자 화끈거림은 곧 가라앉고 편안한 느낌이 찾아왔다. 빌리는 거기 누워서 오일이 그의 피부 구멍마다 침투하며 들어가는 것을 즐겼다.

다음 날 수발레는 그를 위해 많은 음식을 쌌다. 밥과 물고기 요리뿐만 아니라 말린 생선과 생쌀도 싸서 그가 남은 여정 동안 음식을 먹을 수 있게 했다. 수발레와 카니 부부는 마치 한 쌍의 암탉처럼 그의 주위를 맴돌았다. 그것은 빌리를 즐겁게도 하고 감동시키기도 했다. 그들은 그가 떠나기 전에 모든 지혜를 전해주려는 것 같았다.

"이제 그 심장석을 가졌기 때문에 전보다 더 위험해진 거 당신도 알지요? 심장석을 가지려고 목숨을 거는 사람들도 있습니다. 심지어 혼령들도 당신을 부러워해서 힘으로든 속 임수를 쓰든 당신에게서 심장석을 빼앗으려 할 것입니다. 조 심하세요. 누구에게도 당신이 잠자는 강의 심장석을 갖고 있 다고 말하지 마십시요."

"나는 심지어 그 돌의 완전한 힘이 어떤지조차 잘 모르고 있어요."

빌리가 대답했다.

"그것은 당신이 부를 요청하면 부를 허락하는 그런 마력이 있습니다. 그것은 많은 소, 또는 전쟁에서의 승리를 허락합 니다. 또한 당신이 원한다면 아름다운 여성과 맺어지는 것을 허락하기도 합니다. 그렇게 많이 바랄 수 있는 이유는 심장 석이 허락하기 때문입니다. 만약 한쪽이 심장석을 갖고 있다 면 그 싸움이 얼마나 불공평할지 당신은 상상이나 할 수 있 겠습니까?"

"다행스럽게도 잠자는 강에 들어가서 심장석을 잡을 수 있 는 것은 오로지 인간 뿐이랍니다."

수발레가 말했다.

"혼령들은 할 수 없답니다. 그들은 물을 건드릴 수가 없지 요. 확실히 잠자는 강의 물은 건드릴 수 없답니다. 왜냐하면 그 강도 역시 혼령이니까요."

"그에 관해 더 말씀드려."

카니가 그의 아내를 재촉했다.

"예, 그래요. 내 아버지가 말씀하시길 만약 그런 일이 일어나면 혼령에 불을 붙이는 꼴이라고 하셨어요. 그렇기 때문에 잠자는 강에 홍수가 지면 미망인들이 우리 마을로 건너오질 못하는 거예요."

"아, 혼령들의 세상은 정말 이상하고도 이상하답니다."

카니가 미소를 지으며 말했다.

"그리고 혼령들이 그 돌을 가지고 싶어 하는 이유는 그것이 누군가의 마음을 돌을 소유한 사람에게로 향하게 하는 힘이 있기 때문입니다. 그래서 혼령들이 심장석에 그렇게 관심을 가지고 있는 것입니다."

수발레가 결론지었다.

빌리는 돌에 관해 들은 그 모든 정보로 혼란스러웠다. 그는 모든 정보를 기억하고 싶었다. 수발레가 그들 앞에 차려준 식사를 마치자 거의 점심 시간이었다.

"저는 제 길을 떠나야 할 것 같네요."

빌리가 말했다.

"부정한 숲에서 대피할 곳을 찾으려면 정말로 지금 떠나야 해요."

"마지막으로 하나만 더 조언할게요."

카니가 다시 말을 이었다.

"절박할 때 이름을 부르세요. 이름이 가장 강력합니다. 만약 당신이 이름을 부르면 당신을 공격하는 어떤 혼령도 물리칠 수 있을 겁니다."

"꼭 기억하겠습니다."

빌리가 대답했다.

수발레가 마치 그녀도 무언가 할 말이 있다는 듯 그 옆에 와서 섰다. 빌리는 가방끈을 다 매고 그녀를 쳐다보았다.

"혼령들은 간교한 속임수를 쓸 거예요. 그들은 선하고 아름다운 모습으로 나타나서 혹하는 겉모습으로 당신을 속일 수도 있어요. 아무도, 심지어 당신 자신도 믿지 마세요. 언제나 깨어 있으셔야 해요."

빌리는 그들에게 아낌없이 감사를 표하고 일어섰다. 가방은 그의 어깨에, 총은 그의 왼쪽 팔에 매달려 있었다. 카니와 수발레는 더는 빌리를 지체시키지 않았다. 그들은 헤어졌고 빌리는 평소의 빠른 속도로 걸어 국경마을 입구까지의 험준한 바윗길을 오후가 다 가기 전까지 올라갔다.

힘들었지만 심장석을 가지고 돌아가는 길이어서 행복했다. 그것은 그의 여행을 가치 있게 만들었다. 그는 여전히 그 신비한 돌의 가치를 완전히 알지는 못한다고 느끼지만 사람들이 그것을 구하기 위해 목숨을 걸 정도라면 얼마나 소중한 것일지 짐작이 갔다. 그리고 혼령들 역시 그것을 원한다고 했다. 그들은 힘으로든 간교한 사기술이든 그것을 빼앗으려 들 것이다. 아마도 강을 찾아가는 여행보다 집으로 돌아가는 여행이 더 어려울지도 모른다. 그렇지만 그는 어쩐지 준비되었다는 느낌이 들었다.

이름을 부르라고 카니가 조언했다. 그들이 미망인들로부터 쫓길 때 카니가 이름을 부르는 것을 그는 들었다. 그 자신도 강에 서서 싸울 때 이름을 사용했고 그것은 효과가 있었다.

# 모함

빌리는 바위 안쪽으로 작고 날카로운 발판을 새겨 넣은 바위얼굴 뒤쪽에 서 있었다. 그는 바위들을 조심스레 오르기 시작했다. 잠깐씩 멈춰서 휴식을 취했다가 다시 계속 올라갔다. 꼭대기에 도착하자 그는 속도를 약간 늦추고 아래를 내려다보았다. 그는 계단을 내려간 이래로 겪은 모든 일이 한 평생인 것처럼 느껴졌다. 국경마을이 시야에서 멀어졌고, 이내 보이지 않았다. 아무도 그곳에 정착촌이 있다고 생각하지 않을 것이다. 이상하게도 그렇게 떠올리자 위안이 되었다. 그는 그곳에 사는 사람들에게 결코 나쁜 일이 일어나지 않기를 바랐다. 요새 같은 집은 많은 어려움에도 불구하고 사람들의 욕심으로부터 그들을 보호해줄 것이다.

바위얼굴 위의 바람은 매우 거칠었고 그 한 귀퉁이에 서 있던 그는 위험하다고 느껴 왔던 길로 되돌아갔다. 빌리는 곧 그가 수발레와 국경마을에서 온 다른 여자들을 만났던 장소에 도착했다. 토요일이었고, 그 여자들은 토요시장에서 돌아오는 길이었다. 그는 국경마을에서 사흘을 지냈다. 만약 그가 빨리 걸었다면 화요시장에 가게 될 것이고 마을에서 밤을 지낼 숙소를 찾을 수 있다. 그는 숲속이나 또는 외로운 들판에서 혼자 밤을 보내고 싶지 않았다. 지난 며칠간 혼령과의 만남으로부터 충분히 회복되지 않았다고 느꼈고 더는 모험을 하고 싶지 않았다.

그의 앞에는 먼 지평선 안으로 산의 윤곽이 보였다. 그러나들판이 산의 발치까지 뻗어 있었다. 빌리는 들판이 있다면들판과 멀지 않은 곳에 마을이 있다는 것을 알았다. 만약 빌리가 그렇게 멀리 걸을 수만 있다면 그는 그날 밤 안전할 것이다. 그는 휴식과 식사를 위해 잠깐도 멈추지 않고 계속 걸었다. 그는 되도록 환할 때 부정한 숲을 벗어나기 위해 할 수있는 한 멀리 가려고 했다. 이번에 그는 부정한 숲을 피해가기로 결심했고 돌아가는 길을 택했다. 어쩌면 그가 불필요할정도로 너무 조심스러운지 모르지만 그는 가능하면 안전하게 가길 원했다. 그는 그와 숲 사이에 거리를 두었지만 화요시장에서 숙박할 수 있는 집주인을 찾을 수 있을 만큼은 유지했다. 그가 서 있는 곳에서 라후리아의 키 큰 나무들을 볼수 있었다. 심지어 그렇게 먼 거리에서도 그는 부정한 숲이그 주변보다도 더 짙은 것을 알 수 있었다. 수풀이 더 우거진 탓인지 아니면 다른 이유가 있는지 빌리는 의심했다. 그가 주의 깊게 부정한 숲을 바라보자 숲은 천천히 위아래로 움직이는 것 같았다. 그는 눈을 돌리고 세게 비볐다. 그는 부정한 숲에 대해서는 아무것도 다시 생각하고 싶지 않았다.

빌리가 이용한 길은 마을 사람들이 지금도 사용하는 오래된 도로로 그 길을 건너가면 다른 마을이 나왔다. 가는 도중에 그는 무화과나무를 많이 보았다. 젤리앙족 사람들은 무화과나무를 꺾거나 자르지 않았다. 그들은 무화과나무를 형제나무라고 불렀는데 그들의 민담에서 귀신에 쫓기던 남자가 무화과나무에 숨어서 목숨을 구했기 때문이었다. 열매들은 가지에 무겁게 매달려 있었다. 대부분은 아직 익지 않았지만 최소한 두세 개는 익어서 터질 듯했다. 빌리는 멈춰서 무화과를 따고 싶은 유혹에 저항했다. 그가 부정한 숲으로부터 충분히 멀리 떨어져 안전하다고 느끼자 그는 그제야 길을 벗어나 작은 빈터에서 휴식을 취했다.

수발레가 두 장의 잎사귀에다 싸준 물고기요리는 아직도 향이 났다. 바라크강의 물고기로 만든 요리였는데, 비늘이 없었다. 그녀는 시골생강과 풋고추로 양념을 했다. 특별히 엾은 고명은 물고기에 향이 지나치지 않게 스며들게 했다. 그것은 어부들의 방식으로 조리한 생선구이 맛과 같았다. 그들은 금방 잡은 물고기를 커다란 대나무 속에 집어넣고 석탄불 위에서 천천히 익힌다. 이렇게 함으로써 물고기는 미세한 식감과 맛을 유지하게 된다. 따라서 이 구역의 어부들은 결코 조리용 냄비를 갖고 다니지 않고 그저 팔 길이의 대나무들을 잘라서 갖고 다니며 잡은 물고기를 대나무 안에 집 어넣고 열린 한쪽에는 약초를 넣고 석탄불 위에서 오래 익 힌다.

든든해진 빌리는 음식을 쌌던 잎사귀들을 버리고 여정을 계속하기 위해 짐을 꾸렸다. 개미들이 이미 그가 버린 잎사 귀로 줄을 지어 행진을 하고 있었다. 그는 밥알 몇 알을 던져 주고, 개미들이 밥알이 자기들 몸통보다 더 큰데도 불구하고 그것을 잡으려고 흩어지는 것을 보고 웃었다.

# 화요시장

　다음 구부러진 길에서 커브를 틀자 길은 넓어졌고 그것은 커다란 시골길로 이어졌다. 빌리는 아주 가까운 거리에서 많은 사람의 목소리가 들려오는 것을 들었다. 그것은 화요시장이었다. 어찌됐든 그가 돌아가는 길에 그의 발길이 이 시장까지 이어진 것이다. 이 화요시장에 어떤 마을 사람들이 모이는지 모르지만 고향 말을 알아듣는 사람이 누군가 반드시 있으리라는 것을 의심하지 않았다. 그는 빠르게 걸었다. 그러나 빠르게 걸으면 걸을수록 시장은 더 멀어지는 것 같았고 어느 시점에 그는 귀가 그를 기만하고 있다는 생각까지 들었다. 진실은 그가 평지에서 걷고 있고 소리는 멀리까지 증폭되어 들린다는 것이었다.

　그는 곧 시장이 열린 곳까지 왔다. 상인들이 온갖 물건들을 늘어놓고 파는 색색가지 좌판들이 산지사방 퍼져 있는 거대한 시장이었다. 채소 농부들은 감자, 컬리플라워, 토마토, 가지, 오크라, 긴 동부 등을 세심하게 쌓아놓고 팔았다. 여자들은 야채 매대에 몰려들었는데 왜냐하면 이제 한 시간이면 마감 시간이라 가격이 떨어지기 때문이었다. 다른 매대에서는 초원지대에서 온 검은 피부의 남자들이 아이들의 장난감들을 팔고 있었는데 그들이 가끔 부는 작은 호루라기들과 장난감 트럼펫 소리들이 시장의 왁자지껄함을 더했다. 장난감 상인 옆에 있는 아이스크림 장사의 얼음은 녹아내리고 있었다. 어슬렁거리는 개들이 바닥에 녹아내리는 그 달콤한 국물을 핥아먹고 있었다. 솜사탕 아저씨는 또 다른 매대에서 그의 솜사탕을 다 팔고 행복하게 차를 마시고 있었다.

다음 매대에는 여성복, 구두, 선글라스, 반짝이는 색색의 플라스틱 핸드백이 걸려 있었다. 두 명의 소녀들이 여성복을 보기 위해 서 있었다. 그들은 매우 아름다웠고 빌리는 두 번이나 그들의 방향을 바라보았다. 가냘픈 긴 머리의 그들은 그가 부정한 숲에서 보았던 얼굴을 상기시켰다. 그는 세 번째까지 쳐다보고 싶지 않았다. 그러면 무례한 거여서 그는 움직였다.

또 다른 매대에서 우산, 장화, 목공 도구들과 남성용 속옷들을 모두 한군데에서 팔고 있었다. 그렇게 계속 이어진 매대마다 시장에 흘러들어온 사람들이 여기 또 저기 멈춰서 장사 앞에서 흥정을 하고 있었다. 그러나 만약 파는 사람이 됐다고 물건을 도로 가져가면 그만이었다. 아주 집요한 손님이 장사

꾼이 가져간 물건을 다시 가져와 그토록 원하는 손님에게 팔
도록 만들 수도 있겠지만 그런 일은 자주 일어나지 않는다.

폐장 시간 전의 마지막 몇 분간은 아주 중요한 시간이다.
경험 있는 구매자들은 어떻게 해야 흥정할 수 있는지를 잘
알고 폐장시간의 흥정은 훨씬 더 절박해진다. 이 구매자들은
장이 서는 날마다 시장을 따라다니며 장을 보는 사람들이었
다. 그들은 어느 가게가 언제 문을 열고 어떤 물건을 어느 날
에 파는지 정확하게 알고 있었다. 그들은 그 품목들의 이름
을 전문가처럼 손쉽게 술술 말할 수 있었다. 그들은 어떤 물
건의 적정가가 얼마인지 사람들에게 자문해줄 수 있었다.

빌리가 시장에 도착했을 때 만난 사람이 바로 그런 사람들
이었다. 시장에 남아서 장사꾼들이 그들의 물건을 챙겨 황혼
이 진 거리를 떠나는 것을 바라보며 마지막까지 있는 사람들.

빌리는 거기 남아 있는 남녀들 중 누구와 대화를 터볼까 생
각하며 그들을 바라보고 있었다. 한 노인이 빌리처럼 그들을
보고 있었다. 빌리는 그가 시선을 바꾸는 것을 느꼈다. 그는
노인에게 묻듯이 쳐다봤다.

그는 만면에 미소를 지었다. 빌리가 뭐라 말하기도 전에 그
가 말했다.

"재미있는 사람들일세, 안그런가요? 사람들은 그들이 장날
마다 장에 있는 물건을 모조리 다 사서 집에 온다고 생각할
거 아녜요. 아주 놀라워요. 매번 집에 올 때마다 더 많이 사
가지고 온다니."

"그 사람들은 확실히 그래요."

빌리가 가볍게 말했다.

그 노인은 구매자들로부터 시선을 거두고 빌리를 뚫어져라 바라보았다.

"당신은 이 근방 사람이 아닌데요? 금방 알겠구먼. 이 시간에 여기서 뭐하는 겁니까?"

"맞습니다. 전 여기 출신이 아닙니다. 전 여행 중이고 오늘밤 묵을 곳이 필요합니다."

노인은 그에게 미소를 지었다.

"당신이 이 노인네의 소박하고 청결치 못한 집에서 머물러도 개의치 않는다면 내 집에 손님으로 묵어도 좋소."

빌리는 이 제안이 너무나 뜻밖이었기 때문에 어떻게 대답해야 할지 몰랐다. 그는 노인의 얼굴을 가까이 쳐다보았지만 그 얼굴에는 오로지 친근함과 진심만 있을 뿐이었다.

"유언비어나 퍼트리는 사람은 되고 싶지 않지만 장이 끝난 다음에 남아 있는 것은 좋지 않습니다. 시장 상인들하고 구매자들이 떠난 다음에 스며드는 또 다른 존재들이 있어요. 그들 주변에 당신 혼자 남아 있으면 안 됩니다. 나는 기꺼이 오늘 밤 당신을 위해 내 집을 내어드리겠습니다."

빌리는 감사히 받아들이고 노인의 집으로 따라갔다. 전통적인 방식으로 그는 노인을 어르신이라고 불렀다. 노인의 집은 낡았고 당장 수리가 필요했지만 닫힌 문과 대나무로 만들어진 담벼락도 서 있었다.

"나는 미리 말했어요."

노인이 빌리를 실내로 안내하며 웃었다.

실내는 얇은 커텐으로 나뉜 원룸이었다. 첫 번째 방은 분명히 그의 침실이었다. 그들은 부엌으로 쓰는 부분으로 갔고 빌리는 그의 총과 가방을 내려놓았다.

"아들, 시장은 근사한 곳이지만 많은 사람이 시장에서 사기를 당하기도 합니다. 그래서 나는 시장에 가 가능한 대로 사람들을 구하려고 하지요. 가끔은, 오늘처럼, 오직 아는 사람만이 내 일을 가볍게 만든답니다."

"그게 무슨 말씀이십니까? 상인들이 구매자들에게 사기를 친다는 말씀이십니까?"

"아, 아니요, 곧이곧대로 그런 의미가 아니고요. 시장에서의 부산스런 활동이라는 것이 언제나 강의 혼령들을 불러모으죠. 그들은 아름다운 여자 혼령들입니다. 당신은 그들을 봤어도 결코 그들이 귀신이라고 의심하지 못합니다. 그들은 아름다운 소녀의 모습들로 나타나고 시장 사람들과 뒤섞입니다. 때로 그들은 팔찌와 발찌를 껴보기도 하여 상인들은 그들을 기억합니다. 그는 언제나 그들을 기억해요. 왜냐하면 전에는 그렇게 아름다운 발목을 결코 본 적이 없어서 그저 모든 발찌를 그녀들에게 선물하고 싶기 때문입니다. 그건 아무래도 상관없습니다. 그렇지만 정말로 위험한 것은 그들이 시장에 오는 것이 신랑을 찾기 위해서라는 것입니다. 그들은 젊은 남자와 결혼하고 그들을 부자로 만들지만 이 남자들은

젊어서 죽습니다. 그것이 강의 혼령들이 하는 일이고 시장에
서 그들은 먹잇감을 구하는 것이죠."

빌리는 즉각적으로 여성복 매대에서 보았던 두 명의 아름
다운 소녀들을 생각해냈다. 그들이 강의 혼령들일 수 있을
까? 그렇지만 그들은 너무도 사람같이 보였는데. 그리고 지
나칠 정도로 너무도 아름다웠는데. 그는 저녁 내내 그녀들만
쳐다보고 싶었었다.

"아, 좋아요. 당신은 이제 좀 쉬어야 해요. 내가 이제 이야
기를 시작하면 끝이 없을 거예요."

빌리는 집주인에게 감사를 표하고 잠자리에 들었다. 불가
에서의 오랜 대화는 예상하지 않은 것이었고 그는 오랜 여
행으로 상당히 지쳐 있었다.

# 키룹피미아의 마을

빌리는 상쾌한 기분으로 깨어나서 감사하기 위해 집주인을 찾았다. 노인은 주변 어디에서도 보이지 않았다. 막 어떤 예감이 들려는 찰나 발소리와 낮은 웃음소리가 들려왔다.

"걱정말아요. 나는 진짜 사람이니까."

집주인이 밖에서 꺾어온 신선한 약초를 한 아름 가져오며 웃었다.

"여기 우리 아침 식사가 있어요."

그가 약초를 작은 나무탁자 위에 올려놓고 불을 휘저으며 명랑하게 말했다.

빌리는 일어나서 세수를 했다. 그는 이파리와 부드러운 줄기들을 분리시켜 냄비에 넣는 것을 도왔다. 노인은 말린 고기와 소금, 말린 고추를 넣고 끓였다. 고추는 너무 매워서 빌리는 기침을 했다.

"유일한 치료법은 소금을 먹는 거예요."

집주인이 말하며 빌리에게 재빠르게 소금통을 건네주었다. 빌리는 소금을 조금 꺼내서 그의 혓바닥 위에 놓았더니 기침은 사그라들었다.

"어르신, 정말 대단하시네요!"

그가 말했다.

"소금의 짠맛이 고추의 매운맛을 중화시키는 것이지요."

노인이 말했다.

수수한 아침 식사를 마치자 노인은 빌리를 똑바로 쳐다보고 말했다.

"아들, 나는 당신이 무거운 비밀을 간직하고 있다는 것을 압니다. 당신은 나를 두려워할 필요가 없어요. 나는 비밀을 갖기에는 너무 늙었거든요. 내 삶은 지나는 모두에게 열린 책과 같아요. 그렇지만 당신은 달라요. 당신이 소유한 것 중에는 다른 많은 사람이 갖기 원하는 것이 있어요. 그들은 그것을 당신과 나누고 싶어 하지 않아요. 그들은 그것을 당신에게서 훔치려고 해요. 그러니 그것과 당신의 심장 역시 잘 지켜야 해요. 속임수에 넘어가지 말고 스스로에게도 역시 속지 말고."

"어르신, 그건 무슨 의미인가요?"

빌리가 물었다.

"남들이 당신을 속이려고 할 겁니다. 그것은 당신의 감각에 대한 유혹으로 올지도 모릅니다. 그것은 당신이 어떤 잘못도 찾지 못하는 좋은 일로 올 수도 있고 만약 그런 일이 일어나게 되면 당신 자신의 마음이 당신을 속이게 됩니다. 그렇게 되면 당신은 심장석을 잃을 위험에 빠지게 될 것입니다. 그래요. 나는 당신이 심장석을 가지고 있는 것을 알고 있습니다."

"당신은 내가 잘 때 내 가방을 뒤졌습니까?"

빌리가 그 노인이 그의 비밀을 알고 있는 것에 놀라서 물었다.

"아니요, 하지만 나는 심장석을 가지고 있는 사람을 알아보고 말할 수 있을 만큼 나이를 먹었다오. 심장석은 그 사람을 다른 사람들과 구별시키는 무언가가 있지. 당신은 어제 시장에서 다른 바보 같은 이들처럼 아름다운 강의 혼령들을 따라가지 않았소. 그리고 시장의 싸구려 장신구들을 구매하려 하거나 소지하지도 않았지. 내가 처음 당신에게 말을 걸었을 때 당신에게는 무언가 다른 점이 보였어요. 그렇지만 내가 당신의 심장석에 관심을 가졌다고 의심할까봐 조심을 했지. 궁극의 가치가 있는 것을 찾았고 당신은 그것을 평생 지켜야 하니까."

빌리는 그 어느 때보다 심장석이 소중했고 가방 안의 그것을 다시 느꼈다. 그리고 심장석을 꺼내서 그의 손바닥 위에 놓았다. 그 돌은 둥글기보다는 타원형이었다. 그들은 둘 다 그것을 면밀하게 바라보았다. 심장석은 불가에서 나오는 불빛을 받아 반투명한 빛을 발하며 반짝였고 보랏빛 색조가 불꽃으로 타오르며 깜박였다. 빌리는 그것을 불가에서 떨어진 바닥 위에 놓았다. 그는 그것을 자연광이 직접 떨어지는 창 아래에 놓았다. 그러자 그 돌은 보랏빛 반짝임을 잃고 여느 평범한 돌과 같아 보였다. 그 돌의 아래쪽에는 그것을 볼품없고 가치없게 만드는 깊은 홈이 파여 있었다.

"아 그래서 그 돌이 믿지 않는 사람들로부터 스스로를 구했군요."

노인이 알겠다는 듯이 말했다.

"어르신, 무슨 뜻이죠?"

빌리가 물었다.

"우리가 처음에 본 것은 돌의 실체입니다. 하지만 당신이 그것을 자연광에 내려놓았을 때 그것은 전혀 매력적이지 않았습니다. 그것이 믿지않는 사람들이 보는 식이죠. 그들은 결코 그 가치를 보지 못하고 그것을 지나치고 맙니다."

"그렇지만 혼령은 믿는 존재이고 그것이 아무리 볼품없고 가치 없어 보여도 여전히 알아볼 수 있습니다. 그렇지 않습니까?"

빌리는 스스로의 질문에 스스로 답했다. 그는 그 돌을 자기 가방에 다시 넣고 갈 준비를 했다. 그는 주인에게 감사인사를 하고 조심할 것을 약속하고는 다시 출발했다. 노인의 작별인사가 그의 머릿속에서 맴돌았다. 십자로를 만날 때마다 왼쪽 길을 택하라, 언제나 왼쪽을 가리키는 길을 택하라.

빌리는 그것이 무슨 의미인지 몰랐지만 가서 알아보리라 결심했다. 오늘 시작이 좋았다. 그는 그 앞에 계곡이 펼쳐져

있는 것을 보았다. 황금빛 들판은 이른 추수를 예고하고 있
는 듯했다. 이 시점에서 그는 그 앞에 펼쳐진 지역을 훨씬 더
잘 볼 수 있었고 확신에 차서 앞으로 나아갔다. 그는 들판 뒤
에 있는 산맥, 그가 전날 밤에 보았던 바로 그 산을 향해 떠
났다. 그가 저녁때까지 그 산의 발치에 도착할 수 있다면 거
기에는 틀림없이 마을이, 그리고 근처에 대피소가 있을 것
이다. 그는 양철지붕들이 햇빛 아래 반짝이는 것을 보았다고
생각했다.

그가 들판을 모두 건넜을 때 그는 마지막 밭에서 그리 멀
지 않은 곳에서 정말로 마을을 발견했다. 그것은 그가 멀리
서 보았던 양철지붕과 같은 마을 같았다. 몇몇 집들이 함께
나란히 누워 있었고 소 몇 마리도 풀을 뜯고 있었다. 빌리는
그 집에 다가가기 전에 먼저 살펴봐야겠다고 결정했다. 그래
서 그는 그 마을을 마주 보고 있는 언덕으로 올라가 마을을
내려다보기로 했다. 거기에서는 무슨 일이 벌어지는지 모든
것을 볼 수 있었다. 어디에나 여자들이 일하고 있었고 남자
는 어디에도 보이지 않았다. 여자들은 직조를 하거나 소 떼
를 몰거나 아니면 곡물을 털고 있었다. 그는 남자들이 사냥
을 나갔거나 무슨 의례를 하러 단체로 나갔다고 생각하면서
동시에 남자들이 완전히 사라진 마을을 이상하게 여기지 않
을 수 없었다. 그럼에도 불구하고 그는 묵을 곳을 요청하기
안전하다고 느끼고 마을로 들어가는 길로 내려갔다.

들판을 다 건너는 데 꼬박 반나절이 걸렸다. 마을에 있는

집들이 대부분 밭과 붙어 있었다. 그가 밭을 건너면 또 다른 밭이 나오고 또 나오고 그런 식이었다. 그는 먹기 위해 멈추지 않았다. 그는 가능한 빨리 마을에 도착하고 싶었다.

그가 접근하자 개들이 짖었다. 여자들은 하던 일을 재빨리 멈추고 그에게로 다가왔다. 빌리는 여자들의 얼굴을 보았는데 노골적인 적대감을 숨김없이 드러내고 있었다. 긴 머리의 키가 큰 여인이 손을 엉덩이에 붙이고 이빨이 다 드러난 채로 입을 벌리고 서서 빌리를 쳐다보고 있었다. 그녀는 마치 막 공격하려는 개 같았다. 빌리는 잠깐 후퇴를 해야 하나 생각했다. 갑자기 한 젊은 여성이 그 키 큰 여성을 밀고 앞으로 나와 그의 소매를 끌며 말했다.

"당신은 우리 손님이 되셔야 해요. 왜냐하면 오늘 저녁 먹을 고기요리를 했는데 같이 먹을 사람이 없거든요."

빌리는 그 제안을 재고해볼 시간이 없었다. 키 큰 여성이 고함을 치며 빌리의 가방을 잡아채려고 했다. 그러나 젊은 여성이 그녀보다 더 빨랐다. 그녀는 그들 두 사람 사이에 끼어들어 빌리를 보호하면서 동시에 키 큰 여성을 보내버렸다. 최소한 젊은 여성은 나이든 여성보다 더 산뜻해 보였고 확실히 더 환영하는 듯 보였다. 그래서 빌리는 그녀가 이끄는 대로 그녀의 집으로 따라갔다.

# 사랑과 삶

집 안으로 들어섰을 때 빌리는 등골이 서늘해졌다. 그들은 평범한 여자들이 아니다. 그런 생각이 들자 그의 심장이 빠르게 뛰기 시작했고 두려움이 스며들었다. 그러나 그는 스스로를 추스르고 주변을 둘러보았다. 그녀 집의 내부는 마을의 다른 어느 집안과 별반 다를 바가 없었다. 입구에는 사람들이 비 올 때 사용하는 바나나 잎으로 만든 비가림막이 매달려 있었다. 비가림막 옆에는 밭일을 위한 몇 가지 농기구들, 긴 손잡이가 달린 삽, 괭이, 낫 같은 것들을 매달아 놓았다. 화로 위쪽에는 말린 약초들과 바나나 잎에 싼 발효시킨 콩을 담은 바구니들이 있었다. 부엌 벽에는 서로 다른 약초들을 매달아 말리고 있었다. 부엌은 어둡고 연기가 가득했으며 불 위에 있는 토기냄비에서는 무언가 부글부글 끓고 있었다.

"우리는 오늘 밤 고기를 먹을 거예요. 내가 그렇게 말하지 않았나요? 당신은 확실히 좋은 고기 식사를 할 거라고, 기대해도 좋습니다."

그녀의 이름은 아테이고 그녀가 밀어버린 키 큰 여인은 그녀의 언니인 조테이다. 그녀가 빌리를 부를 때마다 빌리는 혼란스러웠다. 왜냐하면 빌리는 그녀에게 그를 제대로 소개할 기회가 없었기 때문이다. 아테는 그에게 접시에 밥과 함께 고기 한 덩이를 주었다.

"어둡기 전에 어서 드세요. 그리고 당신 얘기를 해주세요."

빌리의 코에 고기의 역한 냄새가 훅 끼쳤고 그는 한순간에 식욕을 모두 잃었다.

"첫 번째로 당신은 내가 어디에 있는지부터 말씀해주셔야 합니다. 주인 아가씨, 당신의 남편은 어디 계십니까? 저는 어느 가문에 호의에 기대어 취식을 하게 된 것입니까?"

"걱정 마세요. 음식에 독이 들어 있지는 않아요. 고기는 소고기구요. 시장에서 고기를 사다주는 사람이 있답니다. 남편은 오지 않을 겁니다. 왜냐하면 제가 남편이 없거든요. 저는 이 마을의 다른 여자들과 마찬가지로 혼자 살고 있답니다. 드세요."

그녀는 산뜻하게 미소 지었고 빌리는 그런 식으로 그녀에게 질문한 게 무례했다고 느꼈다. 그래서 그는 그녀에게 감사를 표하고 음식을 먹었다. 하루 종일 먹지 않아선지 음식은 아주 맛있었다. 마늘과 약간의 생강으로 양념된 고기는 아주 부드러웠다. 그녀는 그의 접시 옆에 물잔을 놓았다. 그는 물잔을 보자마자 갈증을 느꼈다.

"당신은 먹지 않습니까?"

그가 그녀에게 물었다.

"저도 먹을 겁니다."

그녀가 대답하고 자기 음식을 꺼내와 그와 함께 먹었다. 먹으면서 빌리는 그녀를 훔쳐보았지만 그녀는 평범해보였다. 그녀는 산악지역에 사는 사람들 같은 장밋빛 뺨의 기분 좋은 얼굴을 가지고 있었다. 그녀는 친절한 눈을 가지고 있었고 빌리는 그녀의 무엇이 그를 불안하게 만드는지 이상하게 생각했다. 그는 바닥에 있는 가방이 그의 발에 가까이 있도록 한 채로 또한 눈은 언제나 그 여성의 모든 움직임에 고정한 채로 식사를 했다. 식사가 끝나자 그녀는 그에게 붉은 차를 한 잔 따르고 불가에 앉았다.

"만약 내가 당신의 팔을 잡아끌고 집에 데려오지 않았다면 내 언니가 당신을 죽이거나 그보다 더한 일이 일어났을지도 몰라요."

"그 키 큰 분 말이에요? 그이가 당신 언니신가요?"

"예."

"당신은 누구시죠? 내가 지금 와 있는 이 마을은 어딘가요?"

"여긴 키룹피미아Kirurhupfimia, 어떤 여성들에게 맹독이 있다고 믿어 두려움의 대상이 되고 있던 마을입니다. 당신네 마을에 사셨을 때 틀림없이 우리 마을에 관해 들으셨을 텐데요. 그렇지만 걱정하지는 마세요. 당신이 내 집에서 내 보호 아래 나와 같이 있는 한 당신은 안전하니까요. 당신이 나와 같이 있는 한 다른 사람들은 당신을 해칠 수 없습니다."

빌리는 그녀의 말을 듣고 몸서리가 쳐졌다. 키룹피미아라니. 그들은 산악지대에서 가장 두려워하는 사람들이었는데 바로 그 마을에서 그가 하룻밤을 묵어야 하는 것이다. 회상해 보니 그는 조상마을에서 그들에 관해 들었던 기억이 있다. 그는 조상마을 문중 할머니의 이야기를 기억해냈다. 모두가 두려워하던 그 할머니는 키룹피미아 출신으로 알려졌다. 사람들은 뭐든 첫 수확한 것을 그녀에게 가져왔다. 야채나 과일, 혹은 곡물이거나 심지어 계란이나 닭, 또는 더 큰 짐승이라도 모두 그녀에게 가져왔다. 부모들은 아이들에게 절대로 그 할머니에게 인사하는 것을 게을리하지 말 것을 신신당부했다. 그녀는 막강한 악마의 힘을 갖고 있는 것으로 소문이 났다. 빌리는 또한 수발레가 그가 떠날 때 한, 혼령들은 속임수를 쓴다는, 인사말을 기억해냈다. 그들이 외모로 당신을 속일 수 있는 한 그들은 선하고 아름답게 나타날 것이다. 아무도 믿지 말아라, 심지어 당신 자신도. 그는 집주인을 믿을 수 있을까? 그녀는 아직 소녀처럼 보이지만 그래도 그녀는 그를 그녀의 언니로부터 구해줬다. 그녀는 그녀 자신이 돌을 훔치기 위해서 그렇게 했을까? 자신을 아테라고 소개한 여자가 빌리를 쳐다보았다.

"키룹피미아 사람들은 어딜 가나 왕따를 당해왔습니다. 심지어 태어난 곳에서도. 그래서 이곳으로 오게 된 것입니다.

우리끼리 살려고요. 그래야 서로를 또 다른 사람들을 두려워 않고 살 수 있으니까요. 우리가 도망 나온 마을들도 이제는 두려워할 것이 없어졌으니 좋고요. 우리의 존재방식은 절대로 우리가 선택한 것이 아닙니다. 그것은 운명적으로 우리에게 주어진 삶입니다."

"우리 조상마을에서 한 여성이 내 언니에게 매우 잔인하게 했던 기억이 있습니다. 그녀는 마을에서 우리를 만나면 매번 우리 앞길에 침을 뱉곤 했어요. 누군가 어떤 방향으로 침을 뱉으면 그것은 저주를 내리는 것임을 당신도 알지요? 그래서 그녀는 우리를 볼 때마다 저주를 내렸던 것입니다. 내 언니는 너무도 낙담해서 그다음번 임신해서 부풀어오른 배를 안고 우리 앞을 지나가던 그녀의 자궁에 손가락질을 했고 그 순간 그녀 배 속의 아이는 죽었습니다. 그 여자는 비명을 지르며 배를 움켜쥐고 바닥을 굴렀죠. 나는 감히 그 여자를 도울 생각도 못했습니다. 왜냐하면 내가 건드리기만 해도 거기엔 사악한 힘이 있다는 것을 알기 때문이죠. 다음 날 아침 우리는 마을을 떠나야만 했습니다. 그리고 그 여자의 친척이 우리가 떠나지 않으면 그들이 우리를 죽일 거라고 소리를 지르며 길이 없는 동네 끝까지 우리를 따라왔지요."

"그렇지만 어떻게 그럴 수 있지요? 그 친척이 잘못했네요?!"

빌리가 외쳤다.

"고맙습니다. 당신이 그렇게 말해준 첫 번째 사람입니다.

우리도 마을에 당신같이 생각하는 사람들이 있을 줄은 알았지만 그들 역시 우리를 위해 말하는 것을 두려워했습니다. 내 이모님은 젊은 시절 그녀를 강간하려는 남자를 손가락질만으로 장님으로 만들어 버렸습니다. 내 이모님은 마을에서 추방당해 우리는 다시 그녀를 보지 못했지요. 이제 우리는 여기에 모여 살아서 더는 아무도 필요 없지만 마을은 여전히 우리를 필요로 합니다. 그들이 우리를 필요로 할 때는 종양이나 그 외 다른 질병을 치료하는데 어떤 약초가 좋은지를 그들에게 말해주기 위해서입니다. 그들은 우리에게 올 때 공물을 갖고 옵니다. 바로 그런 날이었죠. 그들이 숲의 맨 끝에 서서 우리를 불렀습니다. 우리는 공물을 요구했습니다. 무슨 공물이냐고요? 당신들은 소금이나 설탕이 있잖아요? 우리가 간절히 원하지만 사거나 훔칠 수는 없고 반드시 필요한 그런 것들 말이요. 그렇게 우리는 서로 하나씩 대처해나가기 시작했어요. 당신이 우리 마을에 들어와 헤매는 첫 번째 사람이 아닌 것을 이제 아시겠어요?"

"그렇지만 여기 모든 여성이 당신처럼 친절하지 않습니다. 나는 그걸 알겠어요. 당신의 언니가 할 수만 있다면 나를 해치려고 하는 것도 알겠어요. 내가 뭘 잘못했기에 언니가 나를 미워하는 걸까요?"

"당신이 뭘 해서가 아니고 당신이 가진 무언가가 그녀를 질투에 사로잡혀 악의에 가득 차게 만듭니다."

"그럼 당신도 내가 무엇을 가졌는지 아시나요?"

"빌리, 당신은 그걸 우리에게 숨길 수 없어요. 그렇지만 난 내 언니처럼 그걸 탐내지 않아요. 그러니 당신은 안전해요."

빌리는 아테의 눈을 직시했지만 거기에는 속임수라고는 찾아볼 수 없었다. 아테는 그 말을 하며 그를 마주 보고 앉아 있었다. 빌리는 어찌 이렇게 온화한 존재가 마을로부터 추방을 당하여 이런 식으로 저주받은 삶을 살게 되었을까 이상하게 생각하지 않을 수 없었다. 그 순간 빌리가 아테에 대해 느낀 것은 완전한 연민이었고 그전에 느꼈던 의심은 사라졌다. 신뢰감을 회복한 빌리는 아테가 준비한 잠자리에서 잠에 빠져들었다.

# 사랑과 죽음

"이제 놀이가 끝나셨나?"

쿵 소리와 함께 집 입구에서 목소리가 들려왔다. 조테가 위협적으로 문을 가로막고 서 있었다. 빌리는 일어서서 본능적으로 그의 총을 만졌다. 장전되어 있지 않은 총이었지만 조테는 모를 것이다.

"하! 그걸로 나를 겁주려고? 그 애가 말해주지 않았어? 우리가 총알이나 납덩어리에도 끄떡 없다는걸?"

그녀는 악마였다. 주변에 있는 모든 것을 경멸하고 비웃었으며 저주를 퍼붓지 않고는 말을 끝내지 않았다. 빌리는 말하려고 애썼지만 그의 목에서는 쉰 소리만 걸려 나왔다. 그녀가 그를 무력화시킨 것 같았다.

"그 돌은 당신 것이 아니야. 당신이 그 돌로 부를 잘못 사용하면 당신이 그것을 가져간 것을 후회할 만큼 엄청난 슬픔을 당신에게 선사할 거야."

빌리가 쉰 목소리로 경고했다.

"바보 같으니! 나는 그 돌이 주는 부 같은 것은 쓸모도 없어. 나는 훨씬 더 많은 것을 원해. 나는 내 적들에 대항해 복수하는 전쟁에서 이길 수 있는 힘을 원해. 나를 내쫓았던 자들을 사정없이 파괴하고 싶어. 그들의 자식들과 그들의 집들이 불꽃으로 타오르고 그들의 논밭이 불길에 휩싸이는 그게 내가 바라는 바야. 그래야만 내가 만족할 것 같아."

조테가 말을 마치며 바닥에 침을 뱉었고 빌리는 그녀의 영혼이 그렇게 뒤틀린 것에 동정이 일었다. 그렇지만 그녀가 그의 심장석을 빼앗기 위해 온 힘을 다해 쫓고 있기 때문에 빌리는 주의해야 했다. 조테는 그녀의 동생 아테가 빌리를 보호하려는 것을 알아차렸다.

"그리고 안쓰러운 내 동생아, 네 그 잘난 방식이 그 남자한테 통할 거라고 생각하지 말아라. 우리 같은 종자는 사랑을 하거나 받는 것과는 거리가 멀단다. 그건 언제나 네 최고의 약점이었어. 네가 그를 보호하는 것은 언젠가 사랑하는 남자를 찾을 수 있으리라는 바보 같은 꿈을 갖고 있기 때문이야. 글쎄, 만약 그가 너를 건드린다면 그는 너의 피 안에 흐르는 독 때문에 죽을 것이다. 나는 너한테 이렇게 경고도 하지 말아야 하는데. 그래야 네가 네 멋대로 해서 내가 의도한 대로 이루어질 테니 말이야."

조테는 이렇게 말하며 웃었다. 그 웃음은 웃음이라기보다 오히려 처음부터 끝까지 악의에 찬 비명에 가까웠다. 그리고 그녀는 왔을 때처럼 급하게 자리를 떠났다. 그녀가 떠나자 어색한 공기가 흘렀다. 조테가 흘린 말들이 마치 악의 씨앗을 심은 것처럼 공중에 떠돌았고 그와 똑같이 파괴적인 열매가 열린 것만 같았다. 빌리가 먼저 그 침묵을 깨뜨렸다.

"그녀가 한 말이 맞습니까? 당신이 나를 건드리면 내가 죽습니까?"

그가 물었다. 아테가 고개를 숙이고 대답했다.

"예, 맞아요. 그것도 우리가 인간 사회를 떠나 우리끼리 살고 있는 이유 중의 하나입니다."

"나는 그녀를 믿지 않아요. 당신은 친절한 마음을 갖고 있어요. 당신은 나에 대한 연민의 마음으로 행동했어요. 그리고 어젯밤 당신은 내가 어떤 사람인지도 모른 채 나를 구해줬어요. 나는 언니가 당신을 비난하기 위하여 당신과 당신 조상의 과거를 이용한다고 생각해요. 나는 당신의 뼛속에 독이 흐른다고 믿지 않아요. 당신 역시 그걸 믿으면 안 돼요."

아테는 감사한 듯 그를 쳐다보았다. 빌리는 그녀의 표정으로 그녀가 그의 말에 감동했다는 것을 알았다.

"당신은 당신의 힘으로 누군가를 다치게 한 적이 있어요?"

빌리가 물었다.

"아니요. 나는 맹세코 내 힘을 사람에게 써본 적이 없어요. 아주 오래전에 조테가 나를 데리고 밖에 나가서 어린나무를 가리키며 힘을 써보라고 했어요. 나는 시키는 대로 했죠. 저

녘때 언니가 완전히 시들어서 죽은 그 나무를 나한테 보여 줬어요. 나는 그것을 보고 매우 충격을 받았어요. 그다음부터 나는 사람이나 살아 있는 동물, 심지어 여기 우리 마을에 들어온 야생동물한테도 결코 손가락질을 하지 않으려고 매우 조심합니다."

"언니가 당신을 속인 것은 아닐까요? 당신한테는 언니 같은 악마적인 힘이 없을 수도 있어요. 어쩌면 언니는 마을을 혼자서 떠나고 싶지 않았을 수도 있어요."

빌리는 큰소리로 말했다.

"그럴 리가 없어요. 모든 키룹피미아 사람들은 손가락 끝에 죽음의 힘을 갖고 있어요."

"그걸 시험해봤어요? 나는 당신이 그걸 반드시 시험해봐야 한다고 생각해요. 당신은 사람들이 당신에 관해 얘기하는 것을 그저 받아들이면 안 돼요. 그건 사실이 아닐 수도 있어요."

빌리의 말은 아테의 가슴에 각인이 되었고 그녀는 정말로 그녀가 손가락으로 건드리는 것만으로 다른 사람을 해칠 수 있는지 알고 싶었다. 빌리는 갑자기 그의 가방 속에서 심장석을 꺼냈다. 그는 그것을 방의 불빛이 있는 곳으로 가서 높이 들고 말했다.

"여기 심장석이 있습니다."

그 돌은 불에서 나오는 빛을 보라색 표면에 반사해 반짝였다. 그는 그녀가 그 광경을 보고 숨을 헉 들이마시는 소리를 들었다.

"이걸 좀 들고 있을래요?"

그가 물었다.

"당신은 나를 믿는 건가요?"

"나는 당신을 믿어요. 자, 여기요."

그는 그녀의 손을 끌어다가 잡고 손바닥에 심장석을 놓았다. 그녀는 심장석을 세우고 경탄했다.

"이게 나를 조금, 아주 조금 뜨겁게 만드는 거 같아요. 기분이 좋네요. 깨끗해지는 것 같아요."

그녀는 여전히 돌을 손에 들고 눈을 감았다. 그녀의 얼굴 전체가 기쁨으로 상기되어 있었다. 그것은 너무도 순간적이어서 둘 중 누구도 그 순간이 언제 지나갔는지도 몰랐다.

"아테."

빌리가 그녀의 이름을 부드럽게 불렀다. 그녀는 눈을 떴다.

"아테, 당신의 손길에 독이 묻었다는 것은 진실이 아닙니다. 나는 당신의 손을 만졌지만 나한테 아무 일도 일어나지 않았어요. 당신은 과거에 당신에 대해 당신이 들었던 거짓말을 계속 믿으면 안 됩니다. 알겠어요?"

빌리가 그녀에게 애원했다.

"당신이 나쁜 악의 천성으로부터 도망칠 수 없다는 것은 거짓말입니다. 만약 당신이 당신에 대한 다른 사람들의 말을 그대로 인정한다면 당신은 언제나 약한 존재로 남을 것입니다. 당신은 당신이 믿는 존재이고 또 그 이상일 수 있습니다. 당신은 이제 스스로 그걸 알 수 있겠어요? 심장석이 그걸 이해할 수 있는 힘을 당신에게 주나요?"

그녀가 아주 연약한, 거의 알아들을 수 없는 목소리로 대답하기까지 긴 침묵이 흘렀다.

"예, 그래요."

빌리는 그녀의 반응을 듣고 그 안에서 무언가 관통하는 것을 느꼈다. 그는 카니와 수발레가 그에게 설명하려 애썼던 심장석의 진정한 힘을 거의 이해했다고 느꼈다. 그래서 그것이 심장석이라고 불리는 것일까? 그것은 심장을 완전히 바꿔놓는 힘을 가진 것 같았다. 그는 무언가 경이로운 일이 아테에게 일어난 것을 알았다. 그는 그녀의 얼굴이 돌로부터 전수된 지식으로 부드러워진 것을 바로 그의 두 눈으로 직접 보고 관찰했다. 그녀의 얼굴에는 또 다른 측면이 있다. 그는 계속해서 그녀의 얼굴을 보았는데 왜냐하면 얼굴은 영혼이 경험하는 모든 것을 반영하는 거울이기 때문이었다. 아테의 얼굴에는 아무 걱정이 없었고 이번에는 그 평화로움과 사랑스러움에 빌리가 숨이 막힐 지경이었다. 그녀의 언니 조테가 혐오스러운 말들을 토해낼 때 아테의 얼굴은 언제나 굳어지고 걱정스러워지며 잠복된 두려움이 그녀의 외모를 삭막하게 만들었다. 이제 그것들은 모두 사라졌다. 빌리는 이제 그녀가 언니의 분노와 감히 맞설 수 있으며 거기에 전혀 영향받지 않으리라고 믿었다. 그녀는 계속 불가에 앉아서 심장석을 들고 경이에 차서 요람에라도 실린 듯 왔다갔다 몸을 흔들고 있었다.

빌리는 수발레의 말이 생각났다. 심장석은 타인의 마음을 돌의 주인에게로 향하게 할 수 있는 힘이 있다. 아테의 손이 돌을 둘러쌌고 그녀의 얼굴에 찾아든 새로운 평화가 빌리를 놀라게 만들었다. 빌리의 머릿속에는 온통 수발레의 말뿐이었다.

# 소리치는 돌

"나는 소리치는 돌마을에서 모든 이들이 알고 싶어하는 지식을 가진 남자가 올 거라는 걸 알고 있었어요. 그렇지만 모든 사람이 그것을 다 잘 사용할 수는 없지요. 당신이 바로 그 사람이에요. 빌리. 우리는 바로 당신을 오래, 아주 오래오래 기다렸어요."

아테가 그에게 꿈결 같은 목소리로 말을 했다.

"소리치는 돌마을이요? 당신은 그걸 어떻게 알았는데요?"

빌리가 그녀에게 물었다.

"우리는 사람들에게 알려지지 않은 방법으로 아는 수가 있어요. 나는 당신의 미래를 맞출 수는 없지만 과거를 알 수는 있어요. 아무도 모르죠. 오직 출생령인 케페누오피만이 알죠. 당신의 조상마을 주지에서는 두 개의 돌이 저녁이면 소리를 치곤 했어요. 엄마들은 돌들이 소리를 칠 때 그들의 아이들을 숨겼어요. 그들은 그것이 무엇이 됐던 돌들이 소리치며 내뿜는 악의 기운으로부터 아이들을 보호하고자 얼굴을 커다란 수건으로, 수건이 없으면 그들의 앞치마로 가리곤 했어요. 그들은 아이들의 귀를 막고 집 안으로 끌고 들어가 창문과 문을 꼭꼭 닫았지요.

그 두 개의 돌이 소리를 칠 때면 언제나 전쟁이 뒤를 잇거나 아니면 역병이 일거나 혹은 갑자기 사람이 죽거나 했지요. 엄마들은 아이들을 그 모든 것으로부터 차단하기 위해 눈과 귀를 모두 막으면 된다고 믿었어요. 나중에 마을사람들은 소리치는 돌의 입을 자갈과 흙과 나뭇잎으로 막아버렸지요. 그 돌들은 그렇게 높지 않았어요. 3피트가 넘지 않았으니까요. 그렇지만 그 두 돌을 묻을 흙을 파는 데는 하루 종일이 걸렸어요. 그렇지만 그것을 열면 어떻게 될지 누가 알겠어요? 그리고 그 지하의 방으로부터 어떤 비밀이 터져나올지요? 당신은 그 마을에 어머니를 묻었습니다. 그리고 숲을 당신의 집으로 만들었습니다. 그러나 당신은 언제나 어머니가 묻혀 있는 마을을 당신의 진짜 집으로 여기며 돌아가기를 꿈꿉니다. 깨어 있는 순간이 아니라면 최소한 당신의 꿈속에서라도요."

빌리는 그녀가 말하는 것 모두 진실임을 알았다. 그는 그녀에게 계속 말하라고 했다.

"당신은 오랜 전사의 가문에서 태어났지만 사냥꾼이 되는 것을 선택했어요. 당신은 먹잇감을 위한 동물을 사냥하지만 동시에 당신에게 맡겨진 동물들을 보호하기도 합니다. 그렇게 균형을 잡는 사람은 흔치 않습니다. 당신의 인생에 오래 전에 여자가 한 번 있었습니다. 여자가 아니라 아마도 소녀, 그녀는 지금은 없습니다. 다른 남자한테 시집갔나요?"

"아니요, 혼령에 사로잡혀 죽었습니다. 그녀의 이름은 메추세노였습니다."

"당신은 그녀를 너무도 사랑했군요."

"그랬죠. 하지만 지금은 숲이 나의 아내입니다. 숲이 나에게 먹을 걸 주고 많은 걸 줍니다. 숲이 내가 필요한 성소이며 거기에 만족합니다."

"어쩌면 당신은 그 이상일지도 모릅니다."

아테는 이렇게 말하며 그를 쳐다보았다. 그녀는 확신에 차서 말했다. 빌리는 아무 대답도 하지 않았다.

"어쩌면 당신은 심장석의 수호자일지도 모릅니다. 강은 심장석의 축복을 구하는 이에게 힘을 허락하지만 내 언니 조테처럼 악을 위해 사용하는 이에게는 허락하지 않는답니다. 심장석은 또한 비틀거리기도 합니다. 심장석의 신비를 이해하지 못하는 사람이 그것을 소유하면 같이 비틀거려 길을 잃고 맙니다. 그렇지만 돌이 그들을 그렇게 만드는 것이 아니에요. 그들 자신의 순수하지 못한 마음과 그들의 썩어빠진 생각이 잔인한 목적으로 돌을 사용하도록 이끄는 거죠. 물론 당신도 그 돌도 소와 재산과 아름다운 여인의 마음을 얻을 수 있다는 것을 알겠지요. 그렇지만 그 돌의 진정한 목적은 그게 아닙니다. 심장석은 자신을 소유한 주인에게 영혼의 지식을 줍니다. 당신은 반드시 그 돌을 내 언니로부터 지켜야 해요. 만약 내 언니가 그 돌을 갖는다면 오로지 그녀에게 잘못한 그 마을을 쑥대밭으로 만드는데 쓸 거예요. 그 마을에도 좋은 사람들이 있을 겁니다. 좋은 사람들이 나쁜 사람들의 잘못으로 같이 벌을 받는 것은 옳지 않습니다."

"아테, 당신은 어떤가요? 당신은 마을에서 당신을 쫓아낸 사람들에게 복수하고 싶지 않은가요?"

"여기가 내 집이에요. 나는 여기가 집같이 편안해요. 아무도 날 판단하지 않고 훔쳐보지도 않고 내가 죄졌다고 고발하지도 않아요. 여기서는 아무도 흉년 들었다고 나를 탓하거나 또는 우박이나 번개를 불러와 이웃의 농작물에 피해를 입혔다고 말하는 사람도 없고요. 나는 돌아가고 싶지 않아요. 나는 떠나올 때 아주 어렸어요. 조상마을로 돌아가고 싶을 만큼 좋은 기억이 없어요."

"그런 소리를 들으니 당신을 위해 다행이군요."

빌리가 대답했다.

"그렇지만 당신 역시 그 돌이 필요합니다."

아테가 맑은 눈으로 그를 보며 말했다.

"당신의 과거에 어두운 그늘이 있고 당신은 아직 자유롭지 못합니다. 그것은 검고 무겁습니다. 그것은 당신이 죽음과 연결되었다는 것을 의미합니다. 아마도 살인. 아주 최근, 어쩌면 몇 주 전. 당신이 여기 오기 전, 우연한 사고로라도, 사람을 죽였나요?"

"아니요."

빌리가 힘들게 생각하며 대답했다.

"살인이 있긴 했습니다. 하지만 나는 연관되지 않았습니다. 사냥꾼 무리가 있었고 나는 그들과 대피소에 함께 있었습니다. 그리고 밤중에 맏형이 사냥꾼 무리의 지도자를 총으로 쐈고 나는 그걸 봤는데 그가 나까지 죽이려고 해서 도망쳐야만 했습니다."

"이 이야기에 뭐가 더 있습니까? 나는 이때부터 어두운 구름이 당신을 뒤쫓는 게 보여요."

"내가 살인자라고 믿는 사람들로부터 쫓기고 있었습니다. 결국 나는 내 신분을 드러내고 마침내는 결백이 인정되었습니다. 끔찍한 시간이었지만 이제는 다 묻어두었습니다."

"당신은 그렇게 상상하겠지만 나는 그것이 여전히 당신의 영혼을 따라오는 것을 봅니다. 거기에서 완전히 자유로워지려면 몇 년은 더 걸리겠군요."

아테가 부드럽게 말했다. 그녀는 여전히 그 돌을 들고 있었다.

# 아테

오후에 아테는 다른 사람들이 숲에 약초를 캐러 갈 때까지 기다렸다. 그녀는 빌리가 손님으로 있는 한 다른 사람들이 그에게 해를 입히지 않을 거라고 말했다. 그러나 그녀는 언니 조테에 관해서는 어떤 모험도 하고 싶지 않았다. 왜냐하면 조테는 그 돌을 얻기 위해서라면 빌리를 죽이는 것도 서슴지 않을 것이기 때문이었다. 아테와 빌리는 그 전날 남은 음식을 먹고 집에서 나왔다. 주민들이 모두 숲으로 떠났기 때문에 사방이 조용했다. 아테는 그에게 마을 주변을 보여주었다. 거기에는 여러 개의 절구들이 나란히 자리 잡은 공동의 절구소가 있었다. 매 절구마다 절굿공이가 있었고 그들은 그리 오래지 않은 시간에 여성들이 곡식들을 절구질했다는 것을 알 수 있었다. 절구 옆의 바닥에 곡식의 껍질들이 흩어져 있었다.

"우리가 여기 왔을 때 문중 사람 몇이 나무들을 베어서 우리에게 절구와 절굿공이들을 만들어줬습니다."

그녀는 그것들을 어떻게 얻었는지를 설명하려는 듯 말했다.

모든 집들은 뒷마당이 있어서 몇 가지 채소들을 키우고 있었는데, 고추, 마늘, 생강 등이었다. 마을에는 수원이 두 군데가 있는데 아주 잘 관리되고 있다. 아래쪽의 웅덩이는 옷을 세탁하는데 쓰고 둑에는 빨래들이 줄지어 널려 있다. 아테는 위에 있는 웅덩이는 오로지 식수용이라고 설명했다. 거기에서 빨래는 허용되지 않는다. 그 마을 전체에 다 합쳐서 단지 열두 가구만 살고 있다. 빌리가 버려진 집의 잔해를 보고 아테에게 묻자 한 늙은 여인이 그들이 오기 전부터 살았다고 말했다. 여인은 키룹피미아에서 가장 나이가 많았고 아테와 조테가 와서 살기 몇 년 전에 죽었다. 아무도 그녀의 집을 허물지 않았기 때문에 그녀의 집은 아직도 여전히 마을에 폐가로 남아 있던 것이다.

"아마도 우리는 언젠가 그 집을 태워버릴 거예요."

아테가 고요하게 말했다. 부서진 문가에는 땔감나무가 반쯤 쌓여 있었다.

"저 정도면 충분해요."

그녀가 덧붙였다.

멀리서 보면, 키룹피미아 마을은 이 지역에서 찾을 수 있는 여느 다른 마을들과 다르지 않다. 양철지붕과 대나무 담벽, 한구석에서 소들이 자유롭게 짚을 먹을 수 있는 열린 뜰. 장례 때는 뜰에 방목하던 동물들을 치우고 청소를 한 다음 조문객들을 받으면 된다. 그러나 비슷한 점은 거기까지이다. 모든 이웃마을 사람은 키룹피미아 마을 이야기를 잘 알기 때문에 그곳에 가까이 오기를 꺼린다. 그들은 안전거리를 확보하고 그녀들을 보는데 왜냐하면 손가락질 만으로도 상대를 죽일 수 있는 무서운 힘을 가진 이상한 여자들이기 때문이다. 하지만 그들은 그녀들이 자신들과 하나도 다르지 않은 일상을 산다는 데 대해 놀란다. 만약 마을 사람들과 그녀들 사이에 어떤 소통이 이루어진다면 그것은 매우 신중하게 어떻게든 여자들의 심기를 거슬리지 않는 방법으로 이루어졌다. 이런 교류 시에 마을에서는 키룹피미아 여자들과 제대로 소통하는 법을 알고 있는 나이 많은 노인 남자나 여자를 보낸다. 그들이 그 여자들에게 자문을 구하는 통상적인 질문들이 있다. 그것은 초승달의 목격과 관련된 것일 수 있다.

"초승달에 다리가 달려 있던데 그건 무슨 징조인가요?"

그들은 묻는다. 또는 친척이 만지면 안 되는 돌을 만졌는데 어쩌면 좋냐고 묻기도 한다. 이런 질문이나 또 다른 질문들은 그들이 혼령들을 만나고 답을 구하는 주제의 질문들이다. 키룹피미아 여인들은 대답을 해주는 대신 그들에게 공물을 가져오라고 요구한다.

가끔 그들은 숲에서 얻은 열병을 치료하러 그녀들에게 오기도 한다. 키룹피미아 여인들은 마을 입구에 있는 문에 공물을 바치는 바구니를 놓고 공물이 들어오면 특정지역에 있는 약초의 이름을 말하고 열병을 고치기 위해서 그 약초들을 어떻게 쓰라고 말한다.

"끓여서 국물을 마셔요"라는 것이 통상적인 지시사항이었고 어떤 약초들은 "찧어서 그냥 생으로 먹어요. 익히면 약효가 떨어져요"라고 말하는 것도 있었다. 이것이 조상마을에서 쫓겨난 이방인 여자들과 그 마을에 정착한 사람들과의 정규적인 거래명세이다. 키룹피미아 여인들은 각자 다른 마을로부터 왔으며 각자의 마을에서 축적한 막대한 지식이 있다. 남쪽마을로부터 온 여인들은 축제의 날들을 아는데 그들은 그것을 공동체를 위한 '제나의 날'이라고 이름 지었다. 서부마을에서 온 이들은 열 내리는 법 같은 치료법을 안다.

"당신은 왜 나한테 이 모든 것을 말해주는 건가요?"

그들이 아테 집으로 돌아왔을 때 빌리가 물었다.

"왜냐하면 난 당신의 선한 마음을 믿기 때문에 당신이 이것을 이윤이나 또는 상업적으로나 혹은 어떤 이유에서건 나쁘게 사용하지 않을 것을 믿거든요."

"나는 그럴 필요가 없습니다."

그가 동의했다.

"지식은 사고파는 것이 아닙니다. 우리가 아는 걸 말해주고 공물을 받는 것은 그냥 의례입니다. 그것마저 없다면 여기서 우리는 완전히 고립된 것처럼 느끼니까요. 비록 우리를 내쫓은 마을이기는 하지만 무언가 쓸모가 있다고 느낀다면 오히려 그 마을을 돕는 방식으로 되갚아주는 것이지요. 이상한 방식이지만 그것이 우리가 삶의 의미를 찾는 방법입니다. 만약 우리가 아무 할 일이 없다면 우리는 여기서 죽을 것입니다. 그리고 이 마을은 우리 이름을 계승할 아이들이 없기 때문에 망할 것입니다."

"당신들은 결코 아이를 가질 수 없습니까?"

"어떻게 우리 안에 무엇이 살 수 있겠습니까? 어머니가 되는 것은 우리의 운명이 아닙니다. 어떻게 보면 그것은 옳습니다. 왜냐하면 우리 종족은 전적으로 자연스럽게 소멸하기 때문이죠. 말하자면 누군가 다른 세대의 평범한 부모로 다시 태어난다면 모르겠지만요."

이 말을 할 때 그녀의 목소리는 아주 낮았다. 빌리는 그녀의 엄청난 슬픔이 느껴져서 가슴이 찢어지는 듯했다.

# 조테

공격이 시작되었을 때 그들은 둘 다 잠을 자고 있었다. 조테는 저주를 퍼부으며 집 안으로 들어와서 사악한 말들을 내뿜었다. 안방에서 자던 아테는 빌리가 다칠까봐 일어나자마자 첫 번째로 그에게 달려가 조테를 가로막고 섰다. 그러나 조테는 빌리의 가방부터 덮쳐서 그것을 꽉 움켜쥐고 있었다.

"당장 그 가방을 내려놔!"

아테가 언니에게 소리쳤다. 그러나 조테가 돌려줄 리 만무였다. 아테가 언니에게 뛰어들었고 자매는 서로 얽혀서 머리를 잡아끌고 할퀴고 쉭쉭거렸다. 둘 중에 조테가 더 몸집이 컸지만 아테는 끈질기고 결연했다. 빌리는 총을 잡았지만 어찌할 바를 몰랐다. 그가 돌을 지키기 위하여 사람에게 총을 쏘아야 할까? 그것은 전혀 옳지 않게 느껴졌다. 그래서 그는 총을 도로 갖다 놓고 싸움을 말리고 그 돌을 되돌려 받기 위

176

해 그가 무엇을 해야할지를 생각했다. 여자들은 서로를 상처 입히고 고통의 외침과 분노의 외침을 번갈아 주고받았다.

마침내 조테는 온 힘으로 동생을 밀쳐내고 고통으로 비틀 거리면서 가방을 들고 그 집을 빠져나갔다. 빌리는 아테에게 달려가 그녀를 침대로 데리고 갔다.

"내버려둬요. 난 괜찮아요. 총을 들고 가서 언니 다리든 어 디든 쏴요!"

아테가 소리쳤다.

"아니, 피 흘릴 가치가 없어요."

빌리는 조테에게 상처 입히기를 거부했다.

"그렇지만 언니가 그것을 어디에 쓸지 알잖아요?"

아테가 물었다.

"난 당신의 언니를 쏠 수 없어요. 무슨 이유든 간에 난 그냥 그녀를 그냥 쏠 수가 없어요."

아테는 무력해 보였다. 그는 그녀의 어깨를 잡고 눈물을 닦 아주었다. 언니가 머리카락을 잡아뽑은 그녀의 머리 한구석 에서는 피가 나고 있었다. 빌리는 상처에 바를 암벽벌꿀을 찾았다. 그녀의 얼굴은 왼쪽 눈 아래에 멍이 들어 있었는데 그것은 조테가 아테를 벽에 밀치기 직전 부딪혀서 생긴 상 처였다.

"뭔가 방법이 있을 거예요."

빌리가 아테를 달랬다.

"언니는 오늘 밤 아무 데도 가지 못할 거예요. 아침까지 기다려야만 할 겁니다. 당신이 좀 쉬었으면 좋겠어요. 내가 좀 생각해볼게요."

빌리는 그녀가 휴식을 취하도록 설득했고 그동안 앉아서 조테의 집을 관찰했다. 밖은 어두웠고 달도 뜨지 않은 밤이었다. 마을의 유일한 빛은 조테의 집으로부터 나오는 것이었다. 빌리는 집을 기어올라가서 집 안을 보고자 했다. 누군가 움직이고 있었다. 그렇지만 그는 소리가 나거나 혹은 마른 잎을 밟을까 두려워 아테의 집으로 돌아왔다. 그는 어두운데서서 계속 조테의 집을 관찰했다.

그곳은 많은 움직임이 있는 것처럼 보였다. 석유램프 등불이 켜져 있는 듯한 내부에서 그는 방에서 방으로 또 집 밖에서 안으로 들락날락하는 어떤 모습을 보았다. 그는 그녀가 무엇을 하는지 궁금했다. 한참 만에 그는 그녀가 무거운 가방처럼 보이는 것을 질질 끌며 힘들여 문가에 내놓는 것을 보았다. 그것이 무엇이던 간에 그녀는 무언가 의미심장한 것을 준비하는 것처럼 보였다. 빌리는 그 돌을 되찾기 위한 시도를 해야 할 것인가, 아니면 또 다른 기회를 기다려야 할 것인가? 조테는 아테와 전혀 달랐다. 조테는 동생이 동족에 대해서 가졌던 동정심이 조금도 없었다. 빌리는 그녀가 그에게 손가락질을 하면서 장님으로 만들거나, 불구로 만들거나 어쨌든 자신을 잡기 위해 검은 힘을 쓰는 것을 주저치 않으리라는 것을 잘 알고 있었다. 빌리는 안에서 들리는 무거운 흐느낌 소리에 몸을 돌렸다. 그는 재빨리 집 안으로 들어갔다.

아테는 일어나 앉아서 창문으로 언니의 집을 보고 있었다.

"언니는 우리 조상마을에 대한 복수를 너무나도 원해요."

그녀는 울음 사이사이로 말했다.

"그래서 온통 완전히 분노 뿐이에요. 언니가 생각하는 거라고는 전부 다…."

"당신은 우리가 조테를 멈추게 할 수 있다고 생각해요?"

빌리가 물었다.

"아니요, 분명히 아니지요. 하지만 우리가 언니 모르게 따라 갈 수 있다면 어쩌면 우리가 마을 사람들에게 너무 큰 해가 되지 않게 언니를 멈추게 할 수 있을지도 몰라요."

"우리가 교대로 망을 볼까요? 지금은 당신이 잠을 자고 내가 피곤해지면 깨울게요."

빌리가 제안했다.

빌리는 다섯 시간을 계속해서 깨어 있었지만 조테의 집에서는 더는 아무 일도 일어나지 않았다. 그는 그녀가 떠나는 것도 보지 못했고 얼마 후에는 모든 부산스런 움직임도 잦아들었다. 이상하게도 그녀는 램프불은 켠 채로 놓아두었다. 그는 아테를 깨울까 말까 고심했지만 그녀는 스스로 깨어나 그가 쉬어야 한다고 우겼다. 그래서 그는 침대로 가서 곧바로 잠이 들었다. 그가 한 시간쯤 잠을 잤을 때 아테가 그를 깨웠다.

"언니가 떠나요! 빌리 당장 일어나세요. 우리가 따라가지 않으면 그녀를 놓쳐요!"

그의 몸은 더 많은 잠과 휴식을 갈구했지만 인사불성 상태의 자신을 강제로 끌어내 그녀가 말하는 것을 듣기 위해 목을 뺐다.

침대에서 튀어나오며 그는 샌들을 꺼내 신고 일어섰다. 그는 총을 기억해내고 감사하게도 가방을 도둑맞기 전 가방에서 꺼내 총알을 숨겨두었었다. 그곳에서 총을 확인하고 그것을 거머쥐었다. 밖은 어둠의 정점이었다. 그들은 몇 피트 앞도 전혀 볼 수 없었지만 아테는 언니가 어느 방향으로 갔는지 알았다. 그들은 마을에서 시장으로 향해 가는 길로 올라갔다. 곧 그들은 들판이 끝나고 세 갈래 길이 만나는 십자로에 도착했다. 그렇지만 그들이 도착하자 아테는 세 갈래 길 중 어디가 그들의 조상마을로 가는 길인지 기억하지 못해 혼란스러워했다. 그녀는 그곳을 떠난 지 너무 오래되었다. 그녀가 거기 떨면서 서 있자 빌리는 언제나 길을 갈 때에는 왼쪽 길을 택하라는 노인의 말을 기억해냈다. 매우 확신에 차서 그는 그녀의 손을 잡고 왼쪽 길로 이끌었다. 그는 그녀의 손을 놓고 그들은 그 길을 걸었다.

갑자기 그녀가 멈춰 섰다.

"언니 냄새가 나요. 언니가 가까이 있어요. 자, 천천히 갑시다."

# 옛 흉터들에 새 상처들

  둘 중 누구도 조테가 그들보다 얼마나 멀리 갔는지 말할 수 없었다. 그러나 그들은 그들이 뒤따르고 있다는 것을 조테가 알아차리는 것은 절대 원하지 않았다. 그래서 그들은 속도를 늦추고 가능하면 소리를 내지 않으며 나아갔다. 그런 식으로 몇 시간을 갔는데 밤하늘이 천천히 엷어졌다. 작은 언덕의 산마루에 도착했을 때 멀리서 짐을 가지고 가는 물체가 보였다.

  "언니가 틀림없어요."

  잠시 멈추며 아테가 말했다.

  조테가 가지고 가는 짐은 그녀를 느리게 만들었다. 그것이 무엇인지는 말하기 어려웠다. 그것이 무엇이던 간에 무거워 보였고 그녀는 그것을 뒤에 질질 끌고 갔다. 그 가방이 길바닥에 질질 끌려가며 내는 시끄러운 소리는 분명 그녀의 주의를 산만하게 만들어 아테와 빌리가 잔가지에 부딪혀 탁탁 소리를 내거나 돌부리에 넘어져 비틀거린다 해도 눈치를 못 챌 것 같았다. 빌리는 돌에 발부리를 세게 부딪치고 큰 소리로 튀어나오는 욕을 막기 위해 스스로 입술을 물어야만 했다. 아테는 더욱 조심스럽게 걸었다.

그들은 새벽 전에 목적지에 도착했다. 조테는 사람들이 잠들어 있는 마을의 바로 위에서 멈췄다. 그래서 그들은 숨어서 보이지 않도록 거리를 두고 옆길로 에둘러가야 했다. 조테의 의도가 확실치 않아 그들은 관목숲 사이로 엿보면서 그저 조용히 기다려야 했다. 그들은 그녀가 기대고 섰다가 마침내는 완전히 등을 대고 누워버리는 것을 관찰했다. 아, 그렇다면 그녀도 역시 지친 것이다. 그들은 서로 눈길을 주고받았다. 그들은 부드럽게 숨을 쉬고 기다렸다. 조테의 다음 움직임은 무엇이 될 것인가? 빌리는 그녀가 일어나서 다시 걷기 시작하기를 바랐다. 이렇게 기다리는 것은 그녀가 뒤를 돌아보기라도 해서 어떤 움직임이라도 감지하게 될 수 있기 때문에 더 나쁘다. 그들이 기다리는 동안 거의 새벽이 되어서 더 밝아졌다. 사방이 더 환해지자 가려주는 숲의 녹음이 없는 그들은 더 불안해졌다. 마을 사람들은 적군의 공격을 잘 살피기 위하여 나무들을 치웠다. 그것은 조테가 주의 깊게 그들의 방향을 본다면 빌리와 아테를 볼 수도 있다는 것을 의미한다. 그들은 관목숲 아래에 가능한 움직이지 않고 가만히 누워 있었다. 곧 그녀가 다시 움직이는 것이 보였다. 조테가 일어나서 짐을 끌면서 마을로 향했다.

마을이 아침을 맞는 소리가 그들에게까지 들려왔다. 수탉들이 부산을 떨었고 갓난아기들은 울음을 터뜨렸다. 엄마들도 아침 차를 끓이기 위한 불을 지피려고 일어났다. 그들 둘다 어린 시절부터 익숙한 소리들. 그것이 마을에서 매일의 삶을 시작하는 법이었다. 물동이의 찰랑거리는 소리는 일찍 일어난 사람이 샘터에서 동이에 물을 가득 떠올 때 들을 수 있는 소리였다. 그러나 마을에 부드럽게 다가오던 그 평화로운 아침 그림은 조테의 날카로운 목소리로 깨져버렸다.

그녀는 저주를 퍼부으며 마을사람들에게 퍼뜨리기 위해 가방을 열고 각종 역병을 꺼냈다. 조테는 동상이 된 듯 보였다. 그녀는 손을 뻗어 작은 전염병 덩어리들을 마을로 던졌다. 동시에 그녀의 열린 가방에서 도마뱀 같은 설치류 동물들이 떼로 튀어나와서 마을을 향해 종종걸음을 치며 달려갔다. 그녀는 마을의 심장부를 향해 그 모든 역병들을 집어던지며 소리쳤다.

나이 든 사람들이 조테가 무슨 짓을 하고 있는지를 알아차리자 마을은 아수라장이 됐다. 그녀의 가방에서 나온 생명체들이 검은 구름 안에서 마을로 내려왔다. 사람들은 그것들을 우연히 발견하고 두려움에 차서 비명을 질렀다. 전염병의 비가 마을 사람 몇몇에게 내렸고 그들은 살에 부스럼이 나자 비명을 지르며 집으로 달려갔다. 조테의 외침과 마을사람들의 비명이 하늘에 가득차 그 소리들이 불협화음을 이루어

마을은 더 큰 혼란에 빠졌다. 남자들은 그들의 가족을 보호하기 위해 창을 들고 달려갔다. 그러나 그들은 조테의 공격에 대적할 수가 없었다. 그들이 달려가면서 창을 던지는 족족 조테의 번개같이 빠른 손가락 공격에 걸려 저지당했다. 남자들은 창을 떨어뜨리고 비명을 질렀다. 그들의 비명은 여자들의 비명과 섞였다. 키룹피미아 여인, 조테가 그들을 장님으로 만들었기 때문이었다.

조테는 다시 그녀의 가방 속에서 더 많은 저주를 꺼내들었는데 그것들은 작은 검은 돌들처럼 보였다. 그녀는 그것들을 지붕 위로 멀리 던졌다. 짚으로 만든 초가지붕들은 불이 붙어 집주인들은 혼비백산해 도망가버렸다. 곧 다닥다닥 붙어서 지어진 온 마을 전체의 초가집들이 불길에 휩싸였다. 심지어 아주 오래된 양철지붕집은 대들보가 너무 낡고 건조해 쉽게 불타버렸다.

조테의 공격이 너무도 신속하게 벌어졌기 때문에 아테와 빌리는 충격으로 얼어붙었다. 그들은 조테를 멈추게 할 어떤 방법도 생각할 수 없었다. 조테는 무력한 마을의 하늘 위를 맴돌며 복수를 꿈꾸는 막강한 무적의 용같이 보였다. 그들은 여자들과 아이들이 절망해서 숲으로 달려가는 것을 보았다. 장님이 된 남자들은 다른 사람들이 도와주고 있었고 마을 사람들은 불타는 집을 버리고 각자 살길을 찾아 나섰다. 마을 위로 검은 연기가 치솟고 두꺼운 구름이 자리를 잡았다. 그것들은 더는 올라가지도 없어지지도 않았다.

조테는 천천히 불타버린 마을 안으로 걸어들어갔다. 그녀는 추방당한 모든 시간 동안 치러야 했던 댓가를 계산하며 마을이 입은 화재 피해와 대조하는 듯했다.

# 악이 악을 만날 때

아테와 빌리가 관찰을 하는 동안 조테는 집에서 집으로 돌아 다니며 매 집 문앞마다 침을 뱉고 있었다. 그들은 멀리서 조테의 과도한 복수를 그저 바라만 보고 서 있을 뿐 정말 아무것도 할 수 없었다. 조테가 눈을 멀게 만든 세 남자는 나머지 사람들과 같이 비틀거리며 숲으로 들어왔다. 한 노인은 너무나 늙어 더는 걸을 수가 없어서 마지막 순간 거의 기다시피 들어왔다. 노인은 조테가 마을로 막 들어서는 순간 아슬아슬하게 그녀를 피해 안전하게 숲에 들어설 수 있었다. 조테는 그가 두려움으로 발걸음을 빨리하자 그에게 쉭쉭거리며 야유를 보냈다. 빌리는 조테의 본성적인 야만에 충격을 받았다. 그 사악한 존재가 지금 그의 곁에서 조용히 흐느끼며 불타버린 마을에 대해 애도하고 있는 다정한 생명체와 자매라는 사실을 그는 믿을 수 없었다.

마을 한가운데 있던 마을회관은 훼손되지 않고 그대로 남아 있었다. 다른 집들은 회관으로부터 상당한 거리를 두고 지어졌고 회관은 당시 옛날 집들을 지을 때 통상적으로 사용하던 초가지붕 대신 양철지붕과 목재를 사용해서 지어졌다. 아마도 다른 집들과의 거리가 있어 회관이 불에 타지 않은 것 같다. 조테는 마을 안으로 들어와 거침없이 비어 있는 마을회관으로 들어갔다. 대문은 활짝 열려 있었고 그녀를 관찰하고 있었다면 누구나 그녀가 무엇을 하는지 볼 수가 있었다. 여자들은 회관 출입이 금지되었기 때문에 회관에서 회의가 열릴 때면 여자들은 그 앞을 지나가는 것조차 두려워하곤 했다.

보통날에도 남자들 몇은 맥주잔을 들고 거기 간다. 그곳은 그렇게 칙칙하고, 널찍하며, 퀴퀴하기도 한 남자 회원들끼리 모여서 회의하기 딱 좋은 그들만의 열린 공간이었다. 마을의 분쟁도 여기서 해결되며 무엇보다 중요한 것은 마을 간 전쟁이 벌어지거나 계획될 때 바로 이곳에 있는 회의실에서 결정이 된다는 것이었다. 조테는 여성에게 금지된 그곳에 들어감으로써 금기를 깨고 허물어뜨린 것이다.

아테와 빌리는 그녀가 나가기 전에 그 구조물의 구석마다 침을 뱉는 모습을 볼 수 있었다. 그들의 눈에는 마을이 전쟁터처럼 보였다. 많은 집이 불타서 무너졌고 그 잔해에서 연기가 피어올라 마을 상공에는 아직도 검은 구름이 무겁게 드리워져 그들의 머리 위를 맴돌고 있었다.

사방으로 침을 뱉으면서 비틀거리며 돌아다니는 조테는 검은 혼령처럼 보였다. 그녀는 자신의 복수에 완전히 몰입한 듯 보였다. 마을을 한 바퀴 돌자 그녀는 다시 마을회관으로 돌아와 그곳에서 나머지 시간을 보냈다. 저녁이 다가오고 하늘이 붉게 물들자 그녀는 마을회관 현관문 앞에 나와 섰다. 불타버린 집과 나무들의 잔해에서 피어오르는 연기와 까맣게 타버린 숯덩이들은 붉은빛과 함께 어우러져 무섭고 기괴한 풍경을 연출했다. 조테가 거기 서 있자 불은 마치 더 많은 장작이나 짚이라도 넣은 것처럼 활활 불타올랐다. 멀리서 보니 마치 그 집들에 다시 불이 붙은 듯이 보였다.

빌리가 아테에게 그것을 가리키자 아테는 바로 손으로 입을 막았다. 그녀의 눈은 두려움으로 동그래졌다.

"왜 그래요? 무슨 일인데?"

빌리가 속삭였다.

"조상들의 혼령이에요."

그녀는 숨을 멈췄다.

"그녀가 조상신들의 분노를 불러일으키고 있어요. 그들은 결코 그녀를 살려 보내지 않을 거예요."

떨리는 손을 들어 올리며 그녀는 이제 그 숫자가 늘어나 긴 창과 방패를 든 사람처럼 보이는 불꽃들을 가리켰다. 그것은 피가 얼어붙을 정도로 소름 끼치는 광경이었다. 그 장면에 몰입해 있던 그들까지도 거기에서 내뿜는 열기를 맨얼굴로 느낄 수 있을 정도였다. 혼령 전사들은 불타버린 잔해들에 모여 있었던 듯했다. 그들은 거기에서 열을 지어 천천히 하지만 계획적으로 회관을 향해 행진했고 조테는 창소리에 고개를 돌렸다. 전사들의 성가가 시작되자 조테의 얼굴이 일그러지면서 점점 어두워졌다. 그녀는 싸울 준비가 된 것 같았다. 전사들은 그녀를 향해 간격을 두고 계속 행진해 들어갔지만 결코 그들의 속도를 잃지는 않았다. 그들이 거의 그녀에게 다가갔을 때 아테는 손으로 자신의 얼굴을 가리고 공포로 울음을 터뜨렸다. 빌리는 계속 봤지만 조테가 긴 비명을 내질렀을 때는 얼굴을 돌리는 것을 택했다.

둘 중 누구도 그다음에 무슨 일이 있었는지 보지 못했다. 하지만 그들은 그 골짜기에 울려퍼지고 사라지기까지의 수분 간, 조테의 끔찍한 비명소리를 분명하게 들었다. 아테는 여전히 두 손을 얼굴에 묻은 채 떨고 있었다. 빌리는 그녀를 그에게 끌어당겨 그녀가 떨기를 멈출 때까지 안고 있었다. 마침내 빌리가 쳐다보았을 때 회관은 비어 있는 듯이 보였다. 하지만 만약 그가 조금 더 자세히 보았다면 조테가 서 있던 바닥에 무언가 수북한 더미가 있는 것을 보았을 것이다. 혼령들은 그들의 섬뜩한 정의를 실현하고 갔다. 그러나 그들의 음침한 방문을 다른 이들에게 알리기 위해 그들의 울부짖음이 그들이 가버린 아주 오랫동안 마을 주변에 메아리쳤다.

"심장석!"

빌리가 스스로에게 속삭였다. 그것은 어디 있을까?

그는 당장 마을로 달려 내려가 그 돌을 찾아보고 싶은 심정과 기절해버린 아테를 돌봐야 하는 의무감 사이에서 분열을 느꼈다. 그는 돌을 찾으러 내려간 동안 아테를 거기 그렇게 감각 없이 내버려둘 수 없었다. 빌리는 그녀를 부드럽게 일으켰다. 그녀는 그들이 어디에 있는지를 기억해내자 언니 때문에 울었다.

"누가 뭐래도 나는 언니 말고는 아무도 없어요."

그녀가 흐느낌 중간중간 중얼거렸다. 아테는 다리를 질질 끌면서도 그들이 조테의 시신과 그 돌을 찾기 위해서 마을로 가야 한다고 우겼다.

"당신이 내 언니를 증오할 이유가 있다는 것을 난 알아요. 하지만 그녀는 날 돌봐줬어요. 날 먹이고 입히고 최선을 다해 키워줬어요. 나는 그녀를 묻어주고 싶어요. 그녀의 몸을 그저 야생동물들의 밥이 되게 남겨둘 수 없어요."

빌리는 그녀가 원하는 대로 하겠다고 약속하고 그가 조테에게 더는 원한이 없다고 덧붙였다. 빌리의 주장으로 그들은 내려가도 좋다는 판단이 들 때까지 기다렸다. 그리고 그들은 마을로 천천히 걸어 내려갔다.

조테의 머리는 그녀 자신의 피로 엉겨 붙어 있었다. 그녀의 옷은 불에 그을렸고 연기 냄새가 강렬하게 그녀에게서 내뿜어졌다. 그녀는 이미 죽었는데도 그녀의 손은 돌을 꽉 움켜쥐고 있었다. 빌리는 그의 모든 힘을 사용해 그녀의 손가락을 펴려고 했지만 결국 실패하고 말았다. 그가 애쓰는 것을 보고 아테는 아래로 고개를 숙이고 그녀의 언니에게 말했다.

"놓아줘, 조테. 이제 언니가 있는 그곳에서는 소용이 없잖아. 언니는 거기서 그게 필요 없어. 놓아줘."

"그녀는 갔어요. 못 듣는다고."

빌리가 소리쳤다.

"내 말은 들어요. 아직 내 말을 들을 수 있다고요. 보세요!"

손이 축 처지면서 돌이 손아귀 속에서 먼지 속으로 굴러떨어져 나왔다.

"우리는 자매예요. 우리는 쌍둥이의 영혼을 갖고 있지요."

아테가 돌을 빌리에게 건네며 중얼거렸다.

"아니요. 비록 당신들은 자매이긴 했지만 결코 쌍둥이의 영혼을 가지진 않았어요. 절대 그렇게 얘기하지 말아요. 당신과 나는 오늘 악과 악이 만났을 때 어떤 일이 일어나는지를 똑똑히 봤습니다. 조상 혼령들은 죄지은 자 무고한 자 모두에게 해를 끼치는 그녀의 악한 행동을 참을 수가 없어서 그녀에게 복수한 겁니다. 당신은 조테와 쌍둥이 영혼이 아닙니다. 당신은 결코 그렇게 살지 않았으므로 조테가 받은 벌을 받을 이유가 없습니다."

그녀는 그를 쳐다보고 말없이 고개를 끄덕였다. 그들 둘은 조테의 시신을 마을 밖으로 끌고 나가 숲의 가장자리 빈터에 묻었다. 빌리는 아테가 원할 때 다시 그 무덤을 찾기 쉬우라고 돌을 찾아 무덤 위에 비석처럼 쌓았다.

# 답이 없을 때도 있다

심장석은 얼음처럼 차가웠다. 그는 왜 그럴까 이상하게 생각했다. 조테가 하도 꽉 쥐어서, 심지어 죽어서도 그렇게 잡고 있어서 그런 걸까? 그리고 죽은 다음에도? 빌리는 심장석을 그의 가방에 넣고는 그의 목에 걸었다. 이제부터 어떤 것도 그에게서 가방을 빼앗지 못하리라. 그는 이제 잘 때도 가방을 목에 걸고 잘 것이다. 그래서 누구도 그 돌을 훔쳐가지 못하게 할 것이다. 그는 괜찮았지만 아테가 걱정이었다. 그녀는 기진해 보였다. 그녀의 입 주위에는 가느란 주름이 보여 나이보다 늙어보였다. 그녀의 눈은 빨갛게 충혈되었고 목소리는 하도 울어서 쉬었다. 그는 그녀를 키룹피미아 마을로 데리고 가야 할까? 아니면 그녀를 거기 두고 가야 할까? 엄격히 말하자면 그녀는 거기 속하지 않는다. 그녀는 다른 사람을 해칠 능력도 가지지 않았고 만약 다른 사람이 그녀를 발견한다면 위험하지 않을까? 빌리는 아테와 함께 떠날 수 있을까? 그는 이 여행의 다음 행선지를 확신할 수 없었다. 그리고 만약 그가 여행을 마치고 숲속 집으로 돌아간다 해도 그곳은 아직 소녀인 젊은 여자가 갈 곳은 아니었다.

빌리는 점점 더 아테의 보호자가 되었다. 그는 그녀의 안녕에 대해서 책임감을 느끼고 무엇이 됐던 자신이 할 수 있는 건 더 해주고 싶었다. 그녀는 정상적인 삶을 살 기회를 가질 수 있게 나이에 걸맞는 젊은 사람들과 어울려야만 한다. 빌리는 그의 조상마을을 생각했다. 어쩌면 그는 고향 집을 수리해서 아테가 자기 집처럼 살 수 있게 할 수 있을지도 몰랐다. 그의 고향 사람들은 나쁜 사람들이 아니었다. 그들은 이방인을 받아들이고 그녀가 편히 살도록 내버려 둘 것이다. 그들은 또한 꽤 잘 보살펴줄 수도 있다. 아테가 마을 최초의 이방인도 아니었다. 그녀는 어쩌면 언젠가 결혼할 수 있을지도 모른다. 그리고 그녀는 아이들을 낳을 수도 있을 것이다. 그렇게 마을에서의 정상적인 삶을 살 수도 있을 것이다. 그녀는 그럴 자격이 있다.

조테를 묻고 그들은 거기 오래 머물지도 않았다. 그리고 곧 그들이 왔던 길로 다시 나섰는데 괜찮은 시간에 키룹피미아 마을에 도착하리라는 희망 때문이었다. 그들은 다른 구성원을 만나서 자신들에게 무슨 일이 있었는지를 말해줘야 할 필요가 있었다. 그 여정은 짧았고 그들은 정오 전에 마을에 도착했다. 그러나 그들이 집집마다 돌아다녔지만 마을은 완전히 텅텅 비어 있었다.

"어쩌면 여자들이 고기를 잡으러 갔는지도 몰라요. 아니면 다 같이 소풍을 갔나요?"

아테가 큰 소리로 물었다. 이상한 것은 각 집의 문들이 모두 활짝 열려 있다는 것이다. 마치 그들이 서둘러서 급히 떠나기라도 한 듯이.

"여기 무슨 일이 있던 걸까요?"

아테가 이웃한 집들의 난장판을 훑어보며 물었다. 옷들은 시렁 위에 널려 있었고 냄비와 팬들도 마치 무언가 혹은 누군가를 향해 집어던진 것처럼 진흙 바닥에 내동댕이쳐져 있었다.

"이것 좀 보세요. 그들은 싸웠거나 뭐 그 비슷한 일이 있었나봐요. 그렇지 않고는 집이 이렇게 난리일 수가 없어요."

"어떻게 알아요? 어쩌면 집주인이 늦어서 그냥 다른 사람들을 쫓아갔을 수도 있잖아요?"

"그래요. 그렇지만 이걸 보세요. 단도가 날아와 바닥에 박혔고 창들이 벽에 꽂혔잖아요? 우리는 그러지 않아요. 이건 누군가를 겨냥해서 던지고 실패한 거예요."

그들은 그 수수께끼를 풀지 못한 채 아테의 집으로 가서 음식을 만들었다. 그러고 나서 그들은 탐험으로 지친 몸을 쉬기 위해 잠을 자러 갔다. 다음 날 아침, 마을은 유령마을처럼 고요했다. 여자들은 밤에도 돌아오지 않았고 그 둘은 마을에 오로지 그들 뿐이라는 것을 깨달았다. 아테는 빌리에게 언니 집에 다녀올 때까지 집에 남아달라고 부탁했다. 조테의 집은 춥고 습했다. 그것은 너무나도 비통한 느낌이어서 아테는 아주 우울해졌다. 집도 주인에게 어떤 일이 일어났는지 아는 것 같아 보였다. 아테는 우선 문 앞에 서서 집 안을 들여다보았다. 그리고 그녀는 안으로 발걸음을 떼고 조심조심 살폈다. 언니의 이부자리가 바닥에 있었고 그 뒤에는 유리가 깨진 석유램프가 누워 있었다. 석유가 바닥으로 흘러나와 침실에서는 석유 냄새가 강하게 났다. 부엌에는 냄비들이 없었고 컵이나 접시들도 찾을 수 없었다. '너무나 이상하다'고 그녀는 생각했다. 누군가 훔쳐간 것일까? 그것은 있을 수 없는 일인데, 왜냐하면 아무도 감히 그 마을에 접근하지 못했을뿐더러 모든 마을 사람들은 자기 물건들이 있어서 도둑이란 존재하지 않았기 때문이다. 그리고 무엇보다 다른 이들은 모두 어디로 간 것일까? 왜 그들은 흔적도 없이 사라졌을까?

"이곳을 떠납시다, 아테."

빌리는 아테가 수수께끼를 잔뜩 품은 얼굴로 돌아오자 그녀에게 애원했다.

"당신은 내 조상 마을에 있는 내 집에서 살 수 있어요. 내가 당신을 거기 데리고 가서 정착하도록 도와줄게요. 여기는 당신처럼 젊은 여자가 살 곳이 아니에요."

그러나 그녀는 떠나기를 꺼렸다. 이 마을은 너무나 오랫동안 그녀의 집이었다. 그것이 그녀가 아는 전부였다.

"내가 떠나면 언니와의 모든 연결을 잃을 거예요. 언니가 돌아와서 나를 찾는데 내가 없으면 너무 슬플 것 같아요."

"아테, 어떻게 언니가 당신을 찾으러 돌아온다는 겁니까? 그녀는 죽었어요, 당신도 알잖아요. 우리가 그녀를 묻었다고요, 당신과 내가."

"오, 알아요. 나는 언니가 살아 있을 때처럼 찾아온다는 말이 아니에요. 언니의 혼령이 나한테 마지막 인사를 하러 왔을 때 내가 떠나고 없는 것을 알게 된다면 언니가 매우 슬퍼할 거라는 거죠. 나는 언니에게 그렇게 할 수가 없어요."

"그렇지만 우리는 다른 사람들이 어찌 됐는지 몰라요. 어떤 경우든 만약 그녀가 혼령으로 돌아온다면 그녀는 더는 살아 있을 때의 그녀가 아니에요. 그녀는 당신을 기억하지 못할 수도 있어요. 그리고 그것은 당신에게 위험할 수 있다는 의미에요."

"미안해요. 빌리. 언니는 나에게 가족이고 난 언니가 와서 나를 찾지 못하는 게 싫어요."

그들은 비록 그게 언제가 될지 몰라도 조테의 혼령이 돌아올 때까지 마을에 머물기로 합의했다. 그다음에 그들은 짐을 싸서 빌리의 조상마을로 떠날 것이다. 만약 다른 사람들이 돌아오지 않는다면 아테는 버려진 마을에 혼자 남아 살 이유가 없었다.

# 다른 길들

그 마을에서의 밤은 빌리가 알던 외로운 밤 중에서 가장 외로웠다. 그는 확실히 훨씬 더 무서운 밤들을 많이 겪었지만 이번에는 정말 달랐다. 아주 구체적인 모든 것을 감싸는 깊은 슬픔의 감정이 있었다. 부분적으로 그것은 아테의 슬픔이었고 그는 그녀의 상실감을 이해할 수 있었다. 그렇지만 그 슬픔이 그에게 전염되는 것은 그가 결코 경험해보지 못한 일이었다. 그는 짓누르는 슬픔의 분위기에 압도당하는 느낌이었다. 죽음이 그렇게 참을 수 없는 것이었던가? 왜 이 죽음은 그가 목도한 지난번 죽음, 페후의 살해보다 더 슬플까? 왜 어떤 죽음은 다른 죽음과 다른 것일까?

빌리는 조테와 다시 만나는 것을 두려워하지 않았다. 만약 조테의 혼령이 돌아온다면 그렇게 하라지. 그는 혼령과의 조우에 어떻게 대처해야 하는지에 대해 이제 훨씬 더 잘 알고 있다. 그는 비록 그녀가 살아 있었을 때 그를 해치려고 애썼지만 그녀를 두려워할 필요가 없다고 느꼈다.

"내 영혼이 더 센 영혼이야."

그는 생각했다. 빌리는 조테의 혼령을 견뎌낼 수 있으리라고 확신했다. 그는 오로지 조테의 혼령이 아테에게 해를 끼치지 않기를 바랄 뿐이었다.

반면 아테는 쉬지도 않고 집 주변을 끊임없이 돌아다녔다. 그녀는 혹시 무엇이라도 잊었나 해서 조테의 집에 몇 번이나 다녀왔다. 그녀는 언니가 좋아하던 앞치마와 장식품들을 모아 쪽지를 만들었고 그것들을 바구니에 넣어 문가에 놓았다. 이른 저녁이었지만 둘 중 누구도 별로 먹은 게 없었다. 마을 사람들의 이상한 사라짐에 대한 생각은 둘 모두의 입맛을 떨어뜨리게 만들었다. 게다가 조테의 혼령이 귀환하기를 기다리는 것은 음식에 대한 생각이 사라지게 만들기에 충분했다. 아테가 종종걸음 치며 일정한 간격으로 바구니를 점검하는 동안 빌리는 심장석을 꺼내서 그것을 가까이에 들었다. 그는 아테에게 조테의 집에 가서 기다려야 하지 않겠냐고 물었지만 아테는 단호하게 말했다.

"그녀는 내 언니예요. 언니는 나에게 작별 인사를 하러 올 거예요."

조테의 영혼은 놀랄 만치 조용한 방식으로 왔다. 빌리와 아테는 검은 물체가 조테의 집으로 들어가는 것을 보았다. 그리고 한동안 그것이 마을의 다른 여인 중 한 사람일 수도 있다고 의심했다. 그러나 다시 봤을 때 빌리와 아테는 둘 다 조테를 알아보았다. 같은 키, 긴 머리, 그리고 머리를 높이 치켜들고 다니던 그녀의 버릇까지 모두 생전 모습 그대로의 조테였다. 그러나 그녀는 짐을 지고 가는 것처럼 약간 등을 구부리고 걸었다. 그녀는 자신의 집 안에서 족히 몇 시간을 보냈다. 아테와 빌리는 조테가 무엇을 하는지 볼 수 없었지만 마치 그녀의 우는 듯 낮은 흐느낌 소리는 들을 수 있었다. 아테는 그녀가 건너가서 언니를 위로라도 해야겠다는 듯 마침내 일어났다. 빌리는 손을 들어 그녀를 만류했다.

"그녀는 더는 당신이 알던 그 사람이 아닙니다."

그가 말했다. 그녀가 약간 고개를 끄덕이고 다시 앉았다.

그들은 기다리고 기다리며 혼령이 집으로 오길 기대했지만 조테의 혼령은 일어나서 마을을 그냥 떠나기 시작했다. 아테는 가슴이 찢어지는 듯했다. 빌리가 말리기도 전에 아테는 언니를 따라가기 시작했다.

"언니, 조테 언니, 거기 서, 돌아와! 내가 용서해줄게!"

"아테!"

빌리가 그녀를 따라가며 소리쳤다.

혼령은 그들에게 신경도 쓰지 않고 걸어가고 있었다. 그러다가 그것은 갑자기 멈춰서 불쑥 뒤를 돌아보았다. 혼령을 따라가던 빌리와 아테 둘 모두 정지했다. 그리고 혼령으로부터 물러섰다. 그러자 조테의 혼령은 돌아서서 가던 길을 계속 걸어 마을 문에 도착할 때까지 갔다. 그리고는 아테가 기절해 바닥에 죽은 듯이 쓰러졌다. 빌리는 아테를 집으로 끌고 와 발로 문을 닫고 들어왔다. 그리고 그는 그녀를 침대에 눕히고 부드럽게 그녀를 일으켰다.

"당신도 그걸 느꼈어요?"

그녀가 물었다.

"뭘요?"

"슬픔. 그녀가 짊어진 슬픔이요. 나는 이제 언니가 자기가 한 짓을 후회한다는 것을 확신해요. 언니는 그 와중에 목숨을 잃었어요. 나는 언니가 나를 잃는 것을 슬퍼한다는 것을 알아요. 그렇지만 언니는 결코 나를 잃지 않을 거예요. 나는 언제나 언니를 사랑할 거예요."

아테는 말을 끝마치기 어려워했다. 말할 수 없을 만큼의 슬픔에 잠겼다. 빌리는 혼령에 들러붙어 있는 그 무거움을 읽을 수 없었다. 그것은 너무나도 절망적인 가망 없음으로 그는 그 같은 절망을 다시 볼 수 없을 것이다. 빌리는 아테에게는 아무 말 하지 않았지만 조테가 사람들이 말하는 때아닌 불길한 죽음을 당했다고 느꼈다. 그렇게 죽을 때가 되기 전에 죽은 혼령들은 언제나 그런 비통함을 달고 다니며 그들이 가는 길을 사람들에게 전하기도 한다. 그날 이른 시간부터 그를 압도한 것은 그런 절망의 심연이었다. 이제 그는 그 원인을 알았기 때문에 날이 밝자마자 마을을 떠나고 싶어 조바심이 났다. 빌리는 떠나야 한다고 주장했다. 이 황폐한 곳에서 하룻밤을 더 보낸다는 것은 살아 있는 인간이 할 수 있는 일이 아니라고 그는 생각했다.

동시에 그는 아테에 대해 무한한 연민을 느꼈다. 그 집은 아테가 아는 유일한 집이었다. 자매가 조상마을을 떠났을 때 아테는 아홉 살이었다. 그녀는 아홉 살 이후 인생을 모두 여기서 살았고 비록 쫓겨난 여자들이었지만 마을 사람들은 모두 그녀에게 잘 대해주었다. 시간이 흐르며 고향 마을을 떠나올 때의 쓰라린 기억도 희미해졌고 그녀는 키룹피미아 마을의 새로운 삶을 받아들였다. 어떻게 그녀가 이 마을을 영원히 떠날 수가 있을까?

# 새로운 아침

    둘 중 누구도 잠을 제대로 자지 못했다. 둘 다 같거나 다른 각자의 기억들로 잠을 설쳤다. 아침이 되었지만 마을 여자들은 아무도 돌아오지 않았고 그들은 마을 여자들에게 무슨 일이 일어난 건지 알아볼 길이 전혀 없었다. 마을 여자들은 모두 제각각 다른 마을에서 왔다. 비록 아테는 그들 모두를 가족이라고 느꼈지만 각자의 조상마을을 모두 알지는 못했다. 그래서 그들을 찾을 방법도 없었다. 결국 그들은 마을 여자들을 기다리는 것이 헛된 계획이라는데 동의하고 아테의 짐을 꾸리는데 집중했다.

    빌리는 그녀에게 대체가 가능한 도구들은 갖고 가지 말라고 조언했다. 그리고 정서적인 가치가 있는 물건들은 두고 가지 말라고 덧붙였다. 아테는 옷가지들을 좀 싸고 혹시 놓치는 물건이 있을까 집 안을 둘러보는데 시간을 썼다. 조테의 장식품과 옷가지들을 넣었던 바구니에서 그녀는 홍옥수 목걸이를 꺼냈다. 목걸이와 함께 조테의 오래된 홈드레스를 꺼낸 그녀의 선택은 빌리를 놀라게 했다.

"우리가 마을에서 쫓겨날 때 언니가 이 옷을 입고 있었어요. 나는 밤중에 이 옷을 덮곤 했어요. 왜냐하면 이 옷에서 우리 집 냄새가 났거든요. 몇 년 지난 다음부터는 그러지 않았지만 이 옷을 가져가고 싶어요."

빌리는 고개를 끄덕이고 그녀를 기다려줬다. 아테는 가져가고 싶은 것이 별로 없었다. 빌리는 그녀가 놓친 것이 없는지 다시 보라고 설득했다. 그녀는 고개를 흔들었다.

"새로운 삶을 시작할 거라면 왜 옛날 삶에서 그렇게 많은 것들을 끌고가야 할까요? 새로 시작하는데 오로지 방해만 될 뿐이에요. 다시 옛날이 그립고 비참해질 테니까요. 나는 여기에서의 내 삶이 끝났다는 것을 인정해야 해요. 그리고 새로운 삶에 집중해야죠."

빌리는 그 젊은 여자의 지혜에 탄복해 더는 아무 말도 하지 않았다. 그들은 함께 마지막 식사를 준비했고 함께할 여정을 위한 음식도 쌌다. 그들은 이동할 준비가 되었다. 아테는 소용없다는 걸 알았음에도 불구하고 버릇처럼 앞문을 잠갔다. 그녀는 11년 동안 그녀의 집이던 마을 주변을 마지막으로 둘러보고 빌리를 따라 문밖을 나갔다.

그들은 한동안 말없이 걷기만 했다. 아테가 앞장서 걸었다. 빌리는 그 지역을 잘 몰랐고 사실 그 때문에 우연히 키룹피미아 마을에 들어갔고 이 모든 일이 벌어지게 되었던 것이다. 빌리는 아테의 가방을 들어주겠다고 했지만 그녀는 전혀 무겁지 않다고 우기면서 낮은 언덕 꼭대기에 도착할 때까지 멈추지 않고 계속 갔다. 그즈음 빌리는 길을 찾도록 지형지물을 확인하려고 했다. 그는 서쪽 방향을 찾을 수 있을 것 같다고 말하고 만약 그들이 서쪽으로 향하면 밭이 나오고 머지않아 쐐기풀숲을 찾을 거라고 말했다. 그들은 고무된 채 더 빠른 속도로 걸었다. 그들은 곧 커다란 나무를 만났고 아테가 멈춰 섰다.

"나는 여기부터 길을 몰라요."

그녀가 고백했다.

"여기보다 더 멀리는 나가본 적이 없다는 의미인가요?"

"그렇죠. 나는 멀리 나갈 필요가 없었어요. 우리는 필요한 모든 것, 소금, 설탕, 차 같은 것을 공물로 마을에서 얻었으니까요. 키룹피미아 마을에서 나는 안전했고 그런 방식이 좋았어요. 조테는 다른 여자들과 어울리며 바깥세상의 것들을 가져오는 용감한 편이었어요. 가끔은 그저 여행이야기 뿐이지만 나에게는 듣기만 해도 신기했어요. 그게 한때 내 삶의 전부였지요. 나는 언니가 주위에 없으면 안심하지 못요. 왜냐하면 언제나 언니가 나를 지켜주었기 때문이죠. 당신이 언니에 대해 어떻게 생각하든 언니는 진정으로 나를 보살펴주었어요. 비록 우리가 서로 다를지라도 우리는 서로에 대한 애정이 있었어요."

"물론 그녀는 당신을 보살펴주었어요. 완전히 나쁜 사람은 없어요. 심지어 그들이 나쁜 일을 하더라도 그들 안에는 끌어낼 수 있는 선함의 흔적이 여전히 조금이나마 남아 있기 마련이죠. 그렇지만 만약 너무 늦게까지 그냥 내버려두면 너무 오염돼서 나중에 고치는데 많은 노력이 필요해져요. 그래서 그대로 남게 만듭니다."

다행히 서쪽 방향은 알아보기 쉬웠다. 그리고 그들은 자신들이 쐐기풀숲으로 향하는 계곡으로부터 그리 멀지 않은 곳에 있다는 것을 알았다. 하루가 채 안 되는 시간을 걸어서 숲에 도착할 수 있다. 그들은 속도를 높여 마침내 식사할 수 있는 나무 그늘에 도착했다. 식사를 마친 후 그들은 다시 걸었고 온 오후를 걸어 길이 끝나고 계곡이 시작되는 지점까지 도착했다. 숲은 아직 가깝지 않았다. 빌리는 그들이 대피소를 찾거나 숙박할 곳을 만들어야 한다고 생각했다. 밤에는 여행할 수 없다는 것이 확실하니까 그들은 빽빽하게 우거진 숲에 도달하기에는 한참을 더 걸어야 하기 때문에 야영을 하기로 결정했다.

아테는 나뭇가지를 자르는 것을 도왔고 자른 나뭇가지들을 대피소를 만들기로 한 곳으로 끌고 왔다. 그곳은 부들<sup>부들</sup>과의 여러해살이풀이 지천이라서 그들은 부들을 잘라 대피소 지붕으로 만들기로 했다. 빌리가 대피소를 짓는 동안 아테는 땔나무 모으느라 여념이 없었다. 근처에는 작은 개울이 있었는데 아테는 그곳에서 음식을 조리할 물을 충분히 길어왔다.

간단한 식사를 마치고 그들은 잔가지들과 작은 나무토막들을 계속 집어넣으며 불가에 마주 앉았다. 작은 동물들은 위험하지 않다. 하지만 포식동물들은 살펴봐야 한다. 그들은 호랑이를 쫓기 위해 밤새도록 불을 피웠다. 빌리는 그를 공격했던 사람 형상의 호랑이를 기억했다. 이제는 너무 오래전 일처럼 느껴졌다. 빌리는 아테에게 아직도 그 지역에 호랑이가 실제로 있는지 확실히 모르겠지만 큰 불을 켜두지 않으면 바보같은 짓이 될 거라고 말했다. 누구라도 숲속에서 밤을 지내는 사람은 큰 불을 피워야 할 것이다.

아테는 피곤해 보였다. 그녀에게도 엄청난 하루였다. 해가 뜰 때 그녀의 집을 영원히 떠나 알 수 없는 미지의 미래로 해가 질 때까지 여행했다는 것은 실로 대박 사건이다. 빌리는 그녀에게 안쓰러움을 느꼈다. 그들이 키룹피미아 마을 바로 위에 있는 언덕 꼭대기에 올라갔을 때 그녀는 뒤돌아보지 않았다. 그녀는 그들이 여행을 시작한 뒤에는 다시 울지도 않았다. 빌리는 그녀가 자랑스러웠고 그렇게 말해주고 싶었지만 어떻게 표현해야 할지 알 수 없었다. 표현할 말을 찾지 못한 그는 모닥불의 다른 쪽으로 가서 그녀에게 여행에 대해 이야기하기 시작했다. 빌리는 그녀에게 그의 숲속 집에 대해 이야기했다. 아테는 빌리가 숲속 집을 언급하자 흥미를 보이며 거기 다른 사람들이 사느냐고 물었다. 그래서 빌리는 네팔리 정착촌과 거기 갓난아기와 함께 사는 크리슈나 부부에 대해서 이야기했다.

"나는 일생에 아기를 가져본 적이 없어요. 심지어 아기 근처에도 가본 적이 없어요. 왜냐하면 세상 어느 엄마가 우리를 믿고 아기를 맡기겠어요?"

"글쎄, 당신도 곧 알게 되겠지요. 당신이 아기를 가질 수 있는지 없는지."

빌리가 대답했다.

빌리는 아테가 데리고 다닐 작은 동물들을 가져올 계획을 이미 했다. 그리고 빌리는 아테에게 사람을 해칠 독의 마력이 없다는 것을 확신했다. 그는 오래전부터 그녀가 키룹피미아 출신이라는 것을 더는 믿지 않았다. 이제 그가 원하는 것은 그녀가 자신이 어떤 사람이라고 평생 믿어왔던 것을 내려놓도록 그녀를 돕는 것이다.

# 정화

아테와 빌리는 평화로운 밤을 보냈고 둘 다 계곡 위로 태양이 떠오를 때까지 잘 잤다. 둘은 아침을 준비해 먹었다. 그리고 나서 짐을 싸 다시 길을 나섰다. 하늘은 맑았고 그래서 그날 꽤 더울 것을 그들은 알았다. 만약 그들이 계곡의 나무가 우거진 숲에 제때 도착한다면 그날 가장 더운 시간대를 나무 그늘 밑에서 걸을 수 있을 것이다. 그들은 숲으로 이어진 긴 길을 걸었다. 그들이 걸어온 길에는 나무도 거의 없었다. 꼬박 두 시간을 더 걷고 나서야 숲이 시작되는 지점에 다다랐다. 낮이 길어져서 햇볕도 쨍쨍 내려쬐기 시작했다. 숲은 수킬로미터에 걸쳐 뻗어 있었고 낮에는 아주 상쾌했지만 그들 둘 다 밤에는 추워지리라는 것을 알았다. 새들은 나무에서 노래하고 다람쥐들과 여우들이 나무에서 나무로 날아다녔다. 나무들은 그늘졌지만 부정한 숲처럼 무성하지 않았고 또한 새들의 노래와 다람쥐 소리는 걷는 것을 기분 좋게 만들었다. 그들은 최소 두 번 짧은 휴식 시간을 가졌는데 느려진 다리의 피로를 풀어주고 다시 걷기 위해서였다. 숲의 끝에 도착했을 때 그들은 빌리에게 익숙하게 느껴지는 들판에 도달했다. 그는 계속 나아가고 싶지 않았다. 그 이유를 정확하게 알 수는 없었지만 그 들판을 보자마자 그의 영혼이 무거워지는 것을 느꼈다. 그는 단서를 찾으려고 둘러보았지만 아무것도 찾을 수 없었다. 그래서 그들은 들판 한가운데 헛간이 서 있는 곳으로 천천히 걸어갔다. 가까이 갔을 때 빌리는 그것이 사냥꾼 형제들이 폐후와 같이 묵었던 그 대피소인 것을 깨닫고 깜짝 놀랐다. 그곳은 술 취한 히사가 폐후를 죽인 바로 그 장소였던 것이다. 빌리는 몸을 떨었다.

"왜 그래요?"

아테가 물었다.

"여기가 바로 사냥꾼 중 한 사람이 그 지도자를 죽인 바로 그곳이에요."

빌리가 그 사건에 대해서 얘기했다. 커다래진 눈으로 그녀가 물었다.

"이게 그 대피소예요? 그가 여기 바깥에서 쐈어요?"

아테는 세 개의 네모난 돌과 불탄 재가 있는 곳으로 달려갔다. 그곳은 버려진 것처럼 보였다. 빌리는 그 살인사건 이후 아무도 대피소를 사용하지 않은 것을 확신할 수 있었다. 그것이 그대로 있는 것조차 놀라운 일이었다.

정상적이라면 살인은 사람들이 가장 싫어하는 사건인지라 집주인들은 그 헛간을 아예 불태워 없애버렸을 것이었다.

호기심에 차서 그 구역을 살펴보던 아테가 작게 소리쳤다.

"피예요! 피해자의 피가 아직도 여기 있어요!"

그 소리를 듣고 놀란 빌리는 그녀에게로 달려갔다. 벽난로 옆에 딱딱하게 응고된 갈색 핏덩어리가 여전히 그대로 엉겨붙어 있었다. 아무도 그 위에 흙을 덮지 않았다. 아마도 시체는 집으로 데려간 듯 하지만 그 후에 돌아와 치우지는 않은 것 같다. 빌리는 거기 서서, 한때 살아 있는 인간의 몸속을 돌아다녔지만 이제는 말라붙은 피를 바라보며 이상한 기분에 젖어 들었다. 그는 총을 들고 방아쇠를 당긴 것이 그의 손이 아닌데도 불구하고 다시 한번 죄의식을 느꼈다. 그는 그 기분을 떨쳐내려고 애썼다.

"자 갑시다. 우린 여기서 묵지 않을 거예요. 그것만은 확실해요."

빌리가 아테에게 말했다. 하지만 아테는 꼼짝도 하지 않았다. 빌리는 거리를 둔 채 서서 조바심 내며 아테를 기다렸다.

"당신은 자신의 죄의식을 몰아내지 못했어요."

아테는 빌리를 바라보며 천천히 말했다.

"만약 당신이 그 죄의식을 몰아내지 못한다면 그건 평생 당신을 따라다니며 괴롭힐 거예요."

"그렇지만 나는 그 살인과 결코 아무 상관도 없어요. 그가 오히려 나에게 그 살인을 덮어씌우려고 했죠. 당신도 알잖아요. 내가 당신에게 다 얘기했으니까."

"돌이켜 생각해보세요."

아테가 주장했다.

"당신은 정말 심지어 무의식적으로라도 그 일에 아무런 책임이 없나요?"

"말도 안 돼요. 내가 뭣 때문에 그가 죽기를 바라겠어요?"

"그런 게 아니고요. 당신은 살인이 일어나는 걸 막기 위해 뭘 했나요?"

그녀의 마지막 질문에 빌리는 멈칫했다. 그는 자신을 방어하기를 멈췄다. 그러자 그는 대피소 입구에 서서 아무것도 하지 않고 높아진 언성을 그저 듣기만 하던 자신을 볼 수 있었다. 그는 히사에게 술을 그만 먹으라고 말리러 가는 폐후와 합류할까를 주저했던 것을 기억했다. 그가 주저하며 서 있는 사이에 총소리가 들렸다. 그러자 다른 생각이 그의 마음속에 들어왔다. 다툼과 총성 사이 어느 순간에 그는 그의 가방과 총을 움켜쥐었다. 그는 무슨 일이 일어나든 달아날 준비가 되어 있었다. 그는 책임감과 개입으로부터 완전한 거리 두기를 했던 것이 분명했고 그 순간 자신의 행동이 경멸스러웠다. 그가 마을 사람들에 의해 쫓겼던 것이 하나도 이상스럽지 않았다. 죄의식의 파도가 다시 한차례 그를 휩쓸었다. 그는 논쟁에 끼어들기를 원치 않았던 것이다. 그는 그가 할 수 있을 때 아무것도 하지 않았다. 그가 개입하여 무엇이라도 했다면 폐후는 어쩌면 오늘 살아 있을지도 모른다.

죄의식이 그를 다시 찔렀고 그는 속이 메슥거리기 시작해서 털썩 무릎을 꿇고 주저앉았다. 그는 기도를 중얼거리며 거기 오랫동안 머물렀다. 아테는 한 컵의 물을 갖고 돌아왔다. 그는 그것을 마셨으나 삼킬 수가 없었다. 그것은 너무 써서 그를 질식시킬 정도였다. 그는 잔을 밀면서 그녀를 쳐다보았다.

"이 안에 뭘 넣었어요?"

"나무껍질의 즙을 좀 짜넣었어요. 마셔요. 당신의 죄의식을 정화하는데 도움이 될 거에요."

아테의 설명은 간단했다.

빌리는 잔을 그의 입에서 끝까지 들어올려 얼굴을 찡그리고 그 쓰디쓴 음료를 삼켰다. 그다음 그는 일어서서 폐후가 넘어진 곳으로 갔다.

"내가 당신을 살리지 못해서 미안합니다. 그때는 내가 비겁했습니다. 나를 용서해주기 바랍니다."

빌리가 그 말을 하고 제때 행동하지 않은 잘못을 인정하니 기분이 훨씬 더 좋아졌다. 그 행동이 그를 과거의 유령으로부터 자유로운 다른 사람으로 만들었다. 빌리는 대피소 안으로 들어가 한동안 그곳을 뒤졌다.

"뭘 찾는 거예요?"

아테가 물었다.

그는 대답하지 않고 녹슨 삽 하나를 가지고 나왔다. 그는 폐후의 핏덩어리 옆에 흙을 파기 시작했다. 그가 깊은 구덩이를 파자 그는 폐후의 응고된 핏덩어리를 삽으로 떠서 구덩이에 넣고 흙으로 덮었다. 그리고 그는 그것을 돌들로 덮어서 지나는 사람들이 추모비라는 것을 알고 함부로 하지 않도록 했다. 그는 그곳에서 천천히 걸어나왔고 그들은 들판의 오솔길로 다시 접어들었다.

# 쐐기풀숲

그 길은 또 다른 숲으로 그들을 안내했는데 첫 번째 길이 끝나자 몇 킬로미터 지나지 않아 다른 숲이 시작되었다. 저녁이 되었고 빌리는 그 숲에서 묵을 것을 제안했고 아테도 동의했다. 그들은 가방을 내려놓았고 빌리는 그들의 대피소를 짓기 위한 나무를 자르러 갔고 아테는 땔감을 모으러 다른 방향으로 갔다. 빌리가 연이은 작은 울음소리를 들었을 때 그녀는 그리 멀지 않은 곳에 있었다. 놀란 그는 그녀를 찾아 달려왔다.

"이게 무슨 소리예요, 아테?"

그가 소리쳤다.

"쐐기풀이에요."

아테가 선 채로 깡충깡충 뛰면서 다리와 팔을 문지르며 대답했다.

"내가 땔감으로 쓸 나뭇가지를 잡았는데 거기 온통 쐐기풀들이 자라고 있는 걸 보지 못했어요."

"쐐기풀숲. 우리가 지금 거기 와 있는 거예요."

빌리가 소리쳤다.

아테는 당황한 듯 빌리를 바라보았다. 빌리는 서둘러 설명했다.

"우리는 지금 집에 아주 가까이 있어요. 나는 쐐기풀숲이라 불리는 이 숲을 지나왔고 여기서 세 여인을 만났어요."

"진짜 여자요? 아니면 혼령을 만난 거예요?"

"오, 정말로 진짜 사람이요. 그 여자분들은 쐐기풀을 수확하고 있었어요."

"뭐하러요? 아니 쐐기풀을 뭣 때문에 수확한대요, 이상하지 않아요? 아우, 난 단단히 찔렸나봐요!"

아테는 다리를 다시 문질렀다.

"미안해요. 여기서 어서 벗어납시다."

빌리는 그의 단도로 그들의 앞에 있는 쐐기풀을 잘랐다.

그들은 어려움 없이 조심스럽게 쐐기풀숲을 벗어났다. 그들 앞에는 직선으로 길게 숲이 뻗어 있었다. 빌리는 대피소를 위해 더 많은 나무를 모았다. 땔감이 충분치 않았기 때문에 재빨리 야영지를 위한 나무들로 불을 피웠다. 불빛으로 그들은 더 많은 나무를 가져와 이미 모아놓은 나무 위에 쌓아놓았다.

불이 계속 타오르자 얼마 지나지 않아 저녁식사가 만들어져 불 위의 솥단지에는 말린 고기와 쌀, 소금 그리고 마늘 등 아테가 가져온 것들이 함께 끓고 있었다. 빌리는 그녀가 솥단지 안에 무언가 다른 것을 넣는 것을 보았다.

"말린 겨자 잎이에요."

"탁월해요. 그렇다면 정말로 훌륭한 식사가 될 거예요."

빌리가 들떠서 말했다.

"쐐기풀을 좀 넣어도 괜찮은 거 알죠? 나는 그게 국물 맛을 끝내주게 한다고 들었어요."

그 소리가 싫은지 아테는 얼굴을 찡그렸다.

"쐐기풀로 육수를 낸다고요? 미쳤어요?"

"언제나 처음은 있기 마련이죠. 나는 여러 사람한테서 그 소리를 들었어요. 그러니 그 말은 신빙성이 있다는 얘기죠. 내가 그걸 좀 갖고 올까요?"

"당신이 원한다면요."

아테가 체념한 듯한 목소리로 말했다.

빌리가 뛰어 올라가 그의 단도로 쐐기풀을 너무 열심히 자르는 바람에 아테는 나오는 웃음을 억지로 막아야만 했다. 그는 그중 세심하게 연한 잎만 골라 딴 한 움큼의 쐐기풀을 육수에 첨가했다. 빌리는 음식이 다 되고 조심조심 맛을 보는 아테를 바라보았다.

"어때요?"

그가 물었다. 그녀는 아무 말도 하지 않고 그저 그를 쳐다보았다.

"쐐기풀 맛이 괜찮아요?"

그가 물었다.

"맛이 약간 이상한 것 같지만 괜찮은 것 같아요. 나는 그게 나를 찌른 거라고 생각하지 말고 음식으로 생각해야겠어요."

그들은 둘 다 웃었다.

식사를 끝낸 뒤 빌리는 아궁이의 장작으로 횃불을 만들었고 아테의 잠자리 근처에 있는 모든 풀들을 제거해 아무것도 없게 만들었다.

"밤중에 쐐기풀이 당신을 찌르지 못하게 확실하게 해뒀어요."

그가 설명했다.

감사하게도 쐐기풀과 얽힌 사고는 더 없었고 둘 다 모두 잘 잤다. 아침이 오자 그들은 그들만이 아니고 누군가 더 있음을 깨달았다. 여자들이 쐐기풀숲에서 내려와 있었다. 적어도 여덟에서 아홉은 되는 여자들이 그들 쪽으로 오고 있었다. 빌리와 아테는 신속하게 짐을 싸고 여자들이 도착하기를 기다렸다. 빌리는 먼저 인사로 맞았다. 낯선 이들을 만난 여자들의 불안을 해소하기 위해서였다. 그들은 인사를 받아주었다. 그들이 가까이 다가오자 빌리는 그중 한 소녀를 알아보았다. 그녀는 지난번 그가 여기 왔을 때 아이델과 함께 있었던 소녀였다. 소녀는 약간 미소를 짓다가 그가 바라보자 고개를 돌렸다. 그 그룹은 소녀들과 그들을 이끄는 두 명의 여자 어른들로 이루어져 있었다. 빌리는 그룹을 이끌고 앞서 오던 여자에게 말을 했다.

"쐐기풀을 수확하시는 겁니까?"

빌리가 물었다.

"그래요. 오늘이 마지막 수확 날이랍니다. 오늘 수확하고 나면 쐐기풀은 쓸모가 없어져요. 왜냐하면 곧 겨울이 올 것이고 그러면 쐐기풀은 잘 끊어져서 껍질 벗기기가 아주 어려워지거든요."

그 여자는 아테에게 호기심이 이는 듯 물었다.

"당신 딸입니까?"

빌리는 그 질문을 예상하지 않았기 때문에 약간 주저하다가 대답했다.

"예, 맞아요. 제 딸입니다. 비록 피로 맺어지지는 않았지만요."

그 여자는 아테를 찬찬히 보다가 물었다.

"너 쐐기풀 직물 짜는 법을 배워보지 않을래?"

아테는 킬킬거렸다.

"쐐기풀에 찔리지 않을까요?"

"껍질을 벗겨서 실로 만든 후에는 안 찌른단다. 내가 너한테 가르쳐줄 수 있어. 이 아이들은 할 수 있는 한 많이 수확할 것이고 어떻게 껍질을 벗겨서 실로 만드는지를 배우게 된단다."

"그걸 오늘 다 하나요?"

아테가 놀라서 물었다.

"아니, 아니. 우리는 집으로 가져가서 앞으로 몇 주에 걸쳐서 하지. 우리는 밭갈이를 다 끝내고 수확을 앞두고 있어. 그래서 요즘이 쐐기풀 직물을 짤 시기란다. 우리 늙은이들이 죽기 전에 젊은이들이 이 기술을 배워야 할텐데 말이야. 최고로 잘 짜는 사람 하나가 벌써 떠났어."

"오 슬픈 소식이군요."

빌리가 말했다.

"나는 몇 주 전에 여기서 한 여자분을 만났는데 그분은 쐐기풀 직물 짜는데 아주 숙련된 분이셨어요. 그분의 이름은 아이델이었고요. 아마도 당신과 비슷한 나이였거나 아니면 조금 더 많거나 그럴 거예요."

"당신이 말하는 바로 그 아이델이 며칠 전에 죽었어요. 아, 그러니까 당신이 그녀를 여기서 만났군요. 그것이 그녀의 마지막 쐐기풀 수확이었을 거예요. 왜냐하면 그녀가 그다음 두 주 동안 아프다가 죽었으니까요. 그녀는 낯선 이방인에게도 친구가 돼주던 선량한 분이셨어요. 우리는 모두 그녀를 잃은 슬픔에 잠겨 있지요. 이번에 우리가 쐐기풀 수확에 나선 것도 그녀를 기억하기 위해 아름다운 쐐기풀 직물을 짜기 위해서예요."

빌리는 그들이 만났을 때 그에게 그렇게 잘해줬던 여자가 죽었다는 소식에 충격을 받았다. 그는 심지어 그녀에게 나무껍질 직물로 옷을 짜달라고 요청했고 그녀가 해주겠다고 대답했다. 그것이 단 두주 전이었던 것이다. 그런데 이제 그녀가 죽었다. 인간의 삶이란 얼마나 허망한 것인가, 그는 생각했다. 그 모든 분투에도 불구하고 누구에게도 예외는 없다.

그렇게 생각하자 약간 우울해졌다. 그것을 눈치챈 그녀는 말했다.

"아이델은 멋진 인생을 살았고 모든 이에게 친절했습니다. 당신은 그녀의 죽음을 슬퍼하지 말고 그녀의 아름다운 삶을 기뻐해주세요."

"그 말을 제 마음속에 간직하고 있겠습니다. 그렇게 좋은 분을 만났다는 게 영광입니다. 마을에서 느끼실 상심이 얼마나 클지 이해합니다."

빌리가 그녀에게 말했다.

그들 둘 다 한동안 말이 없었다. 곧 소녀 중에 한 명이 달려나와 아테에게 질문을 던졌다. 빌리는 사방을 둘러보았다. 아테는 쐐기풀을 수확하고 있는 소녀들과 즐겁게 이야기하면서 소녀들을 따라 쐐기풀 수확을 시도하고 있었다. 그녀는 약간 킬킬거리고 또 좀 소리치더니 자랑스럽게 손에 쐐기풀 한 웅큼을 갖고 돌아왔다.

"그거 갖고 뭐 할건데요?"

아테가 다가오자 빌리가 물었다.

"나는 이걸로 쐐기풀 옷을 만들 거예요. 재들이 나한테 가르쳐준다고 했어요."

"그러려면 우리가 저 사람들 따라 그 마을로 가서 거기 몇 주 동안 묵으면서 배워야 해요. 당신도 알다시피 하루 이틀에 배울 수 있는 게 아니에요."

빌리는 이 말을 할 때 근엄하게 보이려고 노력했다.

"그럼 우리가 당신 집에서 며칠 쉰 다음에 이들에게 다시 데려다줄 수 있어요?"

아테가 물었다.

"반드시 그럴게요. 그때 당신이 원하는 걸 배워요."

그들은 여자들에게 안녕을 고하고 숲에서 걸어 나왔다.

빌리가 처음 쐐기풀숲에서 나올 때도 그랬듯이 그들은 아주 조심스럽고 신중하게 걸어 나왔다. 쐐기풀은 지난번보다 무성하지 않은 것처럼 보였다. 하지만 사실은 여자들이 길가에 가까이 있는 쐐기풀들을 상당량 수확해서 줄어들었고 덕분에 여행자들의 보행이 더욱 수월하고 안전해졌다.

# 호랑이귀신

"여기서부터 그리 멀지 않아요."

빌리는 아테를 달래듯이 말했다. 쐐기풀숲을 떠난 후 계곡을 건넌 후에도 한참을 걸었기 때문에 빌리는 아테가 아주 지쳤을 걸 알 수 있었다. 그들은 아침 이래 아무것도 먹지 못했지만 밤에 야영하기 전에 시간을 벌기 위해 될 수 있는 한 많이 가보자는 데 동의했다. 밭에 다다르자 길은 넓어지고 쌀농사를 위해 잘라낸 나무들이 드문드문 있었다. 논의 한가운데에는 햇빛이 쨍쨍한 날을 대비해 그늘로 사용될 단 몇 그루의 나무만 서 있을 뿐이었다. 몇 개의 밭이 길게 가로질러 누워 있는 것 외 나머지 풍경은 평이했다.

빌리는 그가 전에 보았던 것보다 더 커 보이는 오두막으로 길을 안내했다. 그것은 최근에 새로 지붕을 올려 갑작스러운 비를 안전하게 피할 수 있다는 의미였다. 오래된 이엉지붕은 비가 쉽게 들이치기 때문에 비 오는 밤에는 잠을 자기 힘들다. 오두막은 상당히 커서 아마도 논밭에서 일하는 사람을 고용하는 집주인이 따로 있을 것 같았다. 빌리는 총을 장전하고 가방을 내려놓고 땔나무를 구하러 갔다. 아테가 도와주겠다고 나섰지만 빌리는 그녀가 오두막에 남아 있기를 원했다. 수개월 동안 지속된 우기로 인해 젖지 않은 나무를 찾을 수 없어 빌리는 눅눅한 나무들을 끌고 오두막으로 왔다. 약간 마른 장작이 오두막 안에 쌓여 있는 것을 발견하고 그 나무로 불을 지피기로 했다.

"저번에 여기 왔을 때 다른 오두막에 들어갔는데 밤중에 호랑이가 공격해서 다 망가졌어요."

빌리가 아테에게 다시 이야기했다.

"오, 그게 당신이 내게 이야기했던 그 호랑이인간인가요?"

"예. 호랑이인간이었어요. 나는 그걸 죽일 수 있는데도 불구하고 죽이지 않으려고 조심했죠."

"왜 죽이지 않았는데요? 그리고 그 호랑이인간은 당신을 어떻게 죽이려고 하던가요?"

"그게 먼저 나를 공격했고 나는 죽이기 위해서가 아니라 겁주기 위해 총을 쐈어요. 내가 만약 그걸 죽였다면 사람을 하나 죽인 것과 마찬가지일 거예요. 왜냐하면 호랑이인간은 진짜 호랑이가 아니라 인간의 영혼을 갖고 있기 때문이죠. 호랑이가 죽으면 바로 그 사람도 죽습니다."

"그래서 죽이지 않은 거군요."

아테가 사려 깊게 말했다.

"내 삼촌은 우리가 아직 옛 마을에 살 때 호랑이 한 마리를 죽였는데 남자들이 그것을 집으로 가져와서 죽은 지 오래인데도 창을 던졌어요. 그리고 내 삼촌은 아주 복잡한 의례를 수행해야 했지요. 그들은 그것이 죽은 호랑이의 짝이 돌아와 삼촌을 죽이지 않도록 하기 위한 의례라고 했어요."

"우리 마을에도 똑같은 의례가 있는 거 같은데요? 밤에는 문중 사람들이 그를 지켜주지 않나요?"

"예, 그래요."

아테가 열심히 대답하며 계속 말했다.

"그리고 그는 호랑이를 죽인 후 일주일 동안 어떤 음식은 먹으면 안 된다는 금기가 있어요. 그리고 그가 죽으면 그의 무덤에는 호랑이 살해자라는 표식이 세워지죠. 그가 죽인 것은 호랑이인간이 아니라 진짜 호랑이였던 거예요."

아테는 빌리가 만난 호랑이에 대한 모든 것을 다시 얘기해달라고 했다. 그가 어떻게 잠들었다가 오두막 밖에서 배회하는 짐승의 포효로 다시 깨어났는지, 그것이 어떻게 그를 덮쳤으며 바닥에 어떻게 떨어졌는지, 그렇지만 그는 어떻게 옆으로 빠졌는지를. 그는 호랑이가 두 번째 왔을 때 그가 원래 속했던 사람의 이름을 부름으로써 그와 대화하려고 했다고 말했다.

"그래서 그 호랑이가 그 이름에 대답을 했나요?"

아테가 물었다.

"알아들을 수 있게는 아니었지만 사람의 말을 알아듣기는 하는 눈치였어요. 그리고 내가 그 이름을 말하자 확실히 알아듣는 것 같았고 나는 같은 문중 사람으로 그를 꾸짖은 거예요. 알겠죠? 나는 그와 싸운 것이 아니라 그를 꾸짖은 거예요. 그는 그다음부터 절대 나를 건드리지 않았어요."

"만약 오늘 밤 호랑이인간이 오면 내가 손가락질을 할 거예요."

그녀가 잔인하게 말했다. 빌리는 위협적으로 보이려는 아테의 시도에 웃을 수밖에 없었다.

"아니 당신은 그러지 않을 거예요. 만약 그 호랑이인간이 오면 전처럼 내가 말할 거예요. 꾸짖을 거예요. 당신은 당신 손가락에 악마의 힘이 없다는 걸 잊었어요? 당신의 언니가 속인 거예요. 친절과 잔인성은 함께 공존할 수 없다는 것을 기억하세요. 하나는 반드시 다른 하나를 버려야만 살 수 있어요."

"그럼 이제 나는 아무 힘이 없어요?"

그녀가 물었다.

"아니, 그런 게 아니에요. 당신은 이제 그 이전 어느 때보다도 훨씬 더 강력해요. 당신은 죽음이 아니라 생명으로 가득 찬 당신이 믿는 바로 그 새로운 사람이에요. 당신의 힘은 파괴가 아니라 새롭게 짓는 것을 돕는 거예요."

"오, 나는 결코 내가 다른 사람을 도울 수 있다고 생각하지 못했어요."

"옛날의 당신이 그랬죠. 이제 새로운 당신은 익숙한 모든 것과 반대입니다."

"배울 게 너무 많아."

그녀가 거의 들리지 않게 말했다.

빌리는 불을 피우며 젖은 나무들을 불 옆에 두고 마르면서 활활 탈 수 있도록 했다. 불에서 연기가 두껍게 피어올랐다. 그는 연기를 피하지 않고 습기가 저절로 증발해 사라지기를 기다렸다. 마른나무들은 저녁식사를 만드느라 일찌감치 거의 다 태워버렸다.

"이제 자야 하는 거 아니에요?"

그가 아테에게 물었다.

"그가 올 때까지 기다리고 싶어요."

"누구? 오, 호랑이인간? 지난번 우리가 만났을 때 내가 그렇게 혼냈는데 왜 또 오겠어요?"

빌리가 웃었다.

아테는 아직 졸리지 않다고 말하며 불가에 계속 앉아 있었다. 빌리는 오두막 그의 자리로 가서 총을 가까이 놓고 누웠다.

오두막 밖의 들판은 그들만의 소리를 냈다. 밤벌레들이 들판의 구석에서 울어댔다. 웅덩이에서는 개구리들이 울어댔다. 아테는 모든 소리를 집중해서 들었다. 아테는 자칼의 울부짖는 소리를 들었지만 그건 아주 멀리서 들리는 소리였다. 그녀는 불가에 앉아서 어둔 밤을 응시하며 아주 오랫동안 앉아 있었는데 가끔 그림자 같은 물체들이 들판을 가로질러 달려오는 것을 보았다. 그것들 중 어떤 것은 먹이를 찾아 헤매는 작은 여우들이었다. 그러나 그녀의 시야에서 재빠르게 나타났다 사라졌다 하는 더 큰 형체는 과연 무엇일까? 그녀가 무언가를 상상하는 것인가? 만약 그녀가 집중해서 응시하면 얇은 천이 바람에 움직이는 듯한 흐릿한 형체가 보였다. 그 형체는 함께 어우러져 일정한 패턴으로 따로 움직였다. 아마도 그것은 농부가 들판에 두고 간 플라스틱일지도 모른다고 아테는 생각했다. 그때 갑자기 그 형체 중 하나가 움직이기 시작했다. 아테는 가까이 보기 위해 머리를 들었다. 그 형체는 틀림없이 오두막을 향해서 달려오고 있었다.

"빌리!"

아테의 외침은 공포에 가득찬 어린 소녀의 절박한 비명이었다. 빌리는 즉시 깨어났다. 그는 손을 총에 갖다 대고 일어나 앉아 무슨 일이 일어났나 상황을 체크했다.

"호랑이예요."

그녀는 다른 말을 할 시간이 없었다.

하얀 물체가 그들을 향해 속도를 냈다. 빌리는 급하게 총의 방아쇠를 당겼다. 하지만 그는 30초도 지나지 않아 그것이 진짜 호랑이가 아니라는 사실을 깨달았다. 때로 싸움은 피와 살로 이루어진 실체와 하는 것이 아니라 총으로 대적할 수 없는 영적 존재와의 투쟁이기도 하다. 그는 마치 바로 그의 곁에 서 있는 듯한 노인의 목소리를 분명하게 들었다.

"이제 어쩌죠?"

그가 절망하여 물었다.

"이름을 사용해."

대답이 너무도 분명하게 들판에 엄청난 북소리처럼 울려 퍼지는 듯했다. 하얀 호랑이가 덮치자 바로 그 길에 있던 아테는 겁에 질려 마비되었다. 한순간 그들은 둘 다 호랑이의 아름다움에 넋이 빠졌다. 근육과 힘, 하얀 털이 그들의 시야를 가리고 밤하늘 위로 솟구쳤다. 그 공격은 빌리에게 갑작스런 깨달음을 선사해 그는 "케페누오피 자누치 라탈리!"라고 소리쳤다. 흰호랑이귀신은 아테의 어깨 위로 내려앉았고 아테는 두려움과 고통으로 비명을 질렀다. 빌리는 그 이름을 반복하고 호랑이에게 떠날 것을 명령했다. 그는 외칠 수 있는 가장 큰 목소리로 그 이름을 외쳤다. 그래도 호랑이귀신은 으르렁거리며 그들에게 기어올랐다. 빌리도 포기하지 않았다. 그는 아테의 두려움 또한 잘 알고 있어서 약간의 두려운 기색이라도 보인다면 혼령이 더 강력해질 거라 믿고 혼자 두 사람 몫으로 싸웠다. 빌리가 그 이름을 세 번째 불렀다. 그러자 호랑이귀신은 그들의 눈앞에서 쭈글쭈글 쭈그러들더니 안개 같은 유황가스만을 남기고 사라져버리고 그 자리에 더는 그 막강한 모습이 남아 있지 않았다. 그 둘은 안도의 한숨을 쉬며 주저앉았다. 그들은 호랑이귀신과의 만남으로부터 격하게 숨을 몰아쉬었다.

그들이 기다리는 동안 수분이 흘렀지만 호랑이귀신은 되살아나지 않았다. 어쨌든 또 다른 문제가 생겼다. 아테가 앞쪽 어깨에 엄청난 고통을 호소하고 있었다. 아테는 이를 악물고 호랑이귀신의 발톱이 살 속 깊이 박힌 그녀의 어깨 위로 손을 들어 옷에 들러붙어 있던 무언가를 만졌다.

"빌리!"

그녀는 놀라서 소리쳤다. 빌리는 몸을 돌려 호랑이귀신의 발톱이 그녀의 어깨에 낸 두 개의 깊은 구멍에서부터 번지고 있는 피를 발견했다. 빌리는 재빨리 그의 가방에서 약초 가루를 꺼냈다. 그는 아테의 항의에도 불구하고 지혈을 위해 빌후이나 연고를 바르고 티에르후티피약초로 만든 연고를 상처에 바른 다음 헝겊으로 싸맸다.

어떻게 호랑이의 혼령이 진짜 피를 흘리게 할 수 있었는지가 그들에게 의문으로 남았지만 그들은 호랑이귀신과의 사투로 인해 이미 탈진해 있었다. 그 문제에 대한 답은 쉽지 않다. 그것은 예언자만이 대답할 수 있는 질문이었다.

# 죽음은 불안하다

　다음 날 아침 아테는 할 수 있는 한 빨리 떠나자고 우겼다. 그녀는 지난밤과 같은 경험을 더는 원하지 않았다. 그들은 거의 깨어나자마자 떠났다. 서둘러서 가방을 싸 등에 맸다. 빌리는 두고 가는 것이 없는지 확인하지도 않았고 사실 그들은 먹을 거 빼곤 짐을 풀지도 않았다. 이제 네팔리 정착촌까지는 하루만 더 걸으면 된다. 무엇이든 중요한 것을 그들은 모두 갖고 있었다. 그들은 서둘러서 오두막을 떠났고 큰 길을 향해 걸어나갔다.

　빌리는 호랑이귀신이 사라지기 전에 떨어졌던 자리를 흘 깃 보았다. 마치 엄청난 존재가 휩쓸고 간 듯 풀들은 짓밟히고 뭉개져 있었다. 그는 아테의 상처가 걱정되었다. 그것은 수일 내로 감염되어 곪아터질 것이다. 그것은 아주 심각했다. 가장 좋은 방법은 그녀를 마을로 데리고 가 치료하는 것이다. 아테는 가방을 자기가 들겠다고 우겼지만 빌리가 그것을 허용하지 않았다. 그들은 오두막을 떠난 후 들판이 끝날 때까지 계속 걸었다. 그들은 정착촌을 앞두고 있는 숲에 도착했다. 빨리 걸으면 고통스러워지는 아테의 상처 때문에 속도를 늦춰야만 했다. 사소한 움직임도 고통을 극심하게 만들어 그녀는 자기가 원하는 것보다 훨씬 더 천천히 걸어야만 했다. 빌리는 아테의 고통을 완화시키기 위해 무엇을 할 수 있을까 궁리했다. 그는 이상하게 담배를 싫어하게 된 경험 이후로 가지고 다니지 않아서 담배가 없었다. 토속 담배는 상처에 좋은 치료제이다. 담배는 피 흘리는 지혈제로도 쓰이고 각종 상처에 종종 쓰인다. 티에르후티피는 혈액청정제였다. 그는 그녀의 상처에 약초연고를 바르기 전에 빌후이나로 먼저 피부터 멈추게 했다. 아테에게 필요한 건 고통을 완화시키기 위한 진통제였던 것이다. 그들은 계속 가기 너무 고통스러울 때는 멈춰서 휴식을 취했다.

오후가 되자 태양은 바로 그들 머리 위에서 유난히도 강력하게 내리쬐었다. 빌리는 앞장서서 걷다가 그의 뒤에서 무언가 쿵 하고 둔탁하게 떨어지는 소리를 들었다. 빌리가 돌아보았다. 아테가 바닥에 쓰러졌고 붉은 핏자국이 그녀의 상처에 묶어놓았던 어깨에서 바닥으로 번졌다. 빌리는 즉각적으로 가방과 총을 놓고 그녀를 들어 올렸다. 그는 길가에 푸른 풀밭을 발견하고 조심스럽게 그녀를 눕혔다. 그녀는 그가 건드려도 반응이 없고 차가웠다.

"아테! 아테, 당신이 내 눈앞에서 죽을 수는 없어!"

아테를 일으키려는 모든 노력이 수포로 돌아가자 빌리는 미친 듯이 소리쳤다.

빌리는 가방을 움켜쥐고 허겁지겁 물통을 찾았다. 아침에 끓인 물은 아직도 따뜻했다. 빌리는 물을 안으로 흘려넣기 위해 그녀의 입을 벌려야 했다. 물은 막을 새도 없이 그녀의 입 가장자리로 흘러내렸다. 빌리는 어찌할 바를 몰랐다. 그가 하는 어떤 시도도 통하지 않았다. 그는 차갑게 식어가고 있는 작은 손가락, 발가락들을 따뜻하게 하기 위해 아테의 손과 발을 마구 주물렀다. 또 수건을 물에 적셔서 그녀의 얼굴과 목을 반복해서 씻어주었다. 여전히 반응이 없었다. 빌리는 두려워지기 시작했다. 죽은 그녀의 몸을 들고 있는 그의 심장에 찌르는 듯한 통증이 느껴졌다. 이제 제정신이 아니게 된 그는 그녀를 다시 풀밭에 뉘어놓고 큰길로 뛰쳐나가 목을 길게 빼고 양쪽 끝을 살피면서 이리저리 껑충껑충 뛰었다. 그는 아무도 볼 수 없었고 절망감은 필사적인 분노로 바뀌었다.

그들은 마치 영원과도 같은 시간을 거기에서 보냈다. 서서히 떠오르는 태양은 그녀의 창백한 피부를 더 핏기 없어 보이게 했다. 그때야 빌리는 그녀를 되살리는 것이 인간의 힘으로는 불가능하다는 것을 깨달았다. 그는 급히 그의 가방에서 심장석을 꺼냈다. 빌리가 심장석을 그의 온 힘으로 꼭 쥐자 그의 분노가 그녀를 죽인 호랑이귀신에게로 향했다.

빌리는 그녀에게 다시 생명을 불어넣기 위한 마지막 노력의 일환으로 초자연적인 그의 모든 지식을 총동원했다.

미동도 없는 아테의 몸 위에서 조용한 목소리로 그가 말하기 시작했다. 그의 몸속의 아드레날린이 그의 목소리를 떨게 만들었다. 그렇지만 그는 필사적으로 그의 단어들에 집중하려고 애썼다.

"하늘은 나의 아버지이시고 땅은 나의 어머니이십니다. 케페누오푸 나를 위해 싸워주십시오! 당신의 손을 그녀에게서 거둬주십시오!"

그는 단지 그 말 한 번만 하고 일어섰다. 그는 마치 전사처럼 길을 따라 왔다갔다 걸었다. 그는 어둠의 혼령들에게 직접 그녀의 혼령을 놓아주라고 명령하고 있었던 것이다. 태양이 빌리의 이마에서 이글거리고 있었는데 마치 거기에서 자라는 것 같았다. 그는 혼령들에게 무차별적으로 싸움을 걸고 어느 순간 모든 방향으로 달리고 사방에 대고 커다란 목소리로 외치고 있었다.

갑자기 태양이 구름 뒤로 사라지고 공기가 차가워지면서 검은 구름이 그가 서 있는 곳을 에워싸기 시작했다. 동시에 숲에서 무슨 소리가 들려왔다. 그 소리는 쉬익 하는 소리로 바뀌더니 가까이 올수록 점점 더 커졌다. 한순간 빌리는 그 자신이 그의 머리 위에 있는 것처럼 느꼈다. 그래서 그가 하고 있는 것을 멈춰야 하나 생각했다. 심장석은 바뀌지 않았지만 그는 그가 악을 불러들였다는 것을 알았다. 그는 아테의 움직이지 않는 몸 가까이에 있으면서 계속 서성거렸다. 그는 마음을 강하게 먹고 이제 그들을 둘러싸고 그의 귀를 뚫을 듯이 오는 쉬익 소리를 물리치려는 듯 손으로 막아냈다. 그는 자신의 믿음이 시험이 아니라 조롱당한 것처럼 느꼈다. 하지만 운명이라는 배가 강한 풍랑에 흔들리고 있는 중이었다. 소리가 더 강해지자 그의 귀는 고통으로 욱신거리기 시작했다. 그러나 그는 저항했고 새로운 에너지를 느껴 마침내 그의 모든 에너지를 집중해 자신들을 보호했다. 그는 끝까지 갈 것이고 심지어 필요하다면 죽을 수도 있다. 그렇지만 그는 결코 그들을 억압하는 힘에 굴복하지는 않을 것이다.

전투는 잔인했다. 어느 쪽도 포기하려 들지 않았다. 빌리의 고독한 외침 위로 혼령들의 그르렁 소리와 으르렁거림이 들렸다. 그가 혼령들을 잡기 위해 말을 사용한 반면 혼령들은 그를 겁주기 위해 일관성 없는 소리를 사용했다. 험악한 불협화음의 으르렁거림은 그의 고막이 터질 정도로 위협적인 킬킬거림의 비명으로 둔갑했다. 그의 총은 바닥에 쓸모없이 누워있다. 화약은 이들 무리에게 대항할 무기가 못된다. 그럼에도 불구하고 그는 그것을 들어 공중에 대고 혼령들에게 알아들으라고 소리치고 쐈다. 총성 이후에 침묵이 흘렀다. 그러나 공격은 다시 시작되었고 혼령들은 이제 끔찍한 모습을 그에게 드러냈다. 그들 중 몇은 붉은 눈과 피투성이 앞발을 갖고 있었고 또 다른 이들은 미망인 여자들의 모습을 하고 있었다. 그 여자들이 킬킬거리며 그를 따라왔다.

빌리는 그들 뒤에 호랑이귀신이 쭈그리고 앉은 것을 보았지만 그 끔찍한 혼령들을 보고나니 전혀 무섭지 않았다. 빌리는 미망인 여자들을 알아보고 다시 이름을 불렀다.

"케페누오푸 자누치에 투오마탈리에!"

돌은 그의 손 안에서 자라는 것 같았다. 그는 격노하여 그 이름을 사방에 대고 여러 번 외쳤다. 마치 많은 사람이 외치는 것처럼 극대화시킬 수 있기라도 한 것처럼. 그는 몸을 돌면서 눈을 감았다. 비록 그는 목이 터져라 외치고 있건만 그는 더는 자기 목소리를 들을 수 없었다. 들려오는 거라고는 오직 바로 앞 나무 숲에서 반사되어 메아리쳐오는 소리 뿐이었다.

그는 무릎을 꿇고 쓰러지며 아테의 몸 위로 머리를 박았다. 빌리는 자신이 끔찍한 꿈속에 있는 것처럼 감각을 잃었고 스스로 자신이 미쳤다고 느꼈다. 그의 눈은 여전히 감겨 있었다. 그는 자신이 청각을 잃었다고 생각했다. 그의 목은 건조했다. 그는 기침을 몇 번 했다. 하지만 그가 들은 거라고는 오로지 자신의 주먹으로 가슴을 친 쿵쿵 소리 뿐이었다. 그는 아테의 손을 잡아끌었다. 그러고 나서 그 손바닥에 심장석을 놓았다. 빌리는 찬바람이 그들을 휩쓸고 가는 것을 느꼈다. 태양이 길게 지나가고 한동안 어두워졌다. 그는 눈을 뜰 수 있었지만 계속 감고 있었다. 혹시 그가 망상이나 환각에 빠졌던 것을 인정하면 어쩌나 해서. 갑자기 그는 아주 멀리에서부터 오는 듯한 희미한 소리를 들었다. 그는 천천히 머리를 들었다. 그렇지만 침묵 뿐이었다. 그는 급하게 총을 집어 들며 일어섰다. 빌리가 눈을 떴을 때도 아무런 차이가 없었다. 완전한 어둠 뿐이었다. 다시 소리가 들렸다. 빌리는 작은 움직임이 느껴지는 그의 발치를 내려다보았다.

"아테!"

빌리가 그녀에게 튀어갔다.

"아테 제발 다시 기침해봐요. 그건 당신한테서 나는 가장 아름다운 소리였어요. 아테 제발 다시 기침 좀 해봐요."

아테가 눈을 뜨고 그를 쳐다보았다.

"오 내가 오래 잤나요? 너무 피곤한 것 같아요."

"괜찮아요. 아니 괜찮아질 거예요. 아테. 오 소중한 나의 아테 당신은 다시 좀 쉬어야 해요."

빌리는 천천히 그의 청력을 회복하고 있었고 소리는 매 순간 볼륨이 증가하고 날카로워지고 있었다. 그것은 그를 불안하게 만들었다. 마치 그들 주위를 둘러싼 숲의 소리가 엄청나게 극대화된 것 같았다. 동시에 검은 구름도 천천히 사라져갔다. 그들은 이제 점점 더 환해진 빛 속에서 서로의 얼굴을 볼 수 있었다.

"도대체 무슨 일이 있었던 거예요? 제가 기절했었나요?"

아테가 훨씬 더 강해진 목소리로 물었다.

그녀는 여전히 한 손에 붕대를 들고 앉아 있었다. 그녀가 손으로 빗질을 하며 머리에서 나뭇잎들을 떼어내다가 자신이 한 손으로 심장석을 잡고 있는 것을 알아챘다. 그녀는 빌리를 쳐다보았다.

"그래 맞아요. 그렇지만 내가 당신을 쉬게 했어요. 그리고 이제 당신은 괜찮고 떠나기 위해 몸이 근질거리잖아요?"

"내가 정말로 기절했나요? 깨어날 때 어렴풋이 당신이 소리 지르던 걸 기억해요. 내가 왜 이 돌을 가지고 있죠?"

빌리는 그녀에게 진실을 감출 수 없다는 것을 알았다.

"사실 당신은 한동안, 아마도 몇 시간 동안 이 세상을 떠났었어요. 그건 마치 끔찍한 꿈같이 느껴졌어요. 나는 처음에 숲에서 나온 쉭쉭거리는 소리를 내는 혼령들과 같이 싸웠어요. 나는 그들의 무서운 모습을 볼 수 있었고 그들과 당신의 목숨을 놓고 처절한 전투를 했어요. 나는 내 손에 심장석을 들고 있었고 그게 나한테 힘을 주었지요. 나는 신의 이름을 큰소리로 외쳤습니다. 그들은 너무 많았어요. 내 생각에 그들은 숫자로 겁을 주려는 것 같았어요. 나는 완전히 공포에 질려 심장이 돌처럼 굳어졌어요. 하지만 나는 당신의 죽음으로 너무 분노해 저항해야겠다는 투지에 불타오르기 시작했어요. 사실 약간 미쳤던 걸 수도 있다고 나는 생각합니다. 하지만 압니다. 그가 도우셨습니다. 창조주께서 나를 도와주셨습니다. 그의 이름이 나의 무기였습니다."

빌리의 목소리는 마지막 문장에서 매우 낮아졌다. 아네는 그의 목소리가 얼마나 낮아졌는지 알아들었다. 그녀는 그가 그녀를 살리기 위해 육체적으로나 영적으로 얼마나 많은 에너지를 확장시켜서 썼는지 알 수 있었다.

"그 모든 일에 대해 미안해요."

"그런 말 말아요. 어느 것도 당신 탓이 아니에요. 호랑이귀
신이 당신의 목숨을 가져갔어요. 하지만 케페누오푸가 당신
을 다시 살렸어요."

"당신이 나를 살리기 위해 싸웠어요. 당신은 무엇을 해야
할지 알았고 다시 나를 구했어요."

"아니, 나 혼자 한 게 아니에요. 사실, 나 혼자서는 결코 할
수 없었을 거예요. 내가 얼마나 겁에 질려 있었는지 알아요?
나는 총이 혼령한테 소용없다는 걸 잘 알면서도 총을 꺼내
봤다고요. 내가 고집스럽기는 했지만 심장석이 말을 하는 것
같았어요. 내게 용기를 주었고 그의 이름을 다시 부르고 또
다시 불렀을 때 나는 내 작고 허약한 목소리가 강력하게 확
대되는 걸 느꼈어요. 이젠 모든 것이 꿈같이 여겨지네요. 어
떤 순간에는 내가 어쩌면 완전히 바보가 되는 건 아닐까 느
끼기도 했어요. 나는 청력을 완전히 잃었고 생명이 떠난 당
신의 몸을 볼 수가 없어서 눈을 뜰 수가 없었어요. 오, 당신
의 기침 소리를 들을 수 있다는 게 얼마나 근사한지! 당신이
살아난 거예요! 그 기침 소리가 내가 들은 가장 행복한 소리
였다니까요!"

아테가 천천히 일어나 주변을 둘러보았다. 그들이 말하는
사이에 어둠은 완전히 가시고 해는 이미 졌지만 밖은 여전
히 환했다.

"내가 기억하는 유일한 건 그저 깜깜한 어둠 속으로 빨려

들어간 것뿐이에요. 나는 당신이 말한 대로 마치 꿈속인 듯 그저 떨어지고 또 떨어지는 것처럼 느꼈어요. 나는 말할 수도, 움직일 수도, 숨을 쉴 수도 없었어요. 어둠이 온통 나를 둘러쌌어요. 절망감과 적막감이 나를 압도했어요. 그 전에는 결코 그런 경험을 아니 그 비슷한 것도 알지 못해서 어떻게 말해야할지 모르겠네요. 그 모든 것이 너무도 현실 같아서 내가 거기서 돌아왔다는 것을 나 자신이 거의 믿을 수가 없어요!"

"당신은 아직 죽을 때가 아니에요. 호랑이귀신이 당신에게 죽음을 강요한 거예요. 그래서 그렇게 적막하게 느껴진 거예요. 그들이 당신의 영혼을 그들 쪽으로 끌고 가려고 한 거 같아요. 그래서 그렇게 절망감을 느낀 거죠. 좀 더 쉬어요."

빌리가 설득하듯 말했다.

"우린 지금 가지 않아도 괜찮아요."

"아니요, 여기서 빨리 떠나면 떠날수록 나는 더 안전하게 느낄 것 같아요."

빌리는 모든 재난의 원인이 됐던 상처를 기억했다.

"어깨를 좀 봐도 될까요?"

그가 물었다.

"물론이죠.

아테가 상처를 보이기 위해 그녀의 어깨를 드러냈다. 빌리는 상처에 손을 갖다 대고는 깜짝 놀라서 물러났다.

"당신의 피부가 얼음장 같아요! 춥지 않아요?"

"예, 조금."

그는 상처 난 구멍을 찾아보았지만 그것은 이미 아물어 있었다. 단지 흉터만 약간 남아 있을 뿐이었다. 마치 전체 사건이 통째로 아예 일어나지 않았던 것만 같았다. 그것은 아테의 왼쪽 어깨에 있는 두 개의 은빛 흉터를 제외하고는 그들 자신을 포함하여 깨어난 사람조차 믿기 힘든 악몽이었다.

# 남자의 심장

그들은 길가에 있는 오두막을 발견하고 그날 밤 거기에서 묵기로 했다. 그들은 해가 뜨기 전에 일어나 그들의 여정을 계속했다. 그전 날 있었던 일은 이제 먼 과거의 일처럼 여겨졌지만 빌리는 육체적으로 탈진한 느낌을 지울 수가 없었다. 그들은 시간도 잊은 채 여행을 강행했고, 단 몇 시간 밖에 잠을 자지 못했다. 아테와 빌리 둘 다 너무 피곤했다. 그들은 또한 위치가 노출되어 있다는 것을 너무나도 잘 알았다. 이 여행을 더 오래 끌고 싶지 않은 그들은 물통에 물만 채우고 재빨리 길을 떠났다. 아테는 사실상 그녀가 얼마 전에 목숨을 잃었던 사람이라는 기색이 전혀 보이지 않았다. 그녀는 정확한 속도로 걷고 있었고 비록 약간의 쓰라림은 아직 남아 있었지만 더는 어깨에 통증도 느끼지 못했다.

길은 그들을 그리 높지 않은 잡목 숲으로 안내했다. 그들이 숨기에 충분했다. 작은 동물들이 날쌔게 이리저리 돌아다녔지만 그렇다고 곰이나 호랑이를 만날 수 있는 것도 아니고 그렇게 빽빽하게 우거진 숲도 아니었다.

고향 마을 가는 길에 흔히 자라던 은참나무처럼, 키가 크지 않은 몇 그루의 토종 참나무가 있었다. 때는 바야흐로 야생 열매들이 익어가는 계절이었다. 그들은 그 나무들이 달콤새콤하고 노란 토종과일 메자시유월자두 혹은 타이티사과라고도 불린다를 먹고 자란 것을 보았다. 과숙된 과일들이 땅 위에 쌓여서 발효되면서 썩은 내를 강하게 풍기고 있었다. 그 강한 향이 걸어서 숲을 통과하는 그들을 첫 번째로 맞았다. 그것은 다람쥐라던가 박쥐, 원숭이 같은 다른 동물들도 자극했다. 빌리는 사슴도 이 과일을 먹기 위해 습관적으로 여기 이곳에 온다는 것을 알았지만 그가 직접 본 것은 아주 오래전이었다.

이곳은 들판보다 새들이 더 적었다. 그건 좀 이상했다. 어쩌면 새들은 정확한 기술과 새총으로 무장한 소년들을 두려워했을지도 모르겠다. 한참을 길에서 걸은 후에 그들은 플랜테인나무들이 있는 곳에 다다랐다. 플랜테인나무들은 야생이었지만 열매들이 열렸다. 나무들 중에는 손에 닿을 거리에 익은 바나나들이 달려 있는 것들도 있었다.

"오 따먹어도 될까요?"

아테가 물었다.

"글쎄, 만약 진짜 야생종이면 먹을 만하지 않을 거예요. 하지만 뭐 먹어봐요. 운 좋으면 또 모르니까."

그녀는 가장 가까운 플랜테인나무로 달려가 두 개를 땄다. 그것들은 너무나 잘 익어서 거의 껍질이 터질 지경이었다. 아테는 조금 베어물고 맛을 보았다. 달고 맛있었다.

"여기요. 맛있어요."

그녀가 내밀었지만 빌리는 거절했다.

그들은 걸어서 플랜테인숲을 통과해 드문드문 키 작은 나무들이 등장하는 곳에 도달했다.

"거의 다 왔어요."

빌리가 말했다.

"벌써 당신 집이예요?"

아테가 놀라서 물었다.

"아니, 집까진 좀 더 가야 하고요. 우린 오늘 밤 네팔리 정착촌에 들릴 거예요. 그래서 내가 없는 동안에 어땠는지 알아볼 거예요."

그들은 이제 막 빈터에 도착했다. 아테는 두 개의 작은 오두막 지붕 윤곽선을 알아볼 수 있었다. 앞에 있는 두 개의 오두막 뒤로 세 번째의 오두막이 있었다. 그것은 2~3년마다 새로 지어야 하는 들판의 대나무 오두막보다 더 오래 가는 견고한 목조 오두막이었다. 그들이 가까이 갔을 때 그 빈터에 닭들이 돌아다니고 있는 것을 보았고 개 두 마리가 짖기 시작했다. 그러나 사람이 살고 있다는 표시는 어디에도 없었다.

"크리슈나!"

빌리는 나무꾼이 사람 좋은 미소를 지으며 그를 맞으러 달려나올 것을 기대하며 그의 이름을 불렀다.

답이 없었다.

"이상하네. 아마 물품을 사러 시장에 간 거 같으니 집 안으로 들어가 봅시다."

그는 아테를 이끌고 첫 번째 집인 크리슈나와 그의 아내의 집으로 들어갔다. 집 내부는 어두웠고 그들은 문에 서서 어둠 속을 엿보았다. 오두막은 단순하게 보면 하나의 긴 방이다. 하지만 크리슈나의 아내는 방의 중간에 커튼을 달아서 긴 방의 반을 부엌으로 사용하고 나머지 반을 침실로 만들어 프라이버시를 보호했다. 그들이 방문했을 때, 빌리나 다른 손님들은 현관 밖이나 부엌에 앉았다. 그들은 침실이 있는 내부에는 결코 들어가지 못했다.

난로는 차가웠다. 그건 이상한 일이었다. 왜냐하면 그들이 만약 시장에 갔다면 그들은 불씨를 남겨 재와 함께 덮어두었을 것이기 때문이었다. 불씨는 그들이 돌아와서 다시 불을 피울 때 도움이 될 것이다. 그러나 난로는 꽤 오랫동안 불을 피운 적이 없었던 듯 보였다.

"무슨 냄새가 나요!"

아테가 소리쳤다.

"당신은 냄새 안 나요?"

"뭐라고요?"

빌리는 멈췄다.

"맞아요. 엄청난 악취예요. 그런데 이게 무슨 냄새죠?"

빌리는 아테의 가방과 그의 가방을 나란히 못에 걸었다.

"내가 불을 피우고 차를 끓일게요."

그가 말을 하면서 성냥갑과 나무조각들을 찾기 위해 난로 주위를 살펴보았다. 단번에 그는 불을 피웠고 석유램프를 켜 어두운 실내를 밝혀 놓았다.

"이 소리 들려요?"

아테가 물었다.

"또 뭐요?"

"마치 누군가 훌쩍거리며 우는 거 같아요. 이리 와서 들어 보세요. 여기서는 너무 잘 들려요."

빌리는 아테가 앉아 있는 곳으로 가까이 갔다. 그는 조용히 서서 들었다. 정말로 희미한 소리가 들렸다. 그것은 그녀가 말한 대로 훌쩍거리는 소리였지만 그것보다는 그저 희미한 소리에 더 가까웠다. 그것은 무슨 소리일까? 그리고 크리슈 나는 어디에 있는 것일까? 빌리가 산림청의 일을 모두 그에 게 맡겼는데 그가 이렇게까지 보이지 않는 것은 이상한 일 이다. 그리고 그들에게 계속 들리고 있는 이 흐느끼는 소리 는 또 뭐란 말인가?

"나는 이걸 좀 알아봐야겠어요. 여기 지금 무언가가 잘못되 었어. 크리슈나라면 이렇게 내버려두지 않아."

빌리는 총을 꺼내 들고 커텐을 한쪽으로 천천히 끌어당겼 다. 둘 중 누구도 그들 눈앞에 벌어진 광경에 준비되지 않았 다. 크리슈나와 그의 아내가 바닥에 누워 있었다. 크리슈나는 머리에 깊은 상처가 나 있었고 흘린 피가 바닥에 응고되어 있었다. 나무꾼은 뒤에서 여러 번 맞은 것이 틀림없었다. 그의 아내는 가슴과 목에 자상이 분명한 상처가 있었다. 크리슈나는 얼굴이 아래로 엎어져 있는 반면에 그의 아내는 등을 뒤로하고 누워 있었다.

"오 맙소사, 도대체 누가 이런 짓을 했을까?"

빌리가 충격으로 소리쳤다.

그는 그들을 살피기 위하여 몸을 숙였다. 그 두 사람이 죽은 지 꽤 시간이 지난 것은 분명한 것 같았다. 그렇지만 아기는 어디로 간 것일까? 아기의 흔적은 어디에도 없었다. 침대 한 구석에서 훌쩍이는 소리가 다시 들려왔다. 그들은 침대보 밑에서 간신히 엎드린 채 목숨만 붙어 살아 있는 아이를 찾았다. 빌리는 주의깊게 그 아이를 꺼내 안아 들어 아테에게 주었다. 아테는 아무런 저항 없이 그 아이를 받아 재빨리 부엌으로 데리고 가 불가에서 그 아이를 따뜻하게 덥혀주려 했다.

"누가 이렇게 끔찍한 짓을 했을까?"

빌리가 방을 환기시키기 위해 창문을 열면서 큰 소리로 말했다.

그는 계곡과 숲을 훑어보고 어떤 싸움의 흔적이라도 있을까 하여 바닥에 남은 발자국들을 찾아보았다. 그는 당장 달려나가 살인자를 찾는 것이 우선이었지만 기다려야 함을 알았다. 그는 아테가 아이와 잘 있는지 살펴보기 위해 부엌으로 갔다. 그녀는 아기를 끌어안고 있으면서 불 위에 물을 얹었다. 빌리는 물이 끓도록 불에 부채질을 했다. 그리고 그들은 끓은 물을 식혀서 그것을 조심스럽게 아이에게 먹였다. 아이의 눈은 감겨 있었고 또 매우 약했다. 빌리는 부엌에서 분유를 찾았고 반쯤 비어 있는 작은 통을 발견했다. 그는 컵에 물을 따르고 분유 몇 스푼을 그 안에 타서 아테에게 건넸다. 그 아이가 스스로 입을 벌려 우유를 받아먹게 하기에는 꽤 오랜 시간이 걸렸다. 아이가 생사의 갈림길에 있었고 겨우 목숨을 구한 것은 분명한 것 같았다.

"한 번에 너무 많이 주지 말아요."

빌리가 부드럽게 말했다.

"천천히 사이를 두고 마시게 해요."

아테는 아이에게 우유와 물을 번갈아 먹이고 있었다. 그러는 동안 그 작은 아이를 계속 가슴에 끌어안고 따뜻하게 덥혀주고 있었다. 그들이 처음 발견했을 때 아기는 거의 얼어 있었지만 이제 그는 아테의 보살핌에 반응을 보이고 있다. 빌리는 그 작은 발을 부드럽게 문질렀다. 만약 그 아기가 계속 반응을 보인다면 그들 셋은 빌리의 집으로 갈 것이다.

빌리는 마을에 가서 당국자에게 두 살인사건에 대해 보고를 할 것이다. 빌리는 불을 살피고 아테가 아이를 보살피는 것을 두고 밖으로 나갔다. 그는 무슨 일이 일어났는지에 대해 무슨 단서라도 발견할까 하여 다른 두 오두막을 조사하러 들어갔다. 그러나 그 집들은 지난번 그가 여기 왔던 이래 아무도 살지 않았던 듯했다. 빌리는 크리슈나가 그의 이웃이

다른 통나무 캠프에서 일한다고 말한 것을 기억해냈다. 그렇다면 오직 하나의 가능성만 남았다. 부부는 완전히 낯선 이에 의해 살해당했거나 아니면 그들을 잘 아는 사람에 의해 죽은 것이다. 누구든 살인자일 수 있다. 사냥꾼, 나무꾼, 숲에 일이 있는 누구라도 살인자일 가능성이 있다. 빌리는 그들 부부만이 공격당한 유일한 사람들이라 결론지었다. 빌리는 집으로 돌아왔다. 아기를 살펴보았다. 아기를 데리고 그의 집으로 돌아가는 모험을 해도 좋겠다고 느꼈다. 아테가 아기를 안고 가기를 원했다. 빌리는 아기를 잘 싸서 아테에게 넘겨주고는 그들 둘 다를 한 번 더 커다란 숄로 잘 감싸주었다. 그러고는 그녀의 등 뒤로 숄의 끝을 잘 묶어주었다. 크리슈나의 집 문을 잠그고 그 셋은 조용히 네팔리 정착촌을 떠나 빌리의 숲속 집으로 향했다.

# 뒤숭숭한 귀향

집에 돌아오자 빌리는 앞으로 이틀간 먹을 것이 충분한지부터 당장 확인하러 갔다. 그는 아테와 아기를 방에서 자게 하고 자신은 손님방을 쓰기로 했다. 그러나 빌리는 그가 없을 때도 아기와 아테가 편안하기를 바랐다. 그가 마을에 신고를 하면 위원회가 조사를 나오고 시체들을 매장할 것이다. 그는 마을에서 몇 시간만 머물기를 바랐지만 떠날 준비를 하는 동안 마음에 어떤 생각이 계속 떠올라 그를 괴롭혔다. 빌리가 없어도 아테와 아기가 안전할 것인가? 만약 살인자가 아직도 숲속을 돌아다니고 있다면 어떻게 할 것인가? 그 부분에 대해서는 더는 생각할 수 없었다. 그는 그들을 여기 두고 떠날 수 없다는 것을 깨달았다. 그들을 데리고 함께 마을로 가는 것이 최선이라는 결정을 내리는 데는 오래 걸리지 않았다. 그들은 아침이 오자마자 떠날 것이다.

아테는 빌리가 안겨준 아기를 절대 내려놓지 않았다. 그녀는 심지어 음식을 먹을 때 편히 먹으라고 빌리가 아이를 대신 받아 안으려 할 때조차 거절했다. 그녀가 아이를 두 번째 먹일 때 아기는 잠이 들었는데 너무나 곤하게 잠이 들어서 그녀의 팔이 아플 정도였다. 그래서 그녀는 마침내 아이를 침대 위에 눕힐 수 있었다. 아기의 작은 얼굴은 파리해 보였다. 아기는 어떻게 이 끔찍한 학살을 견디고 살아남을 수 있었을까? 그리고 어떻게 이틀 동안 물이나 먹을 것도 없이 견뎠을까? 그건 기적이었다. 아기가 부모에게 일어난 일을 이해하기에 너무 어리다는 것이 어떤 의미에서는 오히려 축복이었다. 살인자가 아이의 존재를 알았을까? 그가 살해를 시작했을 때는 몰랐던 것이 확실했다.

아기의 아버지, 크리슈나는 강한 남자였다. 키는 크지 않지만 힘이 아주 장사여서 새로 자른 통나무들을 쉽게 나르곤 했다. 그는 젊을 때부터 근육을 쓰는 숲속 중노동 생활에 익숙하도록 단련되어 있었다. 만약 살인자가 크리슈나를 정면에서 공격했다면 그는 잘 싸웠을 것이다. 크리슈나를 죽게 한 것은 뒤에서 슬며시 타격을 입혔으며 잠행을 무기로 사용한 자의 작업이 분명하다. 그렇다면 왜 크리슈냐를 죽였을까? 빌리는 다양한 시나리오를 그려보았지만 어떤 동기나 원인도 찾을 수 없었다. 하루하루 투쟁하듯 먹고사는 사람들을 죽이고 집안에서 돈을 가져간다는 것은 아무 의미가 없어 보였다. 낯선 손님과 주인 간에 싸움이 벌어진 것일까?

살인자의 정체를 알려줄까봐 크리슈나의 아내도 같이 죽인 것일까? 모든 것이 다 이해하기 어려웠다.

그들은 침묵 속에서 식사를 했다. 아테가 다 먹고 빌리의 접시를 들고 일어서려 하자 빌리는 그녀를 막으며 그대로 주저앉혔다.

"내일 아침 마을에 이 살인사건을 신고하러 갈 때 당신들 둘 다 데리고 갈 거예요."

아테는 잠시 생각하더니 그들이 함께 가는 것이 최선이라는데 동의했다.

"그 살인자가 어디 있는지 모르는 데 당신을 여기 혼자 두고 가 공격을 받을지도 모르는 모험을 할 수가 없어요."

"아니 우린 그런 모험을 하지 말아야죠. 당신은 당신 친구들이 왜 죽었는지 아세요?"

그녀가 물었다.

"희미한 단서도 모르겠어요."

빌리가 대답했다.

"숲에서 이런 사고가 터진 것은 우리도 처음이에요. 나는 누가 그들을 죽이고 싶어했을지 상상조차 못하겠어요. 그들은 좋은 사람들이었고 누구를 향해서건 가슴에 악의를 품는 사람들이 아니었거든요."

"정말 안 됐어요. 당신은 그들을 오래 알아오신 거죠? 아닌가요?"

그녀가 물었다.

"한 6~7년쯤 됐을 거예요. 그의 아내는 3년 전부터 살았고요. 크리슈나는 여기 두 번째 방을 짓는 걸 도와줬어요. 그는 나무 판자를 잘라서 모두 직접 등에 져 날라줬지요. 크리슈나같이 좋은 사람이 그렇게 죽는다는 것은 정말 있을 수 없는 일이에요."

빌리는 목소리가 갈라지고 고개를 떨구었다. 그 살인으로 슬퍼하기에는 너무 충격을 받았다. 아테에게 크리슈나에 대한 이야기를 하면서 그제야 빌리는 참았던 눈물을 흘렸다.

"그리고 그 아내는 크리슈나만큼 열심히 일했어요. 그녀는 임신하기 전까지 통나무나 나무판자를 자르는 일에도 모두 남편과 똑같이 일했어요. 어떤 나쁜 사람이 누구에게도 해를 끼치지 않고 최선을 다해 열심히 살려는 사람들을 죽일 수 있는 걸까요?"

"이렇게 끝날 수는 없어요."

그녀가 말했다.

"남에게 나쁜 일을 한 사람은 결국에는 그 대가를 치르게 될 거예요."

빌리는 그녀에게 잘 자라는 인사를 고하고 손님방으로 가서 잠을 청했다. 살인사건은 귀향의 모든 기쁨을 앗아갔고 더 행복한 상황이었다면 아테에게 보여주었을 집 주변을 보여주지도 못했다. 여전히 모든 것들은 그가 떠날 때와 같이 그대로였다. 그가 집을 비운 동안 방문자가 없었다는 얘기다. 침대보도 그가 선반 위에 접어서 두었던 그대로 펼쳐서 쓸 수 있게 놓여 있었다. 그는 군용 재킷을 의자에 던져 놓았었는데 그것도 여전히 의자에 그대로 걸려 있었다. 그는 얼마나 오랫동안 나가 있었던 것일까? 한 달? 6주? 그동안 그에게 너무나 많은 일이 일어났다. 무엇보다 많은 죽음이 있었다. 마치 무고한 생명들을 앗아감으로써 갑작스러운 우주적 불균형을 해소할 필요라도 있는 양.

이제 아기는 어떻게 될 것인가? 무슨 결정이라도 내려야 한다. 아테는 또 어째야 할 것인가? 그녀는 아기와 아주 잘 밀착돼 있는 듯이 보여서 그들을 서로 떼어놓는 것은 전혀 좋은 생각이 아닌 것 같았다. 아테는 아이를 돌보는데 타고난 재능이 있어 보였다. 그녀는 아이의 불편함을 달래주기 위한 모든 정답을 알고 있었다.

빌리가 그녀를 여기 계속 있게 할 수 없다는 것은 분명했다. 만약 그녀가 머문다면 그것은 완전히 다른 방식, 이를테면 아내가 된다는 식의 합의가 필요하다. 그의 딸? 확실히 빌리는 그녀에게 아버지같이 느꼈다. 빌리는 아테보다 스물여덟 살이나 더 많지 않은가? 그리고 그가 그동안 그녀에게 느낀 모든 애틋한 감정에도 불구하고 결코 그녀를 배우자로 생각해본 적이 없었다. 빌리는 배우자가 생기기를 꿈꿔본 적이 없다. 동시에 빌리는 아테를 수양딸로 삼아 함께 사는 것도 아니라고 생각했다. 빌리는 이 모든 문제를 해결해야만 한다. 그렇지만 지금은 무엇보다도 네팔리 정착촌의 살인사건이 가장 큰 사건이다.

# 마을

아기가 아침에 그들을 깨웠다. 배가 고픈 듯했다. 빌리는 불을 피우고 물을 끓여서 아테가 우유를 준비하도록 했다. 세 사람이 준비가 되자 그들은 마을을 향해 떠났다. 그들은 긴 여행에 필요한 것을 모두 챙겼다. 우유, 여벌의 옷들, 그리고 아테가 등으로 아기를 싸맬 긴 숄까지.

빌리가 마을에 간 지 3년이나 지났다. 그의 어머니가 돌아가신 다음부터 그의 마을 방문은 점차로 줄어들었고 그가 마을에 갈 필요성을 마지막으로 느낀 것도 일 년 전이었다. 이제 마을에 남은 유일한 친척은 고모 둘 뿐이다. 두 고모 모두 결혼하지 않았고 모두 마을 문 가까이 있는 종가집에 살고 계셨다. 매번 종가집에 돌아올 때마다 그는 낯설게 느꼈다. 빌리는 그가 아이였을 때와 나중에 청년이 되었을 때 어땠는지 그 모든 것을 기억한다. 그러나 매년 그가 방문할 때마다 예상한 것보다 훨씬 더 많이 바뀌어가는 것을 발견했다. 그가 사춘기 소년으로 기억하는 젊은이들은 결혼하고 소녀들은 부인이 되어갔다. 그의 동년배 남자들은 이제 마을위원회에 땅, 밭, 물 분쟁을 관리하는 책임 있는 지위에 있었다. 무엇보다 사망자들이 생겼다. 그가 마을을 방문할 때마다 매번 그의 고모들은 긴 사망자 명단을 그에게 보고했다. 그들은 친척 어른들, 또는 그와 동년배 남성 혹은 여성, 또는 나이 든 할머니 혹은 젊은 엄마들. 그가 오래 나가 있을수록 죽은 사람들의 목록은 길어진다. 그에게는 언제나 기억할 수 있는 것보다 더 많은 사람이 죽는 것만 같았다.

마을로 출발하면서 빌리는 마을에 대해 기억하는 모든 것을 아테에게 얘기해주었다. 동시에 그가 몇 년 동안 떠나 있었기 때문에 알고 있는 것보다 더 많은 변화가 있으리라는 경고 또한 해주려고 했다. 아테는 자는 아기를 등에 업고 그의 옆에서 걸었다.

"나는 우리가 떠났을 때 너무 어렸기 때문에 우리 조상마을에 대해서 기억하는 게 별로 없어요. 어릴 때 소꿉친구였던 어린 소녀가 있었는데 서로 멀리 떨어져 살았어요. 조테 언니하고 나는 이모랑 살았는데 우리 집은 마을에서 좀 떨어진 곳에 있었어요. 그때는 의도적으로 그랬다고 생각해요."

"마을마다 다 그랬어요."

빌리도 동의했다.

빌리는 그의 고향 마을에서 한번도 만나보지는 못했지만 키룹피미아 사람들에 관한 얘기를 들은 기억은 있다. 동네에 결혼하지 않은 한 늙은 여인이 있었는데 그녀가 키룹피미아라는 소문이 있었다. 그러나 빌리는 그것이 그냥 악의적인 헛소문일지 확신할 수 없었다. 그는 아테에게 자신이 매번 마을을 방문할 때마다 마치 이방인처럼 얼마나 낯설게 느꼈는지를 설명했다. 더는 그를 알지 못하는 젊은이들은 다른 나이 든 마을 사람들에게 하듯이 그에게 인사를 하지 않았다. 대신에 그들은 그를 쳐다보다가 마치 그가 누군지 알기라도 한다는 듯 서로에게 물으며 자기들끼리 중얼중얼거렸다. 가끔은 그의 옛 친구들이 그를 알아보고 자녀들에게 인사하도록 시키기도 했다. 그의 방문은 보통 그런 식이 되었다.

그들은 두 번 쉬었고 아기를 위해 데운 물로 우유를 탔다. 아테는 이제 아기가 고형식 음식을 먹어도 된다고 생각했지만 빌리는 부모가 살해당한 이후 굶었기 때문에 몇 시간 더 기다리는 것이 좋겠다고 했다. 아기는 아테의 보살핌 아래 상당히 좋아졌다. 그녀가 우유를 먹이자 그녀에게 미소를 지으면서 행복하게 까르륵거렸다. 그들이 마을에 거의 도착하자 길은 넓어졌다. 마을 입구로 들어가는 가파른 오르막길이 나왔고 그들은 사람들이 네모난 광장에 모여 있는 것을 보았다. 평상시보다 많은 사람이었다. 사람들은 광장 안에서 벌어지고 있는 레슬링 경기를 보는 중이었다. 빌리와 아테, 그리고 아기의 등장은 주목받지 않을 수가 없었다. 사람들은 선수들의 경기를 보다가 시선을 바꿔 이들 세 사람의 출현을 호기심 가득한 시선으로 바라보았다.

빌리는 아테와 아기를 맡기려고 마음먹은 그의 고모 집으로 가는 길을 택했다. 그들은 움직이는 매 발걸음마다 광장의 모든 눈길이 같이 따라오는 것을 느꼈다. 빌리는 갑자기 그 사람들 속에서 아는 얼굴을 찾았다.

"켈레수조! 잘 있었나?"

그가 큰 소리로 인사했다.

키가 크고 약간 구부정한 켈레수조가 놀라서 돌아서며 그의 인사를 받았다. 옆에 서 있던 다른 사람들이 켈레수조에게 몰려들면서 그가 누구냐고 물었다. 곧 더 많은 고함이 들렸고 빌리는 사람들의 인사에 답하느라 그 자리에 선 채로 손을 흔들었다. 그는 고모 집을 가리키며 그쪽으로 방향을 틀었다. 사람들은 그가 우선 그의 친척 집에 인사부터 하러 간다는 것을 알았다. 마을 사람들 모두 비록 예의를 차리기는 했지만 사실은 모두 빌리가 동반한 여성과 아이의 정체가 알고 싶어서 야단이라는 것을 빌리와 아테 둘 다 너무나 잘 알고 있었다.

고모 집 문 앞에서 빌리가 큰 소리로 불렀다.

"셀로노 고모님! 펠레노 고모님!"

안쪽에서 큰소리로 대답이 들려왔다. 무언가 바닥에서 달카닥 달카닥거리는 소리가 들리고 닭들을 쫓는 소리가 들리더니 곧이어 머리가 하얗게 센 할머니가 등장하였다. 그녀의 뒤에 똑같이 머리가 센 할머니가 서서 그들을 유심히 지켜

보고 서 있었다.

빌리는 곧바로 그들을 향해 걸어갔다.

"고모님 저 조카, 빌리예요."

"빌리! 빌리!"

그들은 둘 다 행복하게 소리치며 들어오라고 손 인사를 했다. 그들은 그와 함께 있는 아테를 보고 똑같이 휘둥했다.

"빌리, 오! 죽기 전에는 내가 자네를 다시는 못 보는 줄 알았었는데."

둘 중에 연장자인 셀로노 고모가 말했다.

"나도 그랬어. 나는 우리가 빌리를 본 지 하도 오래 됐기 때문에 빌리가 죽은 줄만 알았지."

펠레노 고모가 덧붙였다.

"이 사람이 자네 처야? 이 애가 자네 아이구?"

질문들이 재빠르게 들어왔다.

빌리는 할 수 있는 한 단순하게 상황을 설명했다. 고모들은 놀란 듯했다.

"흐유! 끔찍한 얘기다!"

그러나 그는 아테에 관해 모든 것을 얘기하지 않았다. 모든 것을 다 알 필요가 없었을 뿐 아니라 아무도 그녀의 배경에 대해서는 더더욱 알아서 좋을 것이 없었다. 그것이 그가 여기서 결정한 방법이었다. 그는 마을에서 반쪽짜리 진실과 헛소문으로 삶이 망가지는 사람들이 있다는 것을 알고 있었다. 아테가 굳이 그런 경험을 겪게 할 수는 없었다. 지금까지 많은 고생을 한 아테는 마땅히 더 나은 삶을 누려야 했다. 그는 아테가 거기에서 그녀가 누려 마땅한 삶을 찾을 수 있는지 아직 확신이 없었다. 두 고모는 집에 온 손님을 접대하기 위한 음식을 준비하느라 야단법석이었다. 셀로노 고모가 솥에 쌀을 넣고 양을 재는 사이 펠레노 고모는 술통으로 가서 두 젊은이를 위해 중간 크기의 머그잔 두 개에 담금주를 채워 왔다. 고모들은 분명히 그들의 방문에 매우 기뻐하는 듯 보였다. 셀로노 고모는 집 뒤뜰로 뒤뚱뒤뚱 걸어가 닭장 안으로 들어가더니 달걀 두 개를 갖고 나왔다.

그녀는 그것을 아테에게 보여주며 자랑스럽게 말했다.

"하나는 네 것이고 또 하나는 아가 것이란다."

그렇게 말하고는 달걀을 씻어서 밥솥에 넣었다. 그녀는 끓는 밥솥에서 몇 분간을 달걀이 더 익도록 놔두었다. 셀로노 고모는 스푼으로 계란을 쳐보더니 그 소리에 만족했다.

"됐네."

그녀가 말하며 달걀을 꺼내서 그릇에 담았다.

"거기! 이걸 까서 아기에게 먹이거라."

셀로노 고모가 말했다.

아테는 아기를 낮은 나무줄기 의자에 앉혔다. 그녀는 전해 받은 그릇을 받아 반숙된 달걀의 껍질을 깠다.

"아기에게 이걸 다 줄까요?"

그녀가 빌리에게 물었다.

"아기가 그걸 좋아하는지 보세요. 만약 좋아한다면 해롭지 않을 거예요."

그래서 그녀는 달걀에 약간의 밥을 섞어 아기에게 먹였다. 그들은 모두 아기의 빠른 회복에 놀랐다. 그들이 더 많이 먹일수록 아기는 더 많이 먹고 싶어했다. 그의 얼굴에 있던 초췌한 모습은 천천히 사라졌고 아테가 그의 입에 계란을 떠먹여 줄 때마다 행복하게 까르륵거렸다.

"애 이름이 뭐야?"

펠레노 고모가 물었다.

아테와 빌리가 서로를 쳐다보며 웃기 시작했다. 고모들은 놀라서 서로를 쳐다보았다.

"우리가 아는 한, 이름이 없어요."

아테가 털어놓았다. 빌리는 셀레노 고모의 어깨를 토닥거렸다.

"글쎄, 그렇다면 그건 고모님들의 몫이 아닐까요? 그 아이를 위한 이름을 생각해 주세요. 그러면 우리는 그 이름으로 부를게요. 그리고 고모님들이 이름을 생각하시는 동안 저는 마을위원회에 가서 범죄 신고를 하고 올게요. 그게 우리가 여기 온 이유니까요. 비록 고모님들을 만난 기쁨에 잠시 잊었지만요."

"먹고 가야지. 오래 여행하느라고 제대로 못 먹었잖아."

셀로노 고모가 우겼다. 그녀는 일어나서 빌리가 뭐라고 항의도 하기 전에 접시를 가져와 음식을 나르기 시작했다.

빌리는 앉아서 고모의 음식을 먹었다. 따뜻한 밥과 겨자잎,

생강을 곁들인 고기 요리였다.

"너무 맛있어요. 손맛을 하나도 잃지 않으셨네요. 고모님."

그가 먹는 사이사이 말했다.

"고맙네. 내 손맛을 맛보려면 더 자주 와야 해. 조카, 3년 만에 오지 말고 말이야."

그녀가 센스 있게 대답하자 모두 함께 웃음을 터뜨렸다.

식사가 끝나고 빌리는 밖으로 나와 마음속으로 위원회에 보고할 이야기를 구성하기 시작했다. 여자들은 부엌에 앉아서 돌아가며 아이를 안아보고 있었다. 펠레노 고모는 줄곧 이름을 말하기 시작했다.

"나이프레톨리는 우리 삼촌 이름인데, 그 이름을 줄까?"

다른 둘은 잠시 생각하더니, 이내 머리를 흔들었다. 고모들은 그날 오후에 몇 개의 다른 이름들을 떠올렸지만 대부분 이미 다른 누군가의 이름이거나 적당하지 않은 이름들이었다.

"비토홀리, 이거 좋은 이름인가? 누구 그 이름 가진 사람 알아?"

그들은 아무도 그 이름을 가진 사람을 알지 못해서 마침내 아기를 '비토홀리'로 부르기로 동의했다. 짧게 줄여서 비보우. 여자들은 그를 반복적으로 그렇게 불렀고 아기도 새 이름으로 불릴 때마다 고개를 돌리는 반응을 보이는 듯했다.

# 돌

마을위원회 위원들은 빌리가 '살인사건'의 소식을 전하자 즉각적으로 떠났다. 빌리는 그도 같이 떠나 도울 수 있다고 했지만 그들은 그 사건이 그에게 얼마나 끔찍했는지 알기 때문에 더는 고통을 주고 싶지 않다고 했다. 그의 도움을 거절하면서 그들은 그 불운한 부부의 매장과 누가 그 살인을 저질렀는지 탐문하기 위한 실마리를 잡고자 출발했다. 마을의 안전은 숲을 집으로 삼은 모두의 안전과 서로 연결돼 있다. 마을은 숲을 소유하고 동시에 안전을 유지할 책임이 있다. 빌리가 해결하지 못한 일이 생기면 그것은 마을위원회의 책임이 된다. 그런 뜻으로 그들은 더 많은 피해를 방지하고 보호하기 위한 그들의 의무를 위해 출발했다.

빌리는 그들과 함께 되돌아가지 않아도 돼서 안도했다. 빌리는 크리슈나 부부를 매우 좋아했기 때문에 그들의 썩어가는 시신을 매장하는 부가적인 트라우마를 겪지 않아도 된 것은 깊이 감사할 일이었다.

고모들의 주장으로 빌리와 아테는 마을에서 그 밤을 지내게 되었다. 고모님의 부엌에 앉아서 회색머리를 한 그들의 모습이 움직이는 것을 보고 있으려니 조용한 기쁨이 그를 채웠다. 고모들은 빌리가 슬픈 사건으로 반강제로 돌아왔음에도 불구하고 그를 만나 너무 행복해했다. 빌리는 고모들과 그 자신에게도 더 자주 오겠노라고 약속을 했다. 셀로노 고모가 더 나이가 많지만 펠레노 고모가 더 쇠약해 보였다. 빌리는 고모들이 아주 오래 더 살아 있지는 않을 것임을 깨달았다.

"고모님."

그가 셀로노 고모에게 물었다.

"올해 연세가 몇이세요? 혹시 생각나세요?"

셀로노 고모는 하던 일을 멈추고 잠시 생각했다. 그녀는 동생을 쳐다봤다가 다시 빌리를 봤다. 완전히 말문이 막힌 듯했다.

"내가 몇 살인지 내가 어찌 알겠누? 젊은 목사가 나한테 그걸 물은 첫 번째 사람이었는데. 난 내가 몇 살인지 모른다. 자네 엄마도 우리와 같은 또래가 아니었어, 우리보다 아래였지. 그러면 내 나이가 얼마가 되는 거지?"

빌리는 그녀의 나이를 어림잡아 여든넷, 그리고 그녀의 동생은 아마도 여든두 살로 추산했다. 그들은 마을에서 두 번째로 나이 많은 사람이라고 셀로노 고모가 덧붙였다.

그 사실이 빌리를 조금 슬프게 만들었는데 그가 그동안 너무 여러 해 동안 고모들을 보러 오지 않았기 때문이다. 그러나 지난해들은 그에게 있어 온갖 이야기들로 가득차 있었다. 우기가 끝나면 사냥꾼 그룹들이 정기적으로 왔다. 실상 우기 중에도 요행을 바라고 사냥에 나서는 사냥꾼들도 있다. 그래서 그는 일 년 내내 매우 바쁘게 지냈다. 그리고 호로호로새도 그를 바쁘게 만들었다. 왜냐하면 다른 마을 사람들이 그 새를 사냥했기 때문에. 빌리는 산림청에 호로호로새의 소재를 보고해야 하기 때문에 몇 개월 동안 경계해야 했다.

빌리는 들소에 관해서는 별로 큰 문제를 느끼지 못했다. 임신한 암컷 들소를 추적하고 출산할 때 그 주인한테 알리는 것도 빌리의 임무 일부분이었다. 들개 한 무리가 이 구역의 들소들을 공격한 사건이 딱 한 번 있었다. 그는 마을에 조토마 숲을 돌아다니던 들개 무리가 새끼 들소들을 사냥감으로 삼은 사건에 대해 얘기했다. 서부구역에서는 마을 사람들이 크게 그룹을 지어 들개 무리를 쫓는다. 모든 탁월한 들소 목부들처럼 빌리도 소금을 저장하고 가끔 들소에게 소금을 먹였다.

사냥꾼들이 밤에 다른 야생동물로 착각하여 들소를 쏘는 일은 거의 없었다. 지난 3년간 그런 일이 딱 두 번 일어났는데 두 번 다 빌리가 소유주를 찾아서 사냥꾼과 소유주 사이의 보상에 대한 협상을 주선했다. 들소가 비싼 동물이기 때문에 대부분의 사냥꾼들은 비록 사고가 드물더라도 들소 쏘는 것을 피하기 위해 최선을 다한다. 사냥철은 별개로 하더라도 빌리는 우기에도 낚시하러 오거나 또는 불법 사냥을 오는 사냥꾼들 때문에 늘 바빴다. 그러나 빌리는 결코 그런 예외를 승인하지 않았고 그들이 도를 넘기 전에 우기에 찾아온 사냥꾼들을 잡기 위해 노력했다.

빌리가 지난 몇 년 동안 했던 일들에 대해 말하는 것을 끝냈을 때 그것은 별로 한 것이 없는 것처럼 들렸다. 그러나 그들은 서로를 너무나 오랜만에 보았기 때문에 모두 다 너무나 기뻐했다. 그들 모두 불가에 둘러앉았고 빌리는 그의 가방에서 심장석을 꺼내 다른 사람들에게 보여주었다. 그 돌은 불빛을 받아 더욱 아름답게 빛났다.

"그게 뭐야?"

펠레노와 셀로노 고모가 동시에 물었다.

"이게 심장석입니다. 제가 지난 여행에서 강바닥에서 뽑았지요. 나는 잠자는 강에 갔어요. 그 강에 관해서 들어보셨나요?"

"잠자는 강? 물론이지."

펠레노 고모가 호들갑스럽게 대답했다.

"여기서도 어떤 사람들이 그 강을 찾아 떠났지. 우리 사촌 중 하나도 거기 따라갔고."

빌리의 얼굴이 바로 밝아졌다.

"그가 그걸 가졌나요? 심장석을 찾았대요?"

그가 열중해서 물었다.

"그래, 실제로 그걸 가졌는데 그 사촌이 우리 마을에 있는 소의 대부분을 소유하는 부자가 되자 그걸 질투한 사람들 때문에 몇 년 후에 잃어버렸다지. 아마도 그 돌은 도둑맞아서 다른 마을로 갔다는 것 같아. 우리는 그게 사라진 다음에 결코 그걸 다시 보지 못했어."

"고모님 사촌은 어떻게 됐어요? 그는 그의 재산을 다 잃었나요?"

"아니 그는 그의 소들을 다 잃지는 않았어. 하지만 그의 아들은 재산에 신경을 쓰지 않아서 소들을 돌보지도 않았지. 결국 그는 아버지의 모든 소를 팔고 그 돈을 다 술 마시는데 써버렸어. 그는 아직도 아버지의 옛집에 살고 있지만 그 집은 더는 옛날처럼 대단하지 않아."

빌리는 그 돌을 들고 다시 불빛에 비춰보았다. 그것은 붉은빛과 황금빛, 보랏빛 선으로 번득였다. 붉은색은 어두운 빨강으로 깊고 풍부한 색조의 빨간색이었다. 그는 그 돌을 아테에게 넘겼다. 그녀가 그를 쳐다보는 동안 그녀의 손바닥을 펴고 거기에 심장석을 올려놓으며 말했다.

"이건 이제 당신 거야."

빌리가 그녀에게 말했다.

"아니, 아녜요. 당신은 이걸 이렇게 줘버리면 안 돼요. 당신이 이걸 얻으려고 그 모든 고생을 했는데요."

그녀가 소리쳤다.

그의 행동에 감동했는지 말하는 그녀의 목소리가 떨리고 있었다.

"심장석을 더욱 소중하게 만드는 건 그동안의 투쟁들이에요. 나는 당신이 이 심장석을 가졌으면 좋겠어요. 내 심장석은 내 마음속에 있어요. 나는 심장석의 진리를 내 마음속에 새겨넣었고 아무도 그것을 훔쳐갈 수 없어요."

그녀는 그를 쳐다보며 고맙다고 말했다. 그녀의 목소리는 목에 걸렸고 그녀의 눈에서 흘러내리지 않은 눈물이 반짝거렸다. 그녀는 그가 그녀에게 삶을 선물했으며 필요로 하는 보호 또한 선물했다는 것을 잘 이해했다.

"당신은 이 마을을 당신의 집으로 삼을 수 있겠어요?"

빌리가 갑자기 아테에게 물었다.

그녀는 이 질문에 깜짝 놀랐고 즉각 대답하지 않았다. 펠레노 고모가 그 질문을 듣고 말했다.

"그게 자네가 여기 온 이유인가? 물론 여기서 우리와 같이 살아도 대환영이고 아니면 그녀가 원한다면, 아기하고 같이 자네 어머니 집에서 살아도 괜찮네."

아테는 두 늙은 여인을 돌아보았다. 그들은 어떤 것도 묻지 않고 그저 그녀를 받아주었다. 그들을 향한 그녀의 마음이 따뜻해졌다. 만약 빌리가 그의 숲속 집에서 그녀와 함께할 작정이 아니라면 그녀가 이 집 말고 다른 어떤 더 좋은 집을 찾을 수 있겠는가? 그녀는 두 고모가 그들의 집을 행복하게 만들 음식은 무엇이라도 함께 나누는 좋은 분이라는 것을 알 수 있었다. 그녀도 그분들을 돌보고 아기를 키우는데 역할을 다할 것이다. 그들은 아기를 위해 다른 집을 찾으려는 토론은 하지 않았고 아테도 다른 생각은 하지 않았다. 아테는 비보우를 돌볼 것이고 그 아이에게 가정을 선사할 것이다.

"우리는 당신에게 결코 아무것도 강요하지 않아요. 아테. 그건 그냥 당신이 이곳을 내 집처럼 자연스럽게 여겼기 때문에 나한테 떠오른 생각일 뿐이요."

빌리의 목소리는 생각에 빠져 있던 그녀를 끄집어냈다.

"당신은 우리 옛날 집에서 살 수도 있어요. 그리고 내가 당신들 둘 생활비를 대줄 수 있어요. 산림청에서는 나한테 충분히 돈을 주거든요."

"그럼 당신은요, 빌리? 당신은 여기로 오는 건가요? 아니면 숲으로 돌아가서 계속 사는 건가요?"

그녀는 알고 싶었다.

"아테, 내가 당신을 여기 머물게 하려고 나도 여기로 돌아와 살 것이라고 거짓말할 수 있다는 걸 잘 알 거예요. 그렇지만 나는 당신에게 정직해야겠어요. 나는 이곳에서 살기 위해 돌아온 것이 아닙니다. 나는 그동안 숲이 삶에 주는 자유로운 생활에 너무 익숙해졌습니다. 물론 나는 자주 당신을 찾아올 것이고 당신이 아무런 부족함이 없도록 최선을 다할 것입니다."

빌리는 고모들에게 아테가 어려서 그녀의 조상마을을 떠날 때 키룹피아들에게 납치를 당했다고 설명을 했다. 그래서 그가 그녀와 함께 오게 되었다고. 그것이 마을 사람들이 듣게 될 이야기라고. 고모들은 그녀와 아기를 기꺼이 받아들였다.

"반드시 오늘 결정할 필요는 없지만 곧 결정을 내려야 하니 지금 물어보는 게 좋을 것 같아서 그랬어요."

아테는 이미 마음의 결정을 내렸다. 그녀는 마을을 집으로 삼았고 늙은 여인들을 가족으로 받아들였다.

"저는 또 다른 가정을 찾을 마음이 없어요. 여기보다 더 나를 환영해준 곳을 찾을 수는 없을 거예요."

그 말을 하며 그녀의 눈은 눈물을 머금어 반짝거렸고 시선은 확실하게 그녀를 배신한 빌리에게 고정되었다.

"나는 당신이 여기서 행복할 것을 압니다. 확실히 알지요."

빌리가 그녀를 다독이듯 말했다.

빌리의 고모들, 그 늙은 두 자매가 빌리와 아테의 합의에 대해 아주 행복해한다는 것에는 아무런 의심의 여지가 없었다. 그들의 얼굴은 아기를 서로 돌려 안으면서 기쁨으로 빛났고 비록 밖으로 드러내지 않으려 했지만 아테와 빌리의 대화를 엿들으려 열심이었다.

"쟤들이 각방을 쓸 것 같구먼. 빌리가 항상 올 때마다 쓰던 방이 있잖아? 그 방은 아직도 비어 있어. 그리고 그 침대는 좋은 나무로 만들어졌지. 그건 평생을 갈 걸세."

셀로노 고모는 이미 아테가 쓸 방을 정리하고 있었다.

"고모님, 고맙습니다. 이 모든 걸 후회하지 않으실 거예요. 고모님들의 친절함은 반드시 보답을 받으실 겁니다."

# "태어나는 순간부터
우리는 죽기 시작한다"

    다음 날 아침, 빌리는 평화로운 마음으로 숲을 향해 떠났다. 그는 아테의 일이 그렇게 평탄하게 진행되리라고 기대하지 않았다. 왜냐하면 아테는 그 나이 또래 다른 여자아이들과 달랐기 때문이었다. 그녀는 인간 세상에 대해서는 무지했고 영혼 세상에 대해서는 성숙했다. 빌리는 그녀가 마을 생활에 잘 적응해 나갈 수 있으리라고 확신했고 마을공동체가 요구하는 모든 번잡함에 필요한 지혜를 갖추고 있다고 생각했다. 그는 그녀를 걱정할 필요가 없었다. 펠레노와 셀로노 고모가 그녀를 잘 돌볼 것이고 아테와 비보우는 두 고모가 좀 더 오래 살 이유를 제공할 것이다.

    비보우는 거친 어린 소년이다. 그는 먹을 것도 없고 아무도 보살피지 않는 데서 이틀 밤낮을 생존에 성공하여 생명력을 증명했다. 빌리는 그가 마을을 그의 세상으로 만들 것을 확신했다. 그는 충분히 자라면 학교에 갈 것이다. 빌리는 크리슈나가 돈이 없어 그의 아들을 학교에 보내지 않겠다고 말했던 것을 기억했다. 빌리는 그것을 바로잡으려고 했다. 그들 두 사람은 학비를 대주기로 했다. 빌리는 산림청에서 오래 일했기 때문에 상당한 연금을 받고 그래서 그 돈은 이제 그의 가족이 된 두 사람을 지원하는 데 쓰일 것이다.

빌리는 그의 집으로 가는 길로 네팔리 정착촌을 거치지 않는 다른 길을 택했다. 그건 다른 길보다 빠른 길이었다. 사실 빌리는 항상 다른 길을 이용했는데 왜냐하면 그 길은 언제나 두세 사람의 동반자가 있었기 때문이었다. 이번에는 빠른 길을 택하지 않을 이유가 없었다.

이 길의 숲은 나무들이 그렇게 무성하게 들어차지 않았다. 커다란 나무들은 널빤지로 만들기 위해 톱질을 해야 하기 때문에 베어 있었다. 그는 베인 나무들 때문에 그 구역을 더 잘 볼 수 있었다. 빌리는 타고난 사냥꾼이었다. 그는 쉽게 이상한 발자국이나 최근에 버려진 담배꽁초 같은 단서들을 잡아낼 수 있었다. 네팔리 정착촌의 살인사건이 그의 마음에 남아 있었고 그는 낯선 이가 이 숲에 있었다는 걸 증명하는 어떤 표식에도 민감하게 반응했다. 그럼에도 빌리는 그 어떤 표식도 발견하지 못했다. 그렇다면 결론은 어쩌면 살인자가 이 숲을 떠났을지도 모른다는 것이며 이제 아주 멀리 가버렸을 가능성이 있다는 것이다. 살인사건을 조사한 위원회 위원들은 집안에 돈이 하나도 없었다며 그 부부가 돈을 도둑맞았을 거라고 말했다. 결혼한 네팔리 여성들이 항상 하고 다니는 금목걸이도 없었고 금귀걸이 또한 없었기 때문에 위원회는 이중살인사건의 범죄 동기를 강도에 의한 살인이라고 결론지었다.

나무들이 베인 구역을 경작할 땅으로 일굴 계획이라는 말이 마을에서 돌았다. 그것은 살인사건으로 인해서 현실이 되었다. 왜냐하면 그것이 숲에 사는 정착민들에게 안전을 제공하는 방법이기 때문이었다. 만약 정착민들이 더 많은 이웃과 같이 살고 더 많은 사람이 근처에서 일했다면, 고립되지도 않고 공격에 그렇게 취약하지도 않았을 것이다. 이런 종류의 범죄는 부분적으로는 고립으로 인해 발생한다. 숲 정착민의 안전과 관련한 많은 토론이 마을위원회에서 이루어졌으며 마을위원회는 그들을 돌볼 책임이 있다.

그렇지만 빌리는 살인사건으로 두려움을 느끼지 않았다. 그는 가진 것이 별로 없었다. 최소한 남이 살해 시도를 하고 싶을 만큼 재산이 많지도 않았고 자신이 가진 것을 들고 도망갈 만큼 있지도 않았다. 그는 결코 강도를 당한 적이 없었다. 어쨌든 그는 왜 그것에 대해 그렇게 많은 생각을 할까? 그는 스스로를 나무라며 발걸음을 빨리했다.

그 앞에 집이 있었다. 집에 도착했을 때는 이른 저녁이었고 적당한 시간에 도착해서 그는 기뻤다. 그는 집 안으로 들어가 가방을 내려놓았다. 해가 지기 전에 덫을 살펴볼 시간은 충분했다. 그래서 그는 무슨 작은 동물들이 잡혔나 보기 위해 나갔다. 커다란 몽구스<sup>사향고양이과의 포유동물</sup>가 구덩이에 누워 있는데 이미 죽은 지 며칠 된 것처럼 보였다. 빌리는 그것을 그냥 묻어주기로 결정했다. 왜냐하면 그는 한동안 지낼 수 있을 만큼 말린 고기를 충분히 먹었다. 그는 집에서 삽을 가져와 깊게 구덩이를 파서 몽구스를 묻었다. 그리고 그는 집으로 돌아와 저녁식사를 준비했다. 시간은 황혼녘이었고 모든 것이 고요했다. 새들도 울기를 그쳤고 밤벌레들은 아직 노래를 시작하기 전이었다. 빌리는 계단에 앉아 물이 끓기를 기다리고 있었다.

부츠 아래서 마른 잎들이 부서지면서 나는 타다다닥 소리가 누군가 다른 사람의 존재를 알리며 정적을 배반했다. 빌리의 청력은 그가 아테를 구하기 위해 수많은 혼령과 전쟁을 치른 후에 특별히 날카로워졌다. 빌리는 일어나서 소리가 나는 곳으로 걸어갔다. 가방을 어깨에 멘 남자가 서 있었다.

"당신이 숲 경비대원입니까?"

그는 불쾌한 톤으로 물었다. 그것은 예의 바른 질문이 아니었다. 빌리도 거칠게 대답했다.

"내가 그렇소만, 당신은 여기서 무슨 볼일 있소?"

그 남자는 어둠 속에서 나와 빌리를 보며 섰다. 그는 공격적인 모습을 하고 있었다. 빌리는 그를 안으로 초대해야 할지 말아야 할지 의아했다. 정상적인 상황이라면 그는 낯선 이방인을 초대해서 식사를 함께 나눈다. 그러나 지금 빌리는 망설인다. 그 이방인에게는 낯선 불신이 느껴졌고 그가 말할 때마다 빌리의 목덜미 뒤가 삐죽 올라갔다. 그 남자는 키가 크지 않았다. 빌리만큼 크지 않았지만 근육은 아주 잘 발달했다. 그가 나무 그늘에서 벗어나 걸어 나오자 희미한 석양빛 사이에서 그의 다부진 근육들이 특별히 두드러져 보였다.

"나는 당신과 거래를 하고 싶소."

그가 말하며 가방에 손을 댔다.

"여기 돈이 있소. 나는 당신이 심장석을 가졌다는 걸 알고 있소. 네팔리 부부가 내게 말해줬소. 내가 그걸 당신에게서 사겠소."

그가 돈다발을 꺼내 빌리에게 보여주었다.

"나는 그걸 당신에게 팔 생각이 없소."

빌리가 조심스럽게 대답하고 어깨를 폈다.

그의 마음은 빠르게 달렸다. 만약 그가 심장석이 빌리에게 없다고 말하면 아테를 의심하겠지. 그리고 그녀가 위험에 빠지겠지. 그는 이 남자가 의심의 여지없이, 네팔리 정착촌의 크리슈나 부부를 살해한 살인자라는 것을 알았다. 그 남자는 지독히도 차가운 눈을 가졌다. 빌리는 심지어 그가 심장석을 얻기 위해서라면 또다시 살인을 할지언정, 멈추지 않을 것 같아 두려웠다.

"당신은 내가 누군지 알지, 안 그래? 나는 그들 둘 다 죽였어, 남편과 아내. 그들은 당신이 돌을 가지러 갔다고 얘기했지. 그리고 돌아오는 길이라고."

"심장석은 당신 같은 종자를 위한 게 아니야."

빌리가 분노에 차 말했다.

"그건 악을 위해 쓰이지 않아. 그건 선을 위해 사용해야 해."

"오 정말로? 내가 들은 건 다른데?"

침입자가 위협적으로 가까이 오며 비웃듯이 말했다.

빌리는 총을 가지러 달려갈 시간이 있는지 혹은 삽으로 자신을 방어해야 하는지를 생각하며 토론했다.

"맞아, 총으로 날 위협해봐."

그 남자가 그의 생각을 읽기라도 한 듯 호통을 쳤다.

"당신은 총 없으면 사람 구실도 못하잖아, 안 그래?"

그는 가까이 다가왔다. 빌리는 집을 향해 뒷걸음질치기 시작했다. 빌리는 그 남자가 뭐라고 생각하던 총을 가져올 것이다.

그들은 동시에 튀어 올랐다. 빌리는 총을 잡으려고, 그리고 그 침입자는 칼을 들고 빌리를 찌르려고. 다음 순간 그 남자는 필사적으로 벗어나려고 버둥거리는 빌리를 꼼짝 못하게 잡고 있었다. 빌리는 옆구리에 날카로운 것이 박히는 느낌이 들었고 이어서 타는 듯한 통증이 더해졌다. 그는 곧 버둥거림을 멈췄다. 긴 칼을 가진 남자가 빌리를 찌르고 또 찔렀다. 잔인한 살해는 침입자가 엄청난 타격으로 바닥에 내동댕이쳐지면서 끝났다.

침입자는 빌리에 너무 몰입해 있어서 늦게까지 호랑이를 보지 못했다. 숲에서 뛰쳐나온 호랑이는 먹이를 찾아 덮쳤고 앞발로 무력한 먹이의 살갗을 맹공격했다.

그 하얀 복수자가 공포에 질린 한 남자를 먹어치우자 앙상하게 남은 뼈가 드러났다. 그것에 허망하게 매달린 힘줄들과 그의 등에 걸쳐 있던 옷만 남았다.

# 죽지 않은 것을 묻기

 사흘이 되어도 빌리가 마을로 돌아오지 않자 걱정이 된 문중 사람들은 숲속 그의 거주지로 가기 위해 출발했다. 예상했던 대로 형체를 알아볼 수 없을 정도로 상처 입고 빠르게 부패하고 있는 그의 시체를 발견했다.

 "이건 너무 끔찍해!"

 켈레수조가 소리쳤다.

 "살인자가 그를 기다린 게 틀림없어."

 "빌리는 이렇게 가면 안 돼요."

 문중의 다른 사람인 비비가 말했다.

 "우린 어쩌면 좋죠?"

 "그를 여기에 묻어야 해. 그의 고모님이나 그 여자분이 이 모습을 보게 할 수는 없어."

 켈레수조가 단호한 모습으로 말했다.

다른 사람들도 재빨리 이에 동의했다. 어디를 봐도 죽은 남자에게는 인간으로 보일 만한 어떤 형체도 남아 있지 않았다. 그들은 망자를 고향 마을로 데리고 가 선산에 묻는 테니미야Tenyimia의례를 할 수 없는 경우에 해당한다는 것을 깨달았다. 그러나 그의 유품, 그의 머리카락 한 줌 정도를 챙겨 마을에서 장례를 지낼 수는 있다.

"죽은 다음에 자칼이 그를 해치운 것같이 보여요."

비비가 말했다. 인간의 뼈와 살점이 훼손되어 시체 주위 바닥에 흐트러져 있었다.

"짐승들이 냄새를 맡고 오기 전에 빨리 묻는 게 좋겠어요."

매장은 오래 걸리지 않았다. 남자들은 장례를 치르지 않았다. 그들은 그저 인간의 잔해를 묻어서 호랑이나 곰 같은 큰 짐승들이 인간의 살점을 맛보는 일이 없게 하는 실질적인 임무를 이행했을 뿐이다. 그 일을 끝내고 그들은 집 안으로 들어가 도둑맞은 것이 없나 집안을 점검했지만 흐트러진 흔적은 없었다. 빌리의 집은 단정했다. 비록 오랫동안 비워둔 듯 가구들에 먼지가 좀 쌓여 있었지만 제자리에 잘 있었다. 그럼에도 불구하고 두 개의 총은 사라지고 없었다.

"살인자는 무엇을 원했을까?"

그 집을 나오며 비비가 물었다.

"말하기 어렵지."

켈레수조가 대답했다.

"빌리는 총도 있고 탄환도 많았어. 돈은 많지 않았지만. 빌리처럼 좋은 사람을 죽여서 그 살인자가 뭘 얻길 바랐던 건지 정말 모르겠네. 그가 네팔리 부부를 죽이고 강탈한 자와 같은 사람임이 분명해. 그가 총도 가져갔을 거야."

그들은 빌리의 침대가 있는 방의 구석으로 천천히 걸어갔다. 비비는 바닥에 있는 커다란 얼룩을 걷어찼다.

"그게 뭐야?"

켈레수조가 호기심에 그것을 더 가까이 보려고 몸을 아래로 기울이며 물었다.

"피네, 피야!"

비비가 외쳤다.

"만약 그가 밖에서 죽었다면, 왜 피가 집 안에 있지? 이상하네."

켈레수조가 다른이들에게 말했다.

"공격을 받기 전에 다쳤을 수도 있을까?"

이후 그들은 그 검붉은 얼룩이 계단부터 집 입구까지 죽 이어져 있음을 발견했다. 그 핏덩어리 얼룩 말고는 싸운 흔적이 없었고 마룻바닥이나 방의 다른 부분을 살펴보았지만 아무런 실마리가 보이지 않았다. 그렇다면 그 피는 어디에서 나왔을까? 그의 총을 들고 켈레수조는 벽의 선반 쪽으로 걸어갔다. 그는 선반을 가리고 있던 커튼을 젖혔다. 아무것도 없었다. 침대 밑에도 살펴보았지만 아무것도 없었다. 두 사람은 기다리고 있는 친구에게로 돌아왔다.

그 소식을 마을에 전하고 친지들에게 알리는 것이 임무였다. 살인사건을 해결할 수는 없었다. 살인자는 이제 여기서 멀리 도망가 있을 수 있다. 그러니 살인사건은 이제 마을위원회의 책임이었다. 거주자들을 위해 숲을 안전하게 만드는 일은 위원회 소관이 되었다.

그들은 내용물을 건드리지 않은 채 현관에서 발견된 빌리의 가방과 그의 속옷 같은 물건들을 좀 챙겼다. 그것들을 모두 챙긴 그들은 첫 번째 방의 문을 잠그고 마을로 돌아가는 긴 행보를 시작했다. 그들이 길가의 첫 번째 오두막에 도착하자 해가 질 무렵이었다.

그들이 마을에 도착했을 때는 매우 늦은 시간이었다. 집 대부분에 불이 꺼져 있었다. 그래서 그들은 이 유쾌하지 않은 소식을 가족들에게 전하는 임무를 다음으로 미루기로 했다. 내일, 그들은 사냥꾼 수호자, 빌리를 애도할 것이다.

# 심장석

세 사람이 숲속 빈터에 걸어 들어왔다. 그들은 그곳에서 말 없이 몇 분 동안 가만히 서 있었다. 갑자기 소년이 현관으로 달려가서 구석에 있는 톱밥 더미에서 놀기 시작했다.

"손가락 찔리지 않도록 조심해, 비보우!"

엄마가 소리쳤다.

그곳에 있는 집은 버려진 듯 보였다. 집 뒤편은 거의 부서 져 있었다. 초가지붕은 떨어져 나갔고 대나무 골조는 곳곳이 내려앉았다. 유일하게 여전히 튼튼해 보이는 부분은 전면에 있는 방 하나였다. 그곳은 손님을 위해 쓰이는 여분의 방이 었다. 거기만 지붕이 양철로 만들어져 아직까지 버틴 것 같 았다.

"그래서 당신은 여기를 네다섯 달마다 한번씩 꼭 온다고요?"

젊은 남자가 옆에 있는 여자에게 물었다. 그녀는 5년 전 숲의 수호자를 떠나 마을로 갔던 그 소녀보다 조금 더 늙어 보였다. 그녀의 부어오른 배는 최소한 임신 6~7개월은 돼보였다.

"예, 그래요. 1년에 네 번씩 벌써 4년이 지났네요. 이제."

"그래서 당신은 아버지를 다시는 보지 못했나요?"

"예, 못 봤죠, 하지만 난 그가 그 싸움에서 죽지 않았다는 것을 알아요."

"정말요? 그들이 발견한 시체가 아버지의 것이 아니라는 것을 당신은 어떻게 확신하죠?"

그 여자는 바로 대답하지 않았다. 그녀는 그 집을 바라보다가 그 뒤의 숲으로 시선을 돌렸다. 그녀는 꿈꾸는 듯 아련한 눈빛으로 그 남자에게 말했다.

"나도 몰라요. 설명할 수 없지만 그냥 알아요."

"놀랍군요."

젊은이는 머리를 흔들며 말했다. 젊은이의 이름은 아사코였다. 그는 이제 아테와 결혼한 지 반년이 넘었다.

"아테, 당신은 어떤 때 그를 아버지라 부르고 어떤 때는 그의 이름을 부르고 왜 그런 건가요?"

"글쎄요, 그는 나를 낳은 친아버지는 아니에요. 그렇지만 그는 내가 아는 한 나에게 생명을 주는 최고의 원천이거든요. 그러니 그는 나의 아버지죠. 또 그는 내가 아는 가장 친절한 남자이기도 하고요."

"당신 말고 숲의 수호자가 아직도 살아 있다고 믿는 사람이 또 있어요?"

"젊은 사냥꾼 로코 기억나요? 그는 몇 주 전에 여기 왔었지요. 그가 이 집에서 그의 존재를 느꼈다고 말했어요. 무섭지는 않고 무언가 좀 달랐대요. 그는 실제로 그걸 다정하다고 표현했어요. 상상해보세요."

"글쎄요. 뭐라도 단서가 있었겠죠. 어쩌면 특별히 날씨가 따뜻한 저녁이었나?"

"그건 아니고요. 그때가 한겨울이었거든요. 게다가 나는 로코가 나한테 진실을 말했다고 믿어요."

"심장석은 어떻게 됐나요? 빌리는 그걸 숭배했나요? 그 돌에 얽힌 신비는 무엇인가요?"

"그 돌은 숭배의 대상이 아닙니다. 많은 사람이 실수를 하는 이유죠. 심장석은 사람에게 부를 만들어주지 않습니다. 빌리는 여행을 떠나기 전에 잠자는 강의 강물 바닥에서 돌을 캐내는 꿈을 반복적으로 꿨대요. 그는 자신이 그 돌을 가질 운명이라는 것을 깨닫고 여행을 떠났고 잠자는 강과 심장석을 발견한 거죠. 그 돌의 지혜는 영적인 거예요. 심장석은 우리 안에 있는 영적인 정체성을 발견하도록 도와주는 힘이 있어요. 그래서 우리는 언제나 우리를 통제하고 억압하는 어두운 힘과 맞서 싸우는데 그것을 사용할 수 있어요. 그런데 사람들은 이해하지 못하고 그것을 그저 부를 축적하고 그 외 다른 물질적인 추구에만 이용하거든요. 빌리는 심장석을 이리로 돌아오는 여정에 이미 썼어요. 내 말은 그가 돌과의 모험에서 얻은 지식을 사용했다는 거죠."

그들의 대화는 나무난간을 기어오르려는 소년에 의해 저지되었다. 나무 톱밥 더미에서 놀던 비보우가 싫증이 났는지 손님방을 기어오르고 있었다. 아테가 걱정스럽게 소리쳤다.

"비보우! 그건 위험해! 기다려, 내가 도와줄게!"

아테가 비보우에게 달려가 손님방의 나무난간 위로 그를 들어올렸다. 그리고 그녀는 난간을 건너가 손님방 안에 서 있었다. 침대와 탁자, 그 외 다른 것은 없었다. 아테는 생각 없는 사냥꾼들이 불을 피우다가 이 집을 불태울까봐 일찍이 옛 이부자리들을 다 없애버렸다. 만약에 필요하면 누구라도 사용하라는 뜻에서 침대는 거기에 남겨두었다. 침대 위에는 거친 황마 매트가 있었다. 부엌은 어떤 물건도 없어지지 않고 그대로 있었다. 때때로 사냥꾼들이 와서 그 집을 사용했다. 그들은 전주인에 대한 존경의 의미로 깨끗이 청소를 하고 떠난다.

아사코가 방으로 들어왔다.

"당신이 원하면 이곳을 수리할게요. 일주일도 걸리지 않을 거예요."

"오, 그래줄 수 있어요? 나는 빌리가 이 지역에 오는 여행자들에게 이 집이 대피소가 되고 위안이 되는 그 이상을 바라지 않을 거라는 걸 알아요."

아테가 말했다.

"그럼 합의한 거예요. 나는 부엌의 선반, 그리고 벽, 지붕을 손볼게요. 네이페크 라이조가 나를 도와 같이 일할 거고요.

빨리 할게요."

"고마워요. 빌리가 아주 기뻐할 거예요. 나는 정말 이 집이 폐허가 되는 걸 원치 않았어요."

아사코는 아테를 향해 고개를 돌렸는데 그녀의 눈에 눈물을 보았다.

"그는 당신에게 중요했군요, 아닌가요?"

"오, 맞아요. 그는 내 마음에 새로운 존재의 가능성을 온전히 열어준 사람이에요. 내 생명을 두 번이나 살린 것을 제외하고라도, 우리는 말하자면 죽음의 계곡을 함께 통과했다고 할 수 있어요."

"내가 그를 만나지 못한 게 언제까지나 한이 될 것 같아요."

그들의 대화는 비보우가 침대로 기어올랐다가 탁자로 올라가려다가 침대 머리맡에 서 있는 모습을 보고 끊어졌다. 아테는 아이에게 가서 그를 탁자 위로 들어 올렸다.

"그 위에서 뭘 할 건데? 이 작은 장난꾸러기?"

예견된 대로 비보우는 곧 싫증이 나 바닥으로 내려달라고 떼를 썼다. 아테는 비보우를 내려줬고 아이는 장난감 자동차를 끌고 바닥에서 바깥 문까지 달려나갔다가 다시 돌아왔다.

그는 한동안 그 반복적인 놀이에 몰두해 있었다.

"아테…."

아사코가 다시 낮은 소리로 물었다.

"당신은 언제 그 심장석을 떠났나요? 당신은 언제 다른 사람이 아니라 바로 그가 심장석을 갖고 있다는 걸 알았어요?"

그가 중단된 그들의 대화를 이어갔다.

"나는 여기를 두 번째 방문했을 때 심장석을 가져와 그의 방에 숨겼어요. 내가 꿈을 꾼 그 밤이었고 나는 내가 옳은 일을 했다는 것을 알았어요. 내가 다음에 돌아왔을 때 그건 더는 거기 없었어요."

"누구도 당신이 그것을 가졌다고 의심하지 않았어요?"

"단지 몇 사람만이 내가 심장석을 가졌다는 걸 알았어요. 셀로노 고모님과 펠레노 고모님이 그것을 보셨어요. 그분들은 그 집 부엌에서 빌리가 그것을 나에게 주는 것을 보셨지만 그걸 기억하실지는 모르겠어요. 그분들은 두 분 다 너무 늙으셨고 기억력은 옛날 같지 않아요. 로코도 한번 봤어요. 그는 빌리를 아주 많이 존경해요. 빌리의 장례식 때 너무 비통했던 로코는 살인자를 꼭 잡겠다고 맹세했죠. 그들 세 명 말고는 아무도 내가 심장석을 가진 걸 본 사람은 없어요."

"당신이 그걸 어떻게 했다는 걸 로코에게 말했어요?"

"아니요, 아직 못했어요. 빌리는 그에게 너무 잘했고 그는 나를 해칠 아무런 이유가 없어요."

"나는 당신이 그에게 알려야만 한다고 생각해요."

아사코는 진지해 보였다.

"돌아가면 그렇게 할게요."

그녀는 약속했다.

"당신은 비보우가 자라면 심장석을 찾으러 가길 원할 것 같아요?"

그들은 아이를 보았다. 그리고 서로 마주보고 미소를 지었다. 그 순간 아이는 잠시도 가만히 있지를 못하고 놀이에 열중하고 있었다. 그런 아이가 어른이 되어서 자신과 타인을 위해서 현명한 결정을 내린다는 것을 상상하기 어려웠다.

"그는 아주 유능한 사냥꾼이 될지도 몰라요."

아테가 조용히 말했다.

"그는 맹렬한 심장을 가졌어요. 당신이 그에게 끈기를 가르치면 될 거예요."

"그건 좀 가르쳐야죠."

아사코가 소년을 보며 선언했다. 아테는 그가 비보우를 그의 친아들처럼 사랑하며 그 작은 소년이 그를 항상 아빠라고 부른다는 사실을 알고 있었다.

"그렇지만 그런 여행에는 동반자가 필요할 거예요. 나는 그애가 형제 없이 혼자 여행을 떠나게 둘 수 없어요."

그녀가 한 손을 배 위에 올려놓으며 말했다. 아사코가 놀라서 눈이 커졌다.

"아들이라고 확신해요?"

"글쎄요, 심장석이 악의 무리로부터 보호를 받으려면 사냥꾼이 필요한데, 보호자가 하나인 것보다는 두 명인 게 낫지 않겠어요?"

When the River Sleeps
그 강이 잠들 때
심장석의 비밀

초판 1쇄 인쇄 2021년 7월 01일
초판 1쇄 발행 2012년 7월 08일

지은이 이스터린 키레
옮긴이 유숙열
펴낸이 유숙열
편집 조박선영
교정 유지서
디자인 당아
마케팅 김영란
제작출력 교보피앤비

펴낸 곳 이프북스 ifbooks
등록 2017년 4월 25일 제2018-000108
주소 서울 은평구 연서로71
전화 02.387.3432
이메일 ifbooks@naver.com
페이스북 페이지 https://www.facebook.com/books.if
인스타그램 https://www.instagram.com/if_book_s
홈페이지 http://www.ifbooks.co.kr

ISBN 979-11-90390-13-2